Short Story Short Story Short Story Short Story

Short Story Short Story Short Story Short Story

Short Story Short Story Short Story Short Story

中国新锐作家

校园文学经典

中国新锐作家校园文学经典
马强　总策划

陈永林始终站在人性美和光明的一边，用凄切的悲悯和温情打动读者的心灵卡，具有原生态般的生命质感。

慈善鸟

陈永林 / 著

中国社会出版社
国家一级出版社｜全国百佳图书出版单位

图书在版编目(CIP)数据

慈善鸟 / 陈永林著. — 北京 : 中国社会出版社, 2012.1
(中国新锐作家校园文学经典)
ISBN 978-7-5087-3925-0

Ⅰ. ①慈… Ⅱ. ①陈… Ⅲ. ①小小说-小说集-中国-当代 Ⅳ. ①I247.8

中国版本图书馆 CIP 数据核字(2011)第 279362 号

丛 书 名:中国新锐作家校园文学经典
书　　名:慈善鸟
著　　者:陈永林
责任编辑:赵旭然

出版发行:中国社会出版社　　　邮政编码:100032
联系方式:北京市西城区二龙路甲 33 号新龙大厦
　　　　电　话:邮购部:(010)66081078
　　　　　　　销售部:(010)66080300　(010)66085300
　　　　　　　　　　　(010)66083600
　　　　　　　传　真:(010)66051713　(010)66080880
网　　址:www.shcbs.com.cn
经　　销:各地新华书店

印刷装订:北京华创印务有限公司
开　　本:170mm×230mm　1/16
印　　张:14
字　　数:180 千字
印　　次:2016 年 1 月第 2 次印刷
定　　价:23.50 元

序 贴近生活的草根写作

贴近生活的草根写作

上世纪八十年代末，我在百花园杂志社不停地接到陈永林的一沓沓来稿时，他只是个刚满16岁的中学生。此后，他坚持用了近20年的时间，以公开发表的2000余篇小小说原创作品、9部作品集和中国作协会员及最年轻的“金麻雀奖”得主的事实，圆了他少年时萌生的梦，即成为一名真正的作家。

在中国郑州·第二届金麻雀小小说节颁奖晚会上，当永林踏上红地毯，从星光大道上自信地走到前台，接过那尊代表着小小说写作的至高成就的银色奖杯时，顷刻间他笑得如此开心灿烂－－少年才俊，莫过于永林。儿时的苦涩艰辛，在他心里淤积了太多的忧郁惆怅；鄱阳湖畔的风情传说，像鸟儿归巢般被他拢入怀中；长大后卖菜、拉人力车、烧锅炉、当兵的坎坷人生履痕，成为他写作的不竭源泉，汩汩流出笔端。

永林的写作实践说明，逼近生活的原汁原味的“草根”写作，同样是文学的应有之义，依然可以给人带来阅读中的文化滋润。在漫长的写作过程中，他似乎不太在意旁人的评价，自顾张扬着自己会编故事的强大优势，以虔诚的姿态来证明自己的文学天赋。永林的小小说，总是在一波三折的故事框架里，填满了鲜活生动的文字来急切诉说乃至“图解”着自己的生活态度和价值、伦理观念。《毒不死的狗》、《李大民之死》、《送给继母的生日礼物》、《谁毒死了村长家的狗》等，“草根”写作的特点是直奔主题，公然把精英写作早已摒弃的“主题先行”放置首位。永林不藏不掖，一点儿也不回避同行的诘难。他用一贯粗疏的文风，直截了当地抒发胸臆，把底层生活诠释得畅快淋漓，令人乍读之下，似有一股股清新的自然之风扑面而来。不管如何，好在浮躁混杂的文化市场，竟宽容地接纳了这位讲故事的高手。著名小小说评论家刘海涛说到永林的写作时说：他并不简单化地处理这些由丰富的经历形成的经验，他机智地用一个个具体的故事、人物去演绎、传达他的发现和体验，并以此来催生读者的审美想象，拨动读者的阅读情弦。

小小说写作最讲究数量与质量的统一，永林的写作速度之快令人咋舌。今年才35岁的他，发表小小说原创作品已逾2000篇。这意味着十多年来，作者坚持要在三天两头发表一篇才行。据我私下揣测，不仅在中国，即使在全球的小说写作者中，2000篇也应该是个天文数字。以此来申报吉尼斯世界纪录，未必不能核准。我曾劝他说，你能不能把笔稍缓一下，读点书补充一下呢？永林一脸真诚地回答：可我手痒呀，一坐下来，就按捺不住创作的欲望。我们还能说什么呢？那就让他继续挥霍他的生活积淀和智力资源吧，这毕竟是一件非常个性化的事情。永林前些年多受生活拮据的困扰，娶妻生子买房子，著书本为稻粱谋，不为生计写作行吗？虽然永林的作品质量参差不齐，但也始终把持着文学写作的底线，起码没有把主要精力，分散到那些通俗的、泛文化类的写作上。

平心而论，永林的作品里，并不乏佳作。细品之下，亦能不断给我们带来多种惊喜。如历年获奖的作品《土框·土车》、《活着》、《鼓殇》、《嫁的理由》、《半小时的故事》、《复杂与简单》等等，笔下人物性格凸现，具有明显的时代特征和厚重的思想蕴含。第三届小小说金麻雀奖的评委，给予永林的获奖理由是：在小小说写作者中，陈永林勤奋而高产。他善于把有意味的文学叙事与日常生活叙事相融合，为人们提供了观照社会人生和民间“草根”人物生存状态的一扇窗口。对来自生活底层的芸芸众生，特别是乡村的兄弟姐妹，陈永林抱有天然的爱心和同情心，即使是描写人性的幽暗和生活的痛楚，他也是站在人性美和光明的一边，用凄切的悲悯和温情来打动读者的心灵，具有原生态般的生命质感。

因为工作关系，永林多年坚持对我执师长礼，任何场合从不避嫌。这次在小小说节上见面，我感觉他早年身上挟带的浮躁之气褪去不少。多年的文坛历练，尚未给他的言行打上世俗的烙印，那种率真天性依然荡漾在他的眉梢。我原想以师长的身份，把关于读书的旧话重提，因为获大奖后，无形中便拥有了一流小小说作家的名分，编者和读者都会有更高标准的期待。可由于会务冗杂，我竟无暇与他聊上几句。其实我想以永林的聪明，他肯定知道应该瞄准新的写作高度了吧。本月贴上永林的新作《广陵散》，用意也含有鼓励的成分。该作品的选材、技巧都谈不上新巧，然而看得出来，较以往的创作，作者是下了功夫的，在语言和结构上颇有精益求精的意味。

杨晓敏

目录

Cotentes

第一辑　摸　秋

第二辑　父亲的影子

目录

Cotentes

目录

Cotentes

第四辑　竹子开花

目录

Cotentes

第一辑

摸 秋

毒不死的狗

青山从田畈里回来时，见院子里躺了一地的死鸡，心疼得针扎一样：又是村长那条狼狗咬死的。以往，村长那条狼狗只咬死一两只鸡，这回好，他家十几只下蛋的母鸡全让它咬死了。青山气得脸红脖子粗，呼哧呼哧地喘着粗气。

女人回来时，见了一地的死鸡，腿一软，就瘫在地上了。青山把女人扶起来，叹着气说，伤心有啥用？自认倒霉！女人说，这口气我咽不下。女人把死鸡装进蛇皮袋里，拖着袋子就出门。青山说，你干啥？女人说，我要找村长评理。青山把女人拉进屋，你吃了豹子胆？你同村长吵翻了，我们还有好日子过？女人说，我管不了那么多，村长欺人太甚了。青山说，有啥办法，有气往肚子里咽，谁叫它是村长的狗。再说，村长这条狼狗不只咬死了我们的鸡，村里哪家的鸡，那狼狗没咬死过？他们不找村长吵，我们为啥找村长吵？村里人都希望我们去跟村长吵呢。女人说，那我们家的鸡就白白让村长的狗咬死？青山说，你说咋办？女人说，拿老鼠药毒死它。青山说，我也想毒死这条狗，可万一村长发现我们毒死了他的狗，那我们就别想在村里待下去，还是忍吧。算不定，别人会毒死它。

村长的狗仍时时来青山家。青山放在桌上的菜呀饭呀，那条狗总爬上桌吃个够。青山再也忍受不了了，便又想毒死村长的狗。青山买来老鼠药，放进肉包子里。青山把肉包子放在桌上的碗里，故意敞开门。

村长的狗果然来了。可那条狗还没进青山的屋，就在门口倒下了。那狗口吐白沫，四脚乱蹬，浑身痉挛着。青山知道这狗是吃了人家投的老鼠药。

青山忙喊女人，快泡肥皂水。女人说，你还救它？青山说，你头发长见识短。这条狗若在我们家门前死了，村长准以为是我们毒死的，那我们能赔得起吗？如我们这回救活了村长的狗，村长心里会感激我们。到时我们如有事找村长，村长还不爽快帮我们办？

女人泡了一脸盆肥皂水。青山掰开狗的嘴，灌进肥皂水。狗把肚子里的东西全吐出来了。青山说，这狗没事了。你快去叫村长。一会儿，村长来了，村长见了躺在地上的狗，骂，这是哪个狗日的想毒死我的狗？青山脸上忙堆着笑，你这狼狗到了我门口，就躺下了。我忙给狗灌肥皂水，幸好灌得及时，要不这狼狗没救了。这时，狼狗从地上爬起来，摇摇晃晃地跟着村长回家了。

女人说，你本来说毒死这条狗，现在还救了它。村长的狗仍在村里作威作福，今天咬死东家的鸡，明天咬伤西家的小孩。村里人心里对村长的狗恨之入骨，都希望这条狗快死掉。村里人暗地都怪青山不该救了村长的狗，要不，他们家再不会受损失。因而村里人见了青山，都冷着脸。青山同他们打招呼，他们也不搭理。青山就解释，我也是没办法。村长的狗如在我家门口死了，那村长不说是我毒死的？青山把村里人全得罪了。

村长的狗有灵性。青山救了它，它后来再没来青山家干过坏事。一见青山，还摇头摆尾地亲昵。可青山仍想毒死它。女人不理解，它现在不害我们，你还毒死它干吗？青山说，它不死，村里人要受更大的祸害，那村里人就更恨我们。女人说，如果村长知道我们毒死了他的狗，那咋办？青山说，村长不会再怀疑我们。我们如想毒死他的狗，那上回为啥还救它？

村长的狗吃了青山放了老鼠药的包子走了。青山长长地舒了口气，这条害人的狗再不会害人了。

可是第二天，村长的狗仍活得好好的。前一天，村长的狗吃了青山放了老鼠药的包子，走到牛二的门前扑通一声躺下了。牛二想，如这狗在我门口死了，村长不就说是我毒死了他的狗？牛二也泡了一盆肥皂水给狗灌下去。这样村长的狗又活过来了。青山便惶惶不安的，担心村长查出来是他毒害了狼狗。青山便后悔毒害村长的狗，又怪恨救活村长狼狗的牛二。

变狗记

刚建好的十几间村小学教室忽然倒塌了。村长的头发一夜间全白了。村长对儿子说："我不想后半辈子在监狱里过。"儿子安慰村长："爹，没事的。""还没事？我收了狗才五万块钱。可狗才的心太黑，买的水泥都是劣质的，还过了期。唉——唉——"村长不停地叹气。

这时，一辆呜呜呜叫的警车进了村，警察把狗才抓走了。

村长说："下一个抓的就是我啦。狗才绝对会招，到时准还会把我其他事抖出来。""爹，你逃吧。""逃到天涯海角，警察也会把我抓起来。"此时村长的狗呜呜地叫着，狗饿了，找村长要吃的。以往村长从不喂狗，狗去了谁家里，谁就会喂狗。可现在不但没人喂它，它进了谁家里，谁就拿扁担打它。村长见了狗，眼一亮，说："让我变成狗吧。"村长拿了绳，套住狗的脖子。村长同儿子一人拉着绳的一端，拼命地拉。片刻，狗就瘫在地上了。村长把狗皮剥下来，然后自己脱光衣服，把狗皮披在身上。再让儿子拿苎麻绳把开裂处严严地缝住了。

第二天，呜呜呜叫的警车在村长家停下了。警车上下来两个警察。村长见了警察，骇得缩在墙角里，整个身子不住地抖。警察问村长的儿子："你爹呢？"村长的儿子说："不知道。昨晚就没回家。"警察在屋里搜了个遍，上了车，走了。

半个月后，狗皮牢牢地粘在村长的身上。村长也不会讲话，只会汪汪地叫。村长成了一条真正的狗。这半个月，狗没出门，一直待在家里。狗怕村人看出破绽，看出它是村长。这半个月狗觉得闷死了。它得出门散散心。

狗见到的第一个人是青山。狗朝青山打招呼："汪汪。"青山亲昵地拍了一下狗的头，说："等等，我去拿两个肉包子给你吃。"狗想，这青山真好。

片刻青山手里拿着两个热乎乎的包子来了。狗闻到香味，馋得口水淌下来了。青山把肉包子放在地上，说：“吃吧。”狗见肉包子有掰开的痕迹，再拿鼻子凑近肉包子一嗅，嗅到了老鼠药的味道。狗汪汪地叫。“快来哟，这里有两个肉包子。”青山家的狗第一个跑来了，一口吞下两个肉包子。几分钟，口吐白沫倒下了。

青山见毒死了自家的狗，气得要死，更想把村长的狗打死。青山拿了把锄头打狗。狗亡命地跑，青山在后亡命地追。有几个原来被村长的狗咬死鸡咬伤小孩的村人也拿着扁担、铁锄跟在青山后面。

二傻拿着锄头也来了。但二傻不是打狗，而是救狗。二傻年轻，跑得快，他追上了青山，挡了青山的路。二傻说：“你想打死狗，先得我同意。”青山说：“这狗以前靠着主人是村长，在村里做尽了坏事。村人都想打死它，可不敢。现在村长犯法外逃了，我们一定得打死这条害人的狗。”二傻说：“我说不行就不行。你若打狗，那我现在就去烧你家的房子。”二傻转身往回跑。二傻的脑子有点问题。二傻以前也烧过人家的房子，可警察也拿他没办法，说他有精神病，不负法律责任。如房子真让二傻烧了，那就白烧了。青山忙拉住了：“别，别。我不打狗不行吗？”二傻“努努”地唤狗，狗很听话地跑来了，狗紧贴在二傻的身后。二傻搂住狗的脖子对村人说：“谁今后让狗少了一根毫毛，我就烧谁的房子。”青山问：“你为啥要护着这狗？这狗以前也咬死过你家的鸡。”二傻说：“它是村长的狗。我妈说村长是我亲爹。”青山“啊”一声：“难怪你要救这狗。”村人都走了。

二傻拍拍狗的头：“别怕，有我在，谁也不敢伤你。”狗感动得呜呜地叫，还拿舌头舔二傻的手。

但狗不敢再轻易出门，怕被村人打死。真被打死了，没人认账，二傻也查不出谁打死了它，那它就白死了。狗只有待二傻来了，才跟着二傻出门散散心。

儿子对狗说：“爹，你的好日子快来了。我大学一个同学当上了县长，我再不要教书了，他答应我，让我当咱们乡的副乡长。”

狗兴奋得汪汪地叫个不停。

没多久，村长的儿子真的当上了副乡长。狗的好日子也真的来了。村人一见狗，就拿好东西给狗吃。青山第一次拿排骨给狗吃，还以为狗记仇，会不吃。狗吃了，青山极感动，感动得眼泪都快掉下来。青山抚着狗的头说：“你真是条好狗，既聪明，心又好，肚量又大。我得向你学习。”

这狗不像以前的狗那样，以前的狗喜欢吃活鸡，这狗从不喜欢吃生东西，因而也从没咬死过一只鸡，更不伤小孩。这狗又通人性，会看人眼色，知道谁高兴谁不高兴，还懂礼貌，见人就汪汪地打招呼。

因而全村人都喜欢这狗。

谁家有好吃的东西，总让狗先吃个够。有一户人家办上梁酒，开初想请副乡长，副乡长忙，没来。那村人把狗请来了，让狗坐上席。狗像很喜欢坐上席，它坐在椅子上激动得来回动，还呜呜地叫。

后来谁家有红白喜事，狗总自己跳上上席的位置，坐下了。

渐渐地，村里无论谁家办酒席，只要副乡长没来，这上席的位置就归狗坐。副乡长来了，上席就归副乡长坐。

年底，村里开选举村长的会。

坐在主席台上的副乡长说：“大家想想，谁适合当村长？”青山站起来说：“我觉得狗最适合当村长……”副乡长没想过这事，一下反应不过来。青山继续说：“我觉得狗比我们人聪明得多，他身上有我们许多人没有的优点，心肠好，不记仇……”狗汪汪地叫。青山说：“瞧，瞧，这狗也愿意当村长呢。”副乡长说：“让狗当村长，这不太合适吧？万一到乡里、县里开会，总不能让一条狗去开会吧。”青山说：“这有啥不合适的？如到乡里、县里开会，可让副村长去，再由副村长传达会议内容。”副乡长说：“村人都同意？”村人都说：“同意。”青山说：“有不同意的吗？不同意的请举手……瞧瞧，没一个人不同意。全票通过。”副乡长说：“既然村人强烈要求爹，不，狗当村主任，也就是你们说的村长，那我们就顺从民意，我在这代表乡政府宣布，由狗当选村主任。”

村人都鼓掌。噼里啪啦的掌声像放鞭炮一样。

青山也被村人选为副村长。

一根玉米

那年皖北一带大旱，那可是百年未遇的大旱，老天爷六个月没下过一滴雨，河床干裂成一块块的。田地里看不到一点绿色，到处扬着飞尘，整个世界在白晃晃的毒日下淡成一片模糊。

而且又逢上兵荒马乱。

荡在蛤蟆村人头顶上的死亡气息稠得像雾。吃尸的乌鸦总像云一样在村子上空飞来飞去，乌鸦血红色的嘎叫声让村人的目光变得青紫。

族长敲响了村头古槐树下的钟，干裂的钟声如玻璃一样在村人的心上划过。

村人都来到槐树下。

往年绿意葱茂的槐树如今光秃秃的，槐树叶子早让村人吃光了，但槐树又冒出淡淡的绿。

族长看着或坐或躺在槐树下凌乱一片的村人，眼里就酸辣了。保长把酸辣咽回肚里去了，说，我们不能等死，蛤蟆村不能绝，还是去外逃荒吧，熬过这荒景，就回。族长的话让村人的脸灰黑一片。

第三天，就有拖儿带女的村人拿着棍、端着碗出了村。他们走得很慢很慢，两条腿似有千斤重，挪不开。女人的嘶哭声震得头顶上的槐树枝摇摇晃晃。男人不哭，紫黑色的泪水汪洋了他们凄凉的脸。

几天后，村里的房子大都空了，没走的大都是老弱病残。土根和槐花不属于老弱病残却没走。槐花已怀了六个月身孕，土根说，兵荒马乱的年代，往哪儿走？死在外面还不如死在家里。

但很难再弄到东西吃，土根只有吃红土，把那红土晒干，捏成粉，然后配一点晒干的槐叶、野草，煮成糊，闭了眼睛往肚里灌。吃了三天，土根拉不出来，肚子却胀得痛，槐花只有拿手帮着土根剜。槐花说，再也不能吃红土了，吃多了会胀死。土根说，吃什么呢？能吃的树叶已吃完了，野草也吃完了——有了，树皮可以吃。土根就拿了刀剥槐树皮。

这样又熬过了一个月。

槐花说，再熬不下去了，你别管我，还是走吧。走了，或许可以活下来。槐花说这话时，泪水血淋淋地汪在眼里。我们死也要死在一起。土根把槐花揽进怀里，泪水也一滴一滴地砸在槐花头上。槐花说，可怜了肚里的娃儿，他还未看一看这天、这地、这山、这水，也未看我们一眼，就——槐花青一块紫一块的哭声牛鞭一样抽打着土根的心。土根求道，别哭了，别哭了，我的心在滴血呢。土根劝槐花别哭，自己却哭了。后来两人索性抱成一团，哭了个天昏地暗。

这时传来踢门声，土根忙抹了泪，开了门，进来的是族长。族长说，你们吃了啥好吃的东西，还有精神哭。

土根看到族长手里拿着一个玉米，土根的目光就绿了，绿色的涎水也淌下来了。族长说，这玉米是给你的。原本我留着做种子，唉，也顾不了那么多了，村里没走的人每户给一根。土根接过玉米，恨不得一口吃了。但土根把涎水又吞回肚里了，他一口也没舍得吃。槐花说，不到真饿死的份儿上，我们不吃这个玉米。

十几天又熬过去了。

土根说，留在村里的人只剩下我们俩人了，我们也要死了，还是把那根玉米煮了吧。

槐花说，我就煮了。槐花从罐里拿出那只玉米，玉米的香味把屋子塞得满满当当，一点缝隙也没有，土根贪婪地吸着这香味。土根说，这样死了也值。槐花说，我去外面看看有没有一点野菜野草什么的。槐花说着出了门。槐花并没有去寻野菜野草，槐花只是想把那整只玉米让给土根吃。或许土根吃了那只玉米，能多熬两天，到时一下雨，满山的野菜野草不就出土了？槐叶不就长出来了？那土根不就可以活下来了？槐花这样想着，纵身跳进了村头的那口枯井。

此时的土根也这样想。

土根也出了门，也纵身跳进了村头的那口枯井。

第二天就下雨了，瓢泼样的大雨一连下了两天两夜，土根那茅草屋也倒了。

后来，出外逃荒的村人陆陆续续回蛤蟆村了。蛤蟆村原来有五十多户人家，经过这次干旱，现在只剩下八户了。

那八户人回村后才发现他们没种子了，都叹着气说，这是天意，蛤蟆村命该绝。有人说，再在村人家里找找，算不定能找到种子。

就有村人在土根倒塌的房子里发现了几株玉米苗。

一声欢呼，所有的村人都来了。

都围着玉米苗跪下了，亮晃晃的泪水掩盖不了他们的激动。蛤蟆村有救了，蛤蟆村有救了。震天动地的欢呼声，如黄灿灿的日头一样，落满了村里的沟沟壑壑。

他们又都抱成一团疯了样的大哭。

白汪汪的哭声把头顶上的日头都震得一摇一晃。

李大民之死

南山村村主任李大民的死与一条狗有关。

这是一个很平常的早晨。鸡鸣狗叫的早晨。只是没鸟叫，李大民已几年没听见鸟叫。鸟吃了撒了农药的谷种，全被毒死了。乡下已见不到鸟，这并不奇怪。奇怪的是李大民打开院门，竟见院门口卧着一条黑狗。狗的毛黑得发亮。黑狗见了李大民，站起来，在李大民的腿上蹭来蹭去，摇头摆尾，并呜呜地叫。

这是谁家的狗？李大民把全村所有的狗想了个遍，也没想到这狗是谁的。那狗准是外村跑来的。

李大民不太喜欢狗，因而不想收留黑狗。隔壁的李大树说，李主任，狗来福，猫来祸，李主任家准该大富大贵了。李大民的女人也说，养了它。女人端来一碗排骨，放在地上。黑狗不吃，黑狗看着李大民，李大民说，吃吧。黑狗这才吃了。李大树说，这狗真聪明。李大民说，是条聪明的狗。

如果李大民能预见到后来的事，那他决不养这黑狗。

几天后，黑狗咬住李大民的裤腿，往外拉，李大民跟在黑狗的身后。走了很长的一段路，到了坟地，黑狗不走了。李大民狠狠踢了一下黑狗，李大民想再踢黑狗时，黑狗跑开了。李大民对这事并没多想。

又是几天后，黑狗又咬住李大民的裤腿往外拉，又是到了那块坟场，不走了。李大民这回想得很多，难道黑狗是死神派来的使者？要不黑狗怎么两次都把自己带到坟场？黑狗这样做难道是让他尽快给自己选一块坟地？

没有比知道自己的死期更惶恐不安的事了。

李大民想杀了这条黑狗。他拿老鼠药放进肉包里，扔给黑狗，黑狗嗅了一下肉包子，不吃。李大民又拿了根绳，系了个扣，想套住狗的脖颈，把黑狗勒死，黑狗躲得远远的。

这狗是魔鬼！是来收自己命的。

晚上，李大民躺在床上睡不着，想了很多。自己才40岁，怎么这么快就要死？难道自己做多了造孽的事？李大民把自己做的事想了一遍，从少年时偷生产队的西瓜想起，一直想到上个月收了李木根家三千块钱，一想骇一跳，他竟做了这么多坏事，多得让李大民自己都不敢相信。奸淫嫖娼，敲诈勒索，行贿受贿，什么坏事他都做了。

李大民出了一身冷汗，自己死上十回也不冤。

但李大民想对自己以前伤害过的人作一些赔偿，以减轻自己的罪孽，以免自己的罪孽祸及家里人。天快亮时，李大民才合上眼。

上午，李大民拿了三千块钱去了李木根家。李木根为批宅基地为进村竹器厂送了他三千块钱。李大民拿钱还给李木根时，李木根说啥也不肯要。李木根哭丧着脸，声音也夹着哭腔，村主任，难道我做错了什么事，说错了什么话？李大民摇摇头。李木根说，村里是不是想收回我的宅基地，或者不要我做竹器厂的工人？李大民说，啥也不是，只是我觉得这钱不能收。李木根竟扑通一声朝李大民跪下了，村主任，求求您，别把钱退给我，要不我会吃不下饭睡不成觉。李大民要扶李木根起来，李木根不，你不收回这钱，我就一直跪着。李大民只有把放在桌上的那叠钱又放回口袋里了。

李大民又去了李长河家，李长河不在，李长河的女人玉梅正在院子里喂鸡食。玉梅见了李长河，一脸的笑，坐，屋里坐。李大民进了屋说，妹子，我向你赔礼道歉来了，那事是我鬼迷心窍，我对不起你……玉梅知道李大民说的那事是指什么事。玉梅同李长河本来在镇化工厂当工人，可化工厂倒闭了。玉梅想把两人的户口转回村里，以便分到几亩田，靠几亩田过日子。玉梅拎着一大包礼品去李大民家，刚好李大民的女人不在。李大民就把玉梅抱住了。玉梅说，你再这样，我就喊了。但几天后，玉梅又来找李大民了。玉梅说，我依了你。玉梅一家的户口转回村里了，分了四亩上好的水田，李大民还把鱼塘让给李长河承包了。李大民掏出三千块钱，玉梅，这点钱就算我补偿你的……玉梅的脸一下变得纸样白，李主任，您是不是不让我家承包鱼塘了？准是别人看我去年养鱼赚了一点钱，打起鱼塘的主意。村主任，千万别……我家有一千块现钱，我这就拿给你买烟抽，你现在想要我，我这就给，玉梅说着解自己的衣服。李大民说，别，千万别。玉梅说，你快点，要不，长河回来了。玉梅的上衣已脱了精光，李大民忙逃，玉梅拦住了，你如果走，我就喊人，说你强奸我。这回轮到李大民哭丧着脸，好妹子，别这样，就算我求你，放了我。那事我是做得不对，可事已做了，你想让我怎样？玉梅说，我只想你要了我，求求你要了我。你要了我，我心里才踏实，你才会不答应拿鱼塘给别人承包。

李大民又去了两家，但结果都一样。李大民一回到家，就病倒了。去了医院，医生也查不出什么病。

一个月后，李大民就死了。李大民留下遗嘱，把他这些年非法所得的十万块钱，在村前的河上修座桥。

李大民出殡的那天，全村人都来送葬，许多人哭了，说李大民这么好的村主任不该死得这么早。

黑狗被李木根养了，黑狗又时时咬着李木根的裤腿去坟场。李木根心想，我并没做什么坏事呀，可黑狗为什么总要我去坟场呢？而且去的是同一块坟场？黑狗第五次咬着李木根的裤腿去坟场时，李木根才明白过来了。黑狗到了坟场，停在一座长满杂草的坟跟，呜呜地凄叫。李木根走近那坟，那坟上有两个碗口样大的洞，准是黄鼠狼打的。李木根以前总是一到坟跟就逃。这回，李木根明白了黑狗为啥总要他来坟场。黑狗是让他来拔杂草，填坟洞。李木根很快把坟上的杂草拔清，又拿来铁锹，把坟洞填严实了。

黑狗再没拉李木根来这个坟场了。

后来，李木根也摸听清楚了，原来埋在这坟里的何老头就是黑狗以前的主人。何老头是个无儿无女的五保户。

李木根就叹气，唉，李大民死得冤。

胆小鬼

胆小鬼也确实胆小，白天他一个人都不敢在家待，怕鬼。晚上躺在床上，一听见门外有狗叫或者猫头鹰叫，或者屋内有老鼠动的窸窸窣窣声，就吓得拿被子蒙住头，身子不住地抖。

睡在另一头的小胖踢了胆小鬼一脚，故意惊恐地喊：“胆小鬼，快看，床前站着一个鬼，鬼的手摸到你的头啦。”小胖是胆小鬼的哥哥，比胆小鬼大三岁。小胖的胆大，不怕鬼。小胖总爱捉弄胆小鬼。胆小鬼骇出了一身汗，身子抖得更厉害了。小胖索性下了床，用极其恐怖的声音说：“我是一个吊颈鬼，你看我血红的舌头伸出嘴外，我要吃你啦！”小胖的手又摸胆小鬼的头。被子里缩成一团的胆小鬼忍不住哭了。母亲听见胆小鬼的哭声，问：“你哭啥？”小胖说：“胆小鬼做噩梦了。”胆小鬼止了哭不出声了。胆小鬼不敢说小胖故意吓他，要不小胖更要吓他。

胆小鬼尽管怕鬼，却爱听鬼故事，胆小鬼总要小胖讲鬼的故事。小胖有一本《鬼的故事》的书。胆小鬼刚上一年级，书上的字还认不全，只有听小胖讲。

那天是星期天，小胖和胆小鬼都不用上学。胆小鬼又要小胖讲鬼故事。这回，小胖很爽快，往常胆小鬼总要求小胖很久。小胖翻开那本故事书，讲起来：“有夫妻两个，男的叫李大……后面这个字我还没学过，不认得，就叫李大。女的叫周小花，两人很恩爱……李大病死了，周小花很想再见李大。一到晚上，周小花就坐在李大的坟跟，喊李大的名字。一天晚上，周小花在李大的坟前睡了。睡梦中，周小花感觉有人抚摸她，她一睁开眼，自己竟躺在一个怪物怀里，怪物的脸是青色的，牙齿长长的露在嘴外。周小花吓得尖叫一声昏过去了。周小花醒来后已是天亮了。第二天晚上周小花又去了李大的坟前。周小花又见到那个怪物。那个怪物说他就是李大。周小花主动抱住了怪物李大……"

胆小鬼问小胖："周小花不怕李大吗？她竟敢抱他。"小胖说："当然不怕，李大是她的老公呀。""可李大成了鬼呀。""如果我也成了鬼，你怕吗？"胆小鬼说："我也不知道。"

晚上，胆小鬼被尿憋醒了。胆小鬼踢醒了小胖："哥，我要拉尿。"小胖说："你去拉吧。"小胖拉亮了灯。胆小鬼拉尿回来时，小胖突然拉灭了灯，喊："你身后有个鬼。"胆小鬼忙往床上跑，脚被门槛绊了一下，"扑"的一声跌倒在地上了。胆小鬼大声哭起来。小胖拉亮了灯，下了床，把胆小鬼抱起来："别哭，别哭，哥错了。"胆小鬼的额头磕破了，流了许多血。小胖慌了："好弟弟，快别哭。哥今后再不吓你了，再吓你，变成猪狗。"胆小鬼仍哭，胆小鬼的哭声惊醒了母亲。母亲见胆小鬼一脸的血，问胆小鬼："怎么啦？"胆小鬼说："我拉尿，哥拉灭了灯，还说我身后有鬼……"母亲听了，狠狠一巴掌甩在小胖的脸上。胆小鬼也不哭了，母亲又打了小胖几巴掌。

第二天，两人你不理我，我不理你。

一直三天，两人都没说一句话。胆小鬼觉得很难受，他向母亲要了一块钱买了两包方便面。睡觉前，胆小鬼把一包方便面放在床上，拆了一包吃，他故意吃得很响。胆小鬼想，哥准会开口向他要方便面吃，那样他同小胖就说话了。可小胖一直没开口，但胆小鬼听得见小胖吞涎水的声音。胆小鬼笑了："方便面真好吃，真香。"小胖从床上爬起来，出了门，去外面玩了。

萤火虫儿在池塘边飞来飞去。小胖拿了玻璃罐，捉歇在草丛里的萤火虫。小胖在捉第十二只萤火虫时，脚下一滑，掉进池塘了。小胖大喊："救命呀——"但水灌进了小胖的嘴，小胖再喊不出来了。

胆小鬼见小胖许久没回来，就对母亲说："哥出去玩了这么久，咋还没来？"母亲去找，喊："小胖——小胖——"后来终于在池塘里找到了小胖。

小胖装进小棺材里时，胆小鬼拿来那包方便面，放在小胖的头跟："哥，你吃，吃……"胆小鬼一脸的泪水，"哥，你要时时来看我……"胆小鬼泣不成声了。

胆小鬼很想再见到小胖，但总见不到。这天晚上，胆小鬼出了门，去了小胖的坟跟。胆小鬼说："哥，我想见你。哥，你别担心吓我，不管你变成啥样子，我都不怕，真的不怕。”胆小鬼也躺下来了：“哥，那我睡了，我知道你也想我，我要你出来见我，我睡着了，你吓不倒我。”胆小鬼后来真的睡了。胆小鬼醒来时躺在母亲的怀里，母亲哭着说：“我被你吓死了，以为你……你咋躺在这里？你不怕？”胆小鬼摇摇头：“我想见我哥，我怎么怕自己的哥？”

胆小鬼第二天就高烧，嘴里喊着：“哥，哥，我想见你……”

母亲请了算命的。算命的说：“他被他哥缠上了。得在他哥的坟上撒上油菜籽。”据说在鬼的坟上撒了油菜籽，鬼得把油菜籽一粒粒地数清。若数不清，就永远做鬼，不得投胎转世。据说鬼不太会算数。坟上的油菜籽总也数不清，因而鬼一天到晚数油菜籽，没时间害别人，坟上被撒了油菜籽的鬼大多投不了胎转不了世。

胆小鬼的母亲只在小胖的坟上撒了半把油菜籽。撒油菜籽时，母亲掉泪了：“小胖，你别怪母亲心狠，我不想再失去你弟弟。”胆小鬼知道了，极恨母亲。胆小鬼病好后，没上学，而是来到小胖的坟跟捡油菜籽。油菜籽藏在草丛里，极难找。胆小鬼边找油菜籽边说：“哥，我一定要把所有的油菜籽都找到，一粒也不剩。我想让你早些投胎转世。”

鄱阳湖三题

短命鬼，再踹我一脚吧

女人从畈里回来时，水泉正坐在椅子上吸烟。女人割了一下午的禾，累得腰酸腿痛的，喉咙也干得冒烟，整个人都散了架，女人一提起热水瓶，却是空的。女人从水缸里舀了满满一勺冷水，咕嘟咕嘟地一口气喝光了。水泉说："还不去弄饭？"女人想说啥，嘴唇动了动，啥也没说。女人便弄饭。

烧的是麦秆，女人一连划了几根火柴，才点燃了，可麦秆有点湿，火燃得不旺，女人低头用嘴吹，浓烟熏得女人的泪都下来了，还不停地咳儿咳儿地咳嗽，极难受。

水泉仍在吸烟，很惬意的样。

一股无名火从女人的心里蹿出来了，女人把火钳一扔，说："我累了，不想吃，想睡。谁想吃饭谁弄去。"女人就舀了一盆水想洗脸。水泉变了脸，"你不想吃饭，我要吃饭，儿子也要吃饭。"女人说："你不是很有钱吗？一天抽一包两块多钱的烟。你少抽两包烟，不就可以带儿子去饭店吃饭了？"女人最反感水泉抽烟，一天两块多钱，一个月就抽掉七八十块钱，一年得抽上千块钱，那么多钱得卖二十担谷，一年的田白种了。让女人更气愤的是，儿子马上要开学了，两百多块钱的学费到现在还没着落。可他倒好，一副事不关己的样子，照样抽两块多钱一包的烟，女人的脾气自然不好了。

"老子抽烟还要你管？"水泉一脚踢翻了脸盆，水淌了一地。可窝在水泉心里的怒火一点也没减少，水泉又狠狠一脚把女人踹倒在了地上，水泉这一脚踢得极重，而且踹的又是女人的腰，女人马上躺在地上，双手按在腰上，唉哟唉哟地呻吟起来。

女人躺了许久才爬起来，女人哭着回了娘家。在乡下，女人同丈夫吵架了，一般都回娘家住上几天。

两天后，水泉的气就消了，也觉得自己做得不对，又正双抢，家里不能少了女人。水泉就去了女人娘家，想把女人接回家。其实女人心里一直放心不下田里的稻谷，担心割了的稻谷没收回家，会烂在田地里生芽。女人回娘家的第二天就想回家，可女人觉得自己跑回家，没点面子，就忍了。女人就盼着水泉早些接自己回家，女人隔不了多久，就出门，站在村口往回家的路上望，可女人每回都失望。女人每失望一次，心里就说，他再不来，那我就不理他。又说，你不来就不来，谁稀罕你不成。女人却控制不住自己一次又一次地往村口跑。女人极恨自己，咋就这么贱？他那么狠心踹你，你咋还惦记着他？女人就叹气。

这天，女人正同娘家人吃饭时，女人忽然说："他来了。"

女人的母亲开了门，水泉真的站在门外。

水泉进了屋，也不坐，低着头站着。女人看了水泉一眼，觉得水泉瘦了许多。女人有点心疼，女人想，他一个人既要收稻谷，又要喂猪食，还要弄饭给儿子吃，这两天真苦了他。女人的眼睛就潮乎乎的，女人就怪自己太任性了，不该回娘家，夫妻吵架是正常的，不吵才不正常呢。夫妻吵架床头吵床尾和。女人又见水泉一直站着，就怪自己的父母不叫水泉坐，也不给他泡茶。他走这么多路，准很累，天又这么热，准很渴。女人进了妹妹的房，对妹妹说："你快去给你姐夫倒杯水。"女人的妹妹说："他那么狠心踹你，你还疼他？你的心咋这么软？"她还是倒了杯水，冷冷地对水泉说："喝水吧。"

女人的母亲对水泉说："你咋舍得下死力踹她？她的腰紫得乌黑，到现在还没好，要知道她是人，是你的女人。她嫁给你这么多年，吃没吃好的，穿没穿好的，你不但不疼她，还往死里打她——我女儿的命好苦呀！"女人的母亲哽咽得说不下去了，拿衣襟擦起眼睛来。

水泉说："妈，我错了，我下回再不了，今天就让她跟我回家吧，家里也离不开她，"水泉又对女人说："跟我回家吧。我已答应你戒烟了，我昨天晚上还去了鄱阳湖打鱼，今天一早就卖了，卖了二十多块钱，我再打几次鱼，娃儿的学费就有了。"

女人听了水泉这话，眼泪一下盈满了眼眶，女人怕水泉看到她的泪，忙低下头。鄱阳湖这几个月一直禁止捕鱼，因为沿湖的渔民用电网捕鱼，鱼苗都不放过，鄱阳湖里的鱼越来越少了，若再这样捕下去，鄱阳湖里就没有鱼了，政府就出面禁湖几个月。女人想到水泉白天在田地里忙了一天，深夜还得去湖里偷着捕鱼，心痛得痉挛成一团。女人就捡了衣服，拎着个包袱出了房，对水泉说："走吧。"

"不能这样便宜了他。"女人的父亲夺下了女人的包袱。

"爹，他已认错了。"女人看父亲的眼里满是哀求。

女人的父亲却不理会："不行，你的腰还没好，在家歇几天，他不心疼你，我们做父母的心疼。你去他家，又给他做牛做马，到时他一不高兴，又对你拳打脚踢的。"

水泉说："爸，这样也好。让她再歇歇，待养好了伤，再回家吧。"水泉说着出了门。

女人要跟着出门。父亲拉住了，说："让他过几天累日子，他就知道家里不能少了你，今后自然就会疼你了。"女人又"唉——"地叹了口气，泪水又掉下来了。

第二天，女人坐立不安的，站也不是，坐也不是。女人想，他现在在干啥呢？在晒谷，还是在挑秆？他准很累，也准很恨自己，他在那干得汗如雨下，自己倒好，待在娘家享福。女人就对父亲说："爹，我还是回去吧。"

父亲说："不行，你的腰没好，我是绝对不会让你回去的。"

"我的腰没事的，现在不疼了。"

父亲还是不同意。

晚上却变了天，挂在树梢上的月亮忽儿不见了踪影，阴云却是愈聚愈厚，愈压愈低，又刮起了狂风，紧跟着电闪雷鸣的，蚕豆大的雨点噼里啪啦地下了。

女人躺在床上翻来覆去的，整晚都没合眼，她放心不下水泉。她心里说，但愿水泉这时没在鄱阳湖里捕鱼。女人家的船很小，船底还破了个洞，水泉拿棉花包住木头塞住洞，船才不漏水。水泉也早想造过一条船，却没钱，又因禁捕几个月，造船这事就搁下了，这么大的风这么大的雨，如水泉驾着那条破船在湖里捕鱼，那——女人不敢往下想了。

女人担心的事竟然成了事实。

一早，村里来了一个男人，男人对女人说：“水泉昨晚在鄱阳湖里捕鱼，船翻了——”女人的腿一软，晕过去了。女人醒来后，跌跌撞撞往家里赶。女人一进村口，儿子那断人肠肺的哭声就一浪高一浪地扑来。女人进了院子，水泉直直地躺在木板上，女人眼前黑糊糊的一片，耳畔满是轰隆隆的雷声，女人一头栽在水泉身上，又晕过去了。女人再次醒来后，不停擂打着水泉，哭号着：“你这短命鬼，你现在咋不踹我呢？来呀，你踹呀，你踹我一千脚一万脚都行呀。踹呀，你倒是起来踹我呀，你咋不踹呀？——”女人挖心挖肝的哭声把村人的眼全弄湿了。

天　籁

草儿命苦。

娘一生下草儿，就得产褥热死了。草儿五岁那年，爹在鄱阳湖里打鱼，湖面上忽然刮起了狂风，船便被狂风巨浪掀翻了，草儿的爹也掉进湖里了。

草儿便成了孤儿。

开初婶婶不想收留草儿，后来村长出面，答应村里每月给草儿80元钱生活费，草儿又给婶婶下跪了，草儿哭着说：“婶，你就收下我吧。我会扫地、洗碗、拾柴、拔猪草……”草儿的婶便答应了：“那让你受苦了。”

叔叔对草儿还好，可婶婶对草儿从没给过一个好脸色，对草儿不是打就是骂，而且饭都不让草儿吃饱。

草儿七岁了，婶婶没让她上学，要草儿在山上放牛。

草儿很喜欢一个人独处，她怕见到整天冷着脸的婶婶。草儿很快喜欢上放牛的活儿，也喜欢山上的树、草、花，更喜欢草丛里欢蹦乱跳的兔子，树丛里唧唧喳喳叫的鸟儿，还有头顶上悠悠飘过的白云。草儿也喜欢躺在软绵绵的草地上，看着蝴蝶在火一样红的杜鹃花上翩翩地舞，听着小鸟欢欢悦悦地叫，嗅着鲜花散发出浓馨的香味，心里便暖暖的，欢快在心里装不下了，便化作歌声从嘴里溢出来了：

“太阳出来喜洋洋。
我牵着牛儿来到山坡上，
牛儿吃草，我唱歌……”

歌声同和煦的阳光融合在一起，在山上的沟沟壑壑上跳跃不停。草儿的歌声落在花上，花儿开得更艳了；草儿的歌声撒在溪水里，溪水流得更欢了。蝴蝶听到草儿的歌声，舞得更美了；鸣叫的蝉儿听到草儿的歌声，便羞愧得停了鼓噪。

当然，草儿也有伤心的时候，草儿放牛时，见同她年龄一样大的人都背着书包上学了，草儿的眼睛就发酸，鼻子也涩涩的，草儿硬是忍着，泪水才没掉下来，忧伤的歌声却漫落在山上的角角落落：

“摇摇摇，摇过桥，

肚里饿，吃糠糠……”

小鸟和着草儿的歌声凄凄哀哀地叫，开得正艳的花儿在草儿的歌声中迅速枯萎了，蝴蝶也停了飞舞，阴郁着脸一声不响地歇在草丛里，多愁善感的蝉儿竟呜呜地哭起来。

草儿的泪水再也忍不住扑簌簌地掉下来了，歌声也梗在喉下吐不出来了。

草儿不知道，树丛里有个人，她听草儿的歌声已听了许久，她从来没听过这天籁般美妙的歌声。她是电视台的，她来山村里是为她导演的一部《天籁》电视剧寻找女主角，她为寻找女主角踏遍了乡村的山山水水，鞋也踏破了几双。她如今见到草儿，听到草儿哀怨的歌声，眼里涌动着晶亮的泪水，她已好久没有这么感动过了。

她把草儿揽在怀里，掏出手帕替草儿拭去泪水。她温柔地问草儿：“你爸妈怎么不让你上学?”

草儿说：“我爸妈死了，婶婶不让我上学。”

“那你想不想上学?”

草儿点点头：“我做梦都想上学。”

她带着草儿去见她叔叔婶婶。她说：“我想带草儿去城里。”

草儿的叔叔满口答应了：“我在这替她谢谢您了。”

可草儿的婶婶不同意：“我不能白白供养她三年。”

她问：“那你想要多少钱?”

草儿的叔叔朝草儿的婶婶瞪眼睛，可草儿的婶婶毫不理会：“一万块钱不多吧。”

她说：“我给你两万块钱，行吧。”

草儿跟着她去了省城。

草儿天生是个演戏的料，她很快进入角色，并且一点也不怯场。一年后，《天籁》封镜了，省电视台一播放，观众就轰动了，观众一下喜欢上草儿，《天籁》成为电视台历来收视率最高的一部电视剧。接着，中央一台也在黄金时间播放了。那时，草儿的照片出现在全国的各个大报小报上。

草儿的婶婶见拍电视的草儿能挣大钱，便要收回草儿的监养权。草儿心里一万个不愿回乡下，但还是被婶婶强行带回家。有个电影制片厂想请草儿拍电影，草儿的婶婶提出了天价。电影厂勉强答应了。可是草儿怎么也进不了角色，嗓子也变得沙哑粗糙了，唱的歌同蛤蟆叫一样难听。电影制片厂只有重新换了人。

草儿的婶婶以为草儿故意这样，便带着草儿去医院看医生，医生说草儿的嗓子治不好，并说草儿这病会越来越恶化，最终会变成哑巴。

草儿又只有在山上放牛。

这时，省电视台的她又来了。草儿见了她，哭着扑向她的怀抱。她问草儿："我想收养你，你愿意么？"草儿点点头，可片刻草儿又抬起满是泪水的脸："阿姨，我的嗓子快哑了，再不能唱歌演戏了，你收养我，只给你添负担。"她把草儿抱得更紧了。

她给草儿的婶婶扔下一笔钱，然后带着草儿到民政局办了收养手续，再带着草儿去北京最好的医院看病。

草儿说："阿姨，我的病治不好的，别为我浪费钱了。"

她说："不，你的病一定能治好的，只要能治好你的病，阿姨花再多的钱也愿意。"

草儿说："阿姨，我能叫你妈妈吗？"她笑着点点头，她眼里又涌动着泪水。

"妈——妈——"草儿的声音哽咽得厉害。

一个星期后，草儿的婶婶在看中央电视台的联欢晚会。忽儿她看到了草儿，草儿在唱《世上只有妈妈好》：

"世上只有妈妈好，
有妈的孩子像块宝，
投进妈妈的怀抱……"

草儿的婶婶呆了，草儿的嗓子怎么这么快就好了？难道草儿的嗓子根本没病？可那医生为什么说草儿的嗓子治不好呢？草儿婶婶的脑子都想痛了，也想不出一个头绪来。

寒　冬

空中溢满寒风狰狞的狂笑。光秃秃的树干冷得瑟瑟发抖，发出凄厉无助的呜咽。空中铺满铅色的乌云。

要下雪了。

我立在风中，脸被刀子样的风扎得生疼生疼。几个脚趾头好像断掉了，已感觉不到痛。

“爹，上岸吧，要不会冻坏的。”

父亲不搭断理我，父亲仍摸他的鱼。父亲只穿了一条短裤衩。

“这些王八羔子都躲到哪儿去了？”父亲下湖快半个时辰了，可乌鱼一条也没摸到。在夏天，乌鱼很好弄。夏天，乌鱼怕热，总浮游在水面上，在鱼钩上放只青蛙或放块面粉团，就立马能钓上乌鱼来。可在寒冬，乌鱼怕冷，藏在泥土里一动也不动，很难抓。即使人踩住它，它也不动，让人很难感觉到踩住它了。

湖水对湖岸怀着满腔仇恨似的，猛烈而凶狠地撞击着湖岸。我感觉到脚下的地在抖。

这时父亲被湖浪冲了个趔趄，险些摔倒。

“爹，别摸鱼了，回家吧。”

“放你妈的屁，不摸到乌鱼，你狗日的能当成兵……”

父亲的声音如风中的柳枝，颤抖个不停。

都是那狗日的村长！

听说在那些富裕的地方当兵很容易，可在我们这个穷山沟，想当兵的挤破头。每年冬季，都是亢奋而慌乱的季节，许多人都为当兵奔波。我们这些没考上大学的，如又想挣脱脚下这贫瘠的土地束缚，那只有当兵一条路。在部队考军校比地方上考大学要容易得多。如考不上军校，可学些技术，今后就不愁没饭吃。学不了技术，争取入党也行。入了党，可进村委会当干部，或者进乡办企业。入了党的退伍军人也不愁没饭碗端。

我也往当兵这条狭窄的路上挤。

去年，我检中了，可乡武装部只分给我们村委会四个名额。我没争到，原因是我们想抓住鸡却又舍不得一把米。

今年，我检中后，父亲就忙活开了。

父亲拎了两条“红塔山”、两瓶“茅台”进了村支书家的门。村支书见了烟酒，满口答应，又说：“只是村委会不是我一个人说了算，还得让村长同意。村长同意了，我没二话。”

父亲又拎着鼓囊囊的包进了村长家。

父亲对村长说明来意。

村长说，“这事，我当然会帮忙。只是今年指标太少，只三个，而村里检中的却有十几个。能否去得成，我不敢打包票，但我尽力帮忙。”

父亲又把烟酒拿出来，村长不收。

父亲说：“你不收，就是看不起我，就是不想帮这个忙。”

“忙是要帮，但东西不能收。”两人争了很久，最后父亲拗不过村长，把东西拎回家了。

父亲脸上阴阴的。父亲说：“村长死活不收东西，他不实心实意帮忙。唉！”父亲心里急。

正巧，村长的女人得了一种妇科病，医生开了药，说要乌鱼做药引子才行。父亲得知后，立马就下湖了。

父亲的身子开始抖了：“妈的，这……王八……躲……哪里………”父亲话都说不囫囵。“爹，回家吧，这兵我不当了。”我的泪水涌出眼眶。“闭上……你……臭嘴。”父亲仍摸他的鱼。忽然，父亲笑了：“哈哈，终于……抓……住……”父亲双手举着一条三四斤重的乌鱼。

父亲上了岸，身子一个劲地抖。父亲的嘴唇已冻得乌黑，身上也发紫。可父亲笑着说：“没白来没白来。村长见了这鱼准会动心的。你当兵有望了。”

回家的路上，碰见了两个男人。他们见我手里抓着乌鱼，都转头走了。我知道他们也是为村长抓乌鱼的。

回到家，母亲把一个红本本给我，说：“通知书刚下来了，过几天就走。”

父亲不识字，却端着“入伍通知书”看了许久。父亲问：“这通知书谁送来的。”

“村支书。”母亲说。

“那你把这乌鱼剖了，红烧，多用香油，煎得焦黄焦黄，村支书喜欢吃。”父亲吩咐母亲后，又对我说，“你去买两瓶好酒来。”

“那这乌鱼不送村长了？”母亲问。

“不送。”父亲生硬地说，“你能当兵，全是村支书帮的忙。这情我们得谢。”

酒买回来了，父亲就去请村支书。

父亲把脊背上的鱼块一个劲地往村支书碗里夹。村支书说：“我自己来。”

父亲说：“多吃点，这东西冬天里吃了，补肾。”

父亲又端起酒杯，说：“我在这敬你一杯，娃儿能当成兵，全靠你，在此谢你了。”父亲一仰脖，一杯酒一口干了。“林子能当成兵，也亏了村长帮忙，我一个人不行的。乡长在外县有一亲戚，想把户口转到我们村，占我们村一个指标，村长硬是挡着，把这指标给了林子。”父亲啊了一声，笑便僵在脸上，但片刻，又说：“来，喝酒。”父亲的声音一下没了筋骨，软绵绵的。父亲刚才兴奋得发红的脸也犹如门墙上的枯草，黄黄的。

外面开始下雪了。

吃完饭，父亲又出去了。母亲和我没在意，都没问父亲到哪里去。到吃晚饭时，我四处喊父亲，却没人应。母亲也慌了。后来母亲说：“他是不是给村长摸乌鱼去了？”我跑到湖边，见岸上放着父亲的衣服，湖上却没父亲的影子。后来在离我们村二十几里的一个山脚下找到了父亲。父亲的身子已变得僵硬。

三天后，我穿着绿军装登上了火车。

雪纷纷扬扬地下，满世界一片刺眼的白。

买 水

在鄱阳湖一带，去世的老人入殓前，得由长子披老人生前穿的棉袄，次子端老人的遗像，三儿子端老人生前穿的鞋，幺子端脸盆，依次去池塘“买水”为老人净身。老人岁数越大，儿孙越多，去的池塘也越多，买的水也越多，有去一口池塘买水的，有去几口池塘买水的。买水时，随行的亲属披条宽五寸、长一米的白布，称戴孝。儿子一辈的戴白布，孙子一辈的戴黄布，曾孙子一辈的戴红布，玄孙子一辈的戴绿布。开路的人放鞭炮，放铳，村人帮着扛布、被单、毛毯。布、被单、毛毯都是死者亲朋好友送的，都挂在竹篙上，以摆死者世面，人越多，祭幛越多，老人越有福气，老人子孙也感到荣光。每到一口池塘，孝子孝孙们都在岸上跪下，由老人的小儿子在池塘盛一盆水，倒入一水桶中。每口池塘只能“买”一盆水。

水买回来后，放在死者门口。村人便端着碗来买水。有专人登记，谁拿了多少钱来买水，一笔笔记上。来买水的人越多，老人的子孙们越觉得有面子。买水的人越少，子孙们脸上越不好看。老人活的岁数越长，是无疾而终，生前人缘又好，子孙多且都有出息，还乐善好施，来买水的人便越多，买的是老人的福气，都想自己今后死时像老人这样风光。反之，买水的人越少。

这天，鄱湖嘴村的德贵和七根同一天去世了。

德贵是村长的爹，其时应说是村主任的爹，但村人嫌叫村主任不顺口，仍叫村长。德贵活了八十岁，而且是无疾而终。德贵生的五个儿女，除村长在农村，其余四个儿女都在城里吃公家饭，日晒不到雨淋不到风吹不到。德贵的晚年过得很惬意，吃好的，穿好的，抽的也是十元钱的一包的“金圣”烟。德贵口袋里总不缺钱，钱包总鼓鼓的。德贵在生时，村人都说他命好，说得德贵皱纹里都是笑。

再说七根，尽管活了七十八，却是得了肝癌，在病床上躺了三个月才闭眼的。七根只生了一个儿子，没生女儿，应属儿女不全。七根的儿子也是个种田的，自己的日子都过得紧巴巴的，当然没钱给七根。七根种不动田地了，只有去镇上捡破烂，晚年过得极凄苦，死前三个月，还捡破烂。

德贵去世的第二天，德贵的儿女都赶回家了。儿女们单位上的人，儿女的亲朋好友都送花圈来了，送给德贵的花圈有五六十只。而七根竟没有一只花圈，七根的亲戚都在乡下，乡下人没有送花圈的习惯。

给德贵买水的队伍很长，有一百七八十人，且买了十二口池塘里的水，村里的池塘不够，只有去邻村的池塘里买水。一口池塘一盆水，两只水桶装得满满的。还游了街，引得成千上万的人看热闹。看热闹的人都打听是哪个有福气的老人去世了。当探听到德贵的情况时，都发出啧啧的赞叹声，也都一脸的羡慕。

给七根买水的才二十余人，且只买了四口池塘里的水。

满满一担水放在德贵门口。

德贵的大儿子还叮嘱卖水的人，待会儿村人来买水，别盛满，要不，水卖完了，就没水给爹洗身子了。

但半个小时过去了，一个小时过去了，仅十几个人来买水。

去七根家买水的却有一百余人。

七根的儿子亲自为村人盛水。他噙着泪水连说，谢谢，谢谢！七根的儿子一万个没想到来买水的村人这么多，他开初还以为没有人来买水呢。

村人相互招呼，你也来这买水？咋不去那买水？

我才不去那个小气鬼家买水呢。有一回，我儿子交学费少了二十块钱，我低声下气对他说了一箩筐好话，他只有两个字，没钱。七根叔知道后，二话没说，把口袋里的钱全掏出来了，尽管只有十五块两毛五分钱，我当时眼窝子都湿了。

我也是，我女人得了子宫癌，医生说发现得早，只要开了刀就没事。我没钱去找他借，还朝他下跪了，他就是没拿一分钱。晚上，七根叔却来家送了三十五块钱，七根叔那时对我说，我只有这么多钱……

我儿子那回掉进了鄱阳湖，七根叔衣服也来不及脱，就跳进湖里救起我儿子。他却躲开了……

修村小学，还差五百元，七根大伯去医院卖了次血，而他才出了一百元。

村子路上的砂石是七根叔公花钱铺的……

七根的儿子听着村人念着他爹在世的好，泪水掉下来了，许多村人也掉了泪。四盆水很快被村人买完了。七根的儿子说，你们等等，我这就去买水。七根的儿子挑着水桶就走，走得飞快。

德贵的儿女们一个个阴着脸。他们弄不明白，村人为啥要买七根的水而不买自己父亲的水。自己父亲的命比七根的命不知要好上多少倍。德贵的一个堂侄子说，村人都说叔太小气，说叔尽管有钱，但他们没得一点好处。说七根虽然没钱，但他尽最大能力帮他们，还说七根为人正直，说七根心地善良，说七根……德贵的大儿子大吼，别说了。

半个月后，村前那条被七根铺了砂石的路修成了水泥路。路是德贵的五个儿女们修的。德贵的儿女们说，修路的钱是德贵生前省下的。

摸　秋

鄱阳湖一带的小孩都喜欢过中秋节，有月饼吃是一个方面，主要还是可以摸秋。中秋节这天晚上，小孩不但可以在庄稼地里疯玩，还可以疯吃，甘蔗、花生、红薯、玉米等，只要能吃的，都可以吃。生的不好吃，可以弄熟吃，捡些干树枝，在田岸边点燃了，把挖出来的花生、红薯、玉米扔进火里。片刻，香味四溢，小孩的肚子撑得滚圆滚圆的。

平时叫偷，中秋节这晚却叫摸秋。听说被小孩摸过秋的庄稼会更丰收。中秋节过后，小孩就不能随便吃田地里的庄稼，父母知道了也会拿竹棍把屁股打得皮开肉裂。

每年的中秋节，聪聪都不摸秋。不是他不想，而是没有一个小孩愿同他一起摸秋。聪聪的脑子有点不好使，已九岁了，还不知道一加一等于几，自然没人愿意同聪聪玩。

聪聪只有站在门口，看别人玩。其实根本看不到，只能看见田岸上燃起一丛丛火，还能听见一阵阵欢快的笑声。

“妈，你带我玩。”聪聪拉着荷花的衣袖，可怜巴巴地求。

荷花没好语气：“你没看见妈忙？”荷花正在做扫帚。

“我去叫醒爸，让爸带我玩。”聪聪说着就出门。荷花忙起身拉住了，语气很凶：“不能去。”聪聪不听：“我就要去。”荷花说：“不能去就是不能去。”聪聪还不听，荷花捡起地上一把刚做好的扫帚打聪聪屁股，聪聪“呜”地哭了。

荷花扔了扫帚，骂起男人来：“你倒会享福，眼一闭，啥也不管，让我吃苦受累……”荷花的眼泪啪嗒啪嗒往下掉。若男人在，日子也不会过得这么苦了。男人走了，耕田耙地、挑水挑粪，啥活都要她干。她一天到晚忙得连喘口气的机会都没有，活儿却干不完，也干得不好，如耕田，田耕得深一片浅一片，牛也欺生，故意同她作对，荷花让牛往前走，牛却回头倒着走，还不走一条直线。铧齿也划到了荷花的脚，血涌出来。荷花拿块泥巴按在伤口上。

亲朋好友劝荷花再找一个。荷花担心聪聪今后受委屈，一直没答应。聪聪却不懂事，一天到晚向她吵着要叫醒爸爸。三年前，男人躺在棺材里时，聪聪推男人："爸，不要睡，陪我玩。"男人刚闭眼时，聪聪就推男人。荷花哭着说："你爸睡了，别动他。"棺材放进坑里，村里的"八仙"往棺材上浇土时，聪聪跳进坑，把棺材上的土往外抛："爸爸醒了，怎么起来？"荷花把聪聪抱起来，搂进怀里："你爸说，他要睡好久，他好累。你爸醒了，他会喊我们。"

荷花仍在扎扫帚，聪聪溜出门，去了村后的树林。爸爸已经睡得太久了，他要喊醒爸爸。

坟包上躺着一个男人。男人一身酒气。

"你醒醒，醒醒。"聪聪蹲下来推男人。男人一把把聪聪搂进怀里："儿子，快叫爸，爸可想死你了，爸爸还以为永远见不到你。"

"你是我爸？"

"我不是你爸，那我是谁？"

"你真是我爸？"

"是呀，我是你爸呀。"男人说完放开怀里的聪聪，又打起很响的鼾声。

聪聪揪男人的耳朵："你咋这么会睡？醒醒，带我去摸秋。"

男人醒了，坐起来，问聪聪："我怎么会睡在这儿？"片刻，男人想起来了，今天是儿子一年的祭日，他想同儿子说说话，便到这儿来了。他心里苦，在儿子的坟前喝下一瓶酒。他对不起儿子，更对不起死去的女人。女人闭眼前要他照顾好儿子，可儿子还是掉进了鄱阳湖。男人同儿子说够了话，便回家，走了几十步路，腿一软，倒在地上了。

"爸，你终于醒了，快带我去摸秋。"男人同聪聪是一个村里的，聪聪的事男人全知道。男人没想到聪聪把自己当成他爸爸了。

"行，爸带你去摸秋。"

男人把聪聪带到自己的花生地里，男人下了地，拉着花生藤往上一扯，花生根上全是花生。聪聪笑了，不停地摘花生。男人一连扯了三根花生藤。聪聪的两个裤袋装得满满的。聪聪坐在田岸上剥花生吃，聪聪先是把剥好的花生往男人嘴里塞。男人的心暖暖的，两年前的中秋节，他也带着儿子摘花生，儿子也是先把一粒剥好的花生往他嘴里塞。男人抱起聪聪，让聪聪坐在自己腿上："地上凉气重，会生病的。"

后来聪聪又在男人甘蔗地里掰了一根甘蔗吃，还烧了两只红薯、两根玉米。当火着了时，聪聪高兴地围着火转，咯咯地笑个不停。红薯和玉米熟了，聪聪让男人吃，男人不吃，男人让聪聪带着给他妈妈吃。

聪聪说："爸，回家吧。"聪聪拉着男人的手往家走。

男人很想说："我不是你爸，你爸还在睡觉。"可这句话在他喉咙口转了几次就是吐不出嘴。男人很快到了聪聪的家。荷花见了男人，很意外，男人说："我，我……"

聪聪抢过话："妈，爸醒了。爸真好，带我摸秋，我吃了花生、红薯、甘蔗、玉米，妈，这是给你留的。"聪聪从口袋里掏出一只红薯和一根玉米。男人很尴尬地立在那，两只手显得多余的样，不知放哪儿好，抓抓头发，扯扯褂子。荷花心里偷偷地笑，脸上却有了红晕："坐，你坐呀!"

"这么晚，我得走……"

聪聪说："爸，你还去哪?"

荷花说："快睡吧。"

又是中秋。当水洗了样的月亮从鄱阳湖里钻出来时，聪聪拉着男人的裤腿说："爸，我们去摸秋。"男人笑着说："你妈去，我也去。"聪聪又扯荷花的裤腿："妈，我们去摸秋。"荷花拉起聪聪的手："好，我们去摸秋。"男人拉起聪聪的另一只手："儿子，爸一定让你玩得高高兴兴。"男人说着，在荷花的脸上极快地亲了一下，荷花啃一声："老不正经。"要打男人，男人笑着跑开了，荷花在后追，聪聪也跑起来。聪聪追上荷花，开心地喊："妈跑不赢我，妈跑不赢我……"

慈善鸟

加勒比海上有座小岛，名叫慈善岛。慈善岛上栖息着成千上万只慈善鸟。

慈善鸟很溺爱自己的后代。幼鸟一生下来，慈善鸟就一天到晚在外捕食喂养幼鸟。幼鸟长大了，能飞了，却不想学飞、不想学捕食，仍赖在巢里喊：“饿呀，饿呀。”慈善鸟只有更辛勤地捕食。慈善鸟为喂饱它们，自己舍不得吃。它们“饿呀饿呀”的叫声让空着肚子的慈善鸟更加忙碌了。因而许多正在捕食的慈善鸟，却一头栽进太平洋，它们是累死的、饿死的。

父母死了，那些不会飞也不会捕食的小慈善鸟仍喊“饿呀饿呀”，别的慈善鸟就衔食物给它们吃。

慈善岛上的人也像慈善鸟一样极爱自己的子女。子女长大成人了，可他们仍不要子女干活。只待他们老了，做不动了，子女才干活。许多人因劳累过度在壮年就去世了。岛上人的日子过得极苦，仅能混饱肚子。

岛上有个叫蒙弗兰克的人，六岁时父母先后病死了，他成了孤儿。有人在他脖子上系了根黑带子。岛上的人一见脖子上系着黑带子的蒙弗兰克，就知道他是孤儿，因而都给他食物吃。蒙弗兰克走到哪，吃到哪，他想在谁家吃饭就在谁家吃饭，想在谁家睡觉就在谁家睡觉。如哪家不给饭他吃不让他住，那全岛的人都瞧不起那一家人。

蒙弗兰克在小孩中是吃得最好穿得最好睡得最好的，许多小孩都恨自己不是孤儿。

但不安分的蒙弗兰克想看看外面的世界。一天他上了一艘旅游船，船上的人都去了岛上。蒙弗兰克藏在一个厕所内。

船上一个好心的英国人收养了蒙弗兰克。

蒙弗兰克在伦敦上了大学。

但蒙弗兰克的心一直留在慈善岛上。蒙弗兰克想改变慈善岛，想让慈善岛的人过上富裕幸福的生活。

因而蒙弗兰克大学一毕业，就回到慈善岛。

蒙弗兰克先是给岛上的人讲外面的事，讲年轻人不干活而靠父母养活是可耻的，讲年轻人应该对父母孝顺，讲父母溺爱自己已成人的子女是害了子女……蒙弗兰克讲了很多，可岛上的人就是听不进。岛上的人都说：“神鸟也是这样爱自己的子女，难道我们连神鸟都不如?”慈善鸟被岛上的人称作神鸟，人们溺爱自己的子女也是向慈善鸟学的。

蒙弗兰克觉得改变岛上人的思想观念得先改变慈善鸟的生活习惯，得让慈善鸟不再给已长大的慈善鸟捕食，要让它们自己捕食。如它们不捕食，那只有饿死。

想了很久，蒙弗兰克才想到一个办法。蒙弗兰克带着录音机来到海滩上的灌木丛中，慈善鸟的巢就筑在灌木丛里。巢中的成千上万只已长大的慈善鸟不停地叫唤“饿呀饿呀”，蒙弗兰克把小慈善鸟叫饿的声音录下来了。然后走到另一片树林里，开了录音机，把声音开到最大声，又安上扩音器。录音机里小慈善鸟悲哀的喊饿声超过灌木丛里小慈善鸟喊饿的声音。因而成千上万只慈善鸟把嘴里的鱼虾、蛤蜊、海蟹全往树林里扔。

慈善鸟一直往树林里投了几天食物。地上铺了厚厚一层鱼虾、蛤蜊与海蟹。

巢里的小慈善鸟饿得难受，只有学着飞，学着捕食。

巢里再没有一只喊饿的慈善鸟。

蒙弗兰克也关了录音机，慈善鸟再不要为小慈善鸟捕食了。蒙弗兰克对岛上的人说：“神鸟的生活习惯不是改变了吗？我们人呢？不同样可以改变？我们年轻人有力气，应该干活，应该让自己的父母享福……”蒙弗兰克正说得起劲时，一块石头飞来，砸着了蒙弗兰克的后脑，血涌了出来。

晚上，蒙弗兰克被人杀了。躺在床上的蒙弗兰克身上被人刺了十几刀，血浸透了身下的床单。

第二年春天，慈善鸟又到了繁殖季节。两个月后，幼鸟长大了，仍赖在窝中喊饿，慈善鸟又一天到晚给它们捕食。先是一个老人在树林里学着小慈善鸟的叫声“饿呀饿呀”，后来又一个老人来了，三个，四个，几十个老人来了。他们学慈善鸟喊饿声学得极像，叫得悲悲切切的。无数的慈善鸟飞来投扔食物……

第三年，巢中的慈善鸟长大后，慈善鸟没再给小慈善鸟喂食。饿得难受的小慈善鸟只有学着飞，学着捕食。

……

再后来，岛上的中心广场耸立起一尊蒙弗兰克的铜像。

半小时的故事

何猛提着个鼓胀胀的包下火车，出了站，却不知去哪儿，就傻傻地站在那儿，眼神迷茫而焦虑。何猛原本是个裁缝，农闲时上门给人做衣服。但现在的人都喜欢买衣服，何猛接不到活。如光种两亩薄地，能混个肚皮圆就不错了。何猛听说省城许多制衣厂招人，就来到省城了。

何猛不知道他已被几个人盯上了。

一个漂亮的女孩偷偷打量着何猛。这人长得太像小雄，小雄是女孩以前的男朋友。小雄是个警察，在追捕歹徒时挨了几枪，牺牲了。小雄闭眼前拉着女孩的手说："忘了我吧，有更好的男孩值得你爱。"女孩想，要找就找个像小雄一样的男孩。何猛感到脸上烫烫的，一看，一个漂亮的女孩正含情地看着他。女孩的目光同何猛的目光碰上了。女孩慌乱地收回视线，脸无端红了。女孩想，这男孩长得真英俊，不能再错过了。女孩以前已错过几个长得像小雄一样的男孩。

一个五十岁的男人也在打量着何猛。男人是一家规模极大的公司的老板。他一见何猛就喜欢上了，这小子长得高大、英俊，看他样子显然是找工作的，若让他来公司当保安，他准会愿意。他的公司目前倒不缺保安，只是那些保安一个个尖嘴猴腮，个子又矮，让他心里别扭。保安的形象就是公司的形象，他得同那小伙子谈谈。

一个脸上有刀疤的男人指着何猛对一个平头男人说："大哥，你看那男人怎么样？块头那么大，又一副好人相，若干活，警察不会怀疑他的。"平头男人看了一眼何猛说："这小子块头倒大，不晓得长没长胆。干我们这活，要长着豹子胆才行。好吧，你去试试他。"

此时的何猛已感觉到几个人盯着他看，何猛心里更焦虑了，他弄不明白这几个人为啥总看着他？那女孩难道是小姐？何猛听村里出外打工的人说，城里遍地是“鸡”，尤其是火车站，“鸡”更多。他们说火车站上的“鸡”千万别碰，她们都宰人。不宰得你身上只剩下一条裤子决不罢休。可那女孩不像是小姐，瞧她那么爱脸红，目光也是那么羞怯，说她是纯洁的天使倒还差不多。再说那个五十岁的男人，很像个大老板，可他这个大老板为啥总盯着他看？还有那平头，那疤脸男人，一看就是个坏人。他们不会抢他的东西吧。自己衣着这么寒酸，又提着个包，显然是找工作的，找工作的绝没钱。他们的眼光不会那么差。看他们的样子像是做大坏事的，不像贼眉鼠眼的小偷小摸。那疤脸男人朝这走来了。唉，管他们是什么人，还是早些离开这鬼地方好。

何猛提起包，往前走。疤脸男人喊：“哎，哎。”何猛立住了，疤脸男人手里拿着一只花瓶：“要花瓶不?”何猛摆摆手，疤脸男人不罢休：“你不买不要紧，看一下嘛。这花瓶是上好的青瓷。”何猛不接花瓶，疤脸男人硬把花瓶往何猛怀里塞。这样花瓶掉地上碎了。比何猛矮半个头的疤脸男人抓住何猛的领子：“你赔我的花瓶，赔我的花瓶。这花瓶值两千块钱。”何猛苦着脸求疤脸男人：“大哥，我身上哪有两千块钱？二百块钱我倒有。”“那就赔五百。”何猛想，还是破财消灾吧，何猛从内衣里拿出钱包，拿了五百块钱递给疤脸男人。疤脸男人见何猛的钱包里还有几百块钱，就凶巴巴地说：“再给五百。”何猛哭了：“大哥，行行好，放了我吧。”疤脸男人说：“放你行，你得跪下叫我一声爷。”何猛真的扑通一声跪下了：“爷。”疤脸男人踹了何猛一脚：“裆里没长肉的胆小鬼。”疤脸男人又把何猛的五百块钱甩在何猛脸上，走了。

这一切都被那个漂亮女孩和那个五十岁的男人看在眼里。

女孩心里说，他一点也不像小雄。若是小雄，准会同那个疤脸男人拼个鱼死网破，决不会像他那样跪在地上求饶。女孩极其失望，头也不回地走了。

那个五十岁的男人心里也说，这小子枉长了一副好身架，是个金玉其外、破絮其中的绣花枕头。他还不如我公司那些尖嘴猴腮的保安。男人也叹着气走了。

疤脸男人对平头男人说：“大哥，那男人是胆小鬼。若他入了我们的伙，被警察抓住了，准把我们全出卖了。”

这一切发生在半个小时内。

假设何猛同那疤脸男人打起来，那么何猛的人生可能会改写，他准赢得了爱情。但他是当公司的保安，还是同疤脸男人一起贩毒？倘若当那家大公司的保安，那他反抗得值，他既有了工作，又拥有了爱情。倘若他今后同疤脸男人一起，那他失掉的却是生命。那样，他还是这样下跪求饶好。

塞翁失马，焉知祸福？

几天后，何猛没找到工作，钱用得差不多了，便回了家。何猛再没出外打过工，安心在家种田。两年后，他同一个平常的女孩结了婚，过起平凡的日子。

祖孙

太阳还藏在鄱阳湖里睡觉，爷爷便拍小胖的屁股，小胖唔唔地叫着，继续睡。爷爷又揪小胖的耳朵，“懒鬼，该醒了，我们得去挖红薯。”

桌上放着两只红薯，还有一碗稀饭，一罐豆腐乳，一罐辣椒酱。小胖没点胃口，喝了一碗稀饭，不想吃了。“我们中午才得回家，不吃会饿。”爷爷拿起一只红薯放在小胖手里。小胖只有闭着眼吃，强迫自己往下咽。小胖不喜欢吃红薯，一天三餐红薯，吃得太多了。他现在一见红薯就想吐。但小胖很听爷爷的话，他不想爷爷为他不高兴。小胖吃完了一只红薯，爷爷说：“走吧。”爷爷扛着一把锄头，挑着一担谷箩出了门小胖带上门，跟在爷爷的后面。小胖的身后跟着一条黑狗。

两边的树丛里传来各种鸟叫，都叫得蒙蒙眬眬的，满是倦意，让小胖更想睡，一个哈欠接着一个哈欠从嘴里飘出来。

爷爷走路走得很慢，脚贴着地面走，拖起一圈灰尘。小胖说：“爷爷，我来拿锄头吧。”“行，你拿吧。爷爷真的老了，空手走路都吃力。爷爷以前可不是这样，以前挑两百斤重的担子，脚下都呼呼生风。”

田野里空荡荡的，稻谷、棉花、花生，该收的都收了。土地显得疲倦，没点生气。黄色的太阳还没睡醒样，没点精神。黑狗对着慢慢变红的太阳汪汪地叫。小胖说：“黑虎真傻，对着太阳叫啥？”小胖的话让爷爷笑了：“你两岁的时候，我学狗叫，你还咯咯笑呢。”小胖不好意思，埋下头摘红薯。爷爷举起锄头，这儿挖一锄，那儿挖一锄，然后拎着薯藤一拉，十几只吊在薯藤上的红薯堆了一地。小胖把藤上的红薯一只只摘下来，放进谷箩。

太阳越升越高，小胖的肚子咕咕地叫得厉害。爷爷听见了，说：“想不想吃烧红薯？”小胖嘴里说不想，却站起来捡地上的棉花秆。小胖捡了一捆棉花杆，爷爷把棉花秆折断，然后掏出打火机，棉花秆着了，浓烟袅袅升起。爷爷拣了几个圆滚滚的红薯，扔进火堆里。很快，红薯的香味呼呼地四处溢开来。黑狗馋得口水都流出来了。

小胖说："这薯闻着香，却不好吃。"

"我猜你父母是城里人。"

小胖摇摇头，不懂爷爷的意思。

"如你父母是乡下人，不会这么讨厌吃红薯的。红薯是我们乡下人的命，我们都喜欢红薯。我吃红薯吃了七十年，还没吃厌。你呢？才跟着我吃了七年红薯，却吃厌了。"

"我想他们也是乡下人。如他们是城里人，不会一生下我就把我扔掉。"

火熄了，红薯熟了。小胖拿根棉花秆拨出一只红薯，黑狗一口吞了，黑狗烫得一蹦一蹦地跑，汪汪地叫。黑狗跑到水塘边，喝了水才不叫了。小胖又拨出两只红薯。小胖拿起一只红薯，剥了皮，递给爷爷："爷爷，吃吧。"

"今后再没人叫我爷爷啦，再没人给我剥红薯皮啦。"爷爷的泪水竟爬了一脸。

小胖的泪水也淌下来了："爷爷，求你不要把我送给别人。我只想跟爷爷在一起。"

爷爷把小胖紧紧搂在怀里："傻孙子，爷爷一万个不想把你送人，可爷爷老了，爷爷养不起你，爷爷送你念书都送不起，都怪爷爷没用。要是爷爷年轻十岁就好了，那爷爷绝对不把你送人。"爷爷满是泪水的脸紧紧贴在小胖的脸上，"小胖，我的好小胖，你走了，爷爷还怎么活？"爷爷竟哭出了声。小胖搂紧爷爷的脖子："爷爷，我哪儿也不去，只跟着你过。"

黑狗不明白发生了什么事，惶惶地呜叫。

爷爷掰开小胖的手，站起来，又挖红薯。小胖拭干了泪，把藤上的红薯一只只摘下来轻轻放进谷箩时，小胖看见藏在爷爷脸上皱纹里的泪水一滴滴地掉在地上。

太阳爬到了头顶上，爷爷说："红薯挖完了，回家吧。"

小胖看到还有十几棵红薯，爷爷挖了，但没拉出来。小胖要去拉薯藤，爷爷说："那十几棵红薯放在那儿。要饭的人路过这儿，就不会饿肚子。他们可吃生红薯，也可吃烧红薯，这儿有这么多棉花秆。"

“爷爷的心真好。”

“回家吧。想不想吃肉？我待会儿买一斤精肉，剁成肉末，做肉丸子给你吃。”

“不想吃。”

“不想吃？”小胖最喜欢吃肉丸子。只是他没钱，一年只在过节才买肉。

“吃了肉丸子，你就把我送走。我情愿不吃也要跟爷爷在一起。”

爷爷的泪水又涌了出来。

天黑下来了，小胖吃过晚饭就睡了。爷爷一直坐在小胖的床前，一直看着小胖的脸。“爷爷，我不想去别人家。”爷爷以为小胖醒了，原来小胖说梦话。

门外传来狗叫，有人敲门。爷爷开了门，进来一个男人一个女人。男人抱起床上的小胖就走。爷爷拉住了男人，从抽屉里拿出一个塑料袋。爷爷把塑料袋塞进男人口袋：“这袋里是我所有的钱，共二百块。小胖喜欢吃肉丸子，他想吃时，你们就买给他吃。”爷爷又“扑通”一声跪下来，“你们今后要对小胖好一点，要把他当亲生儿子一样看。你们要是虐待他，我做了鬼都不会放过你。”

“行，行。”男人的语气很不耐烦。

爷爷捧住小胖的脸又亲起来。

男人说：“别婆婆妈妈的。”男人加快了脚步。男人出了村庄，往后看了看，见身后没人，才对女人说：“这男孩要是再小两三岁就好了，那可以卖个好价钱。男孩这么大，难出手。”女人说：“男孩反正是捡来的，没花本钱。”“汪汪。”黑狗追上来，朝男人女人汪汪地狂叫。

断翅的蝴蝶

胖胖的父母在城里开了家小饭馆，胖胖也跟着进城了。开初胖胖很高兴，以为城里很好玩，可一来就极度失望了。

每天胖胖一醒，父母都不在，都去饭馆了。

门却在外面反锁了。

父母担心胖胖出去玩，会在城里走失，或者遇见拐卖儿童的人贩子。

为省钱，父母租的房极小，仅十几平方米。胖胖数过，直走十二步，横走八步。

房里又没玩的东西，连电视机都没有。

中饭，胖胖泡包方便面吃。方便面是五角钱的，只一包佐料。胖胖以前喜欢吃方便面，可现在仅吃了三天，胖胖就厌了。如果不是饿，胖胖才不吃方便面。

晚上往往是胖胖睡了一觉，父母才回来。晚饭要丰富得多，一般有鱼有肉，胖胖不知道这些菜都是客人吃剩的。

胖胖说，妈，我想回乡下。

胖胖现在才觉得乡下好玩。在乡下，他这时可在田沟里摸鱼翻泥鳅，爬树掏鸟蛋，可在树林里玩抓特务的游戏。

晚上，他就捉萤火虫，装进玻璃罐里，当灯用。然后伏在母亲怀里，听母亲讲故事，再后眼睛慢慢合上了。

每天都过得极快。

胖胖极怀念乡下的小伙伴，不知石头、花面、二毛他们现在干什么。

记得他进城时，他们把他送得很远。他们一脸的羡慕。

你马上要上一年级啦，还回乡下干吗？母亲嘟囔一句，打起呵呵的鼾声。

后来父母觉得把胖胖整天关在房里不是个办法，那样会把胖胖关傻。父母不再锁门了，对胖胖左叮嘱右叮嘱，不让胖胖走远。父母还托一个捡破烂的老头照顾胖胖。

胖胖却不喜欢这个老头。老头的一间房里堆满捡来的破烂，屋里散发出一股怪味。胖胖闻了想吐。

老头却很喜欢胖胖，总找话问胖胖。胖胖尽管不喜欢老头，却愿意同他说话。

老头说，如不是你，我一天也说不了一句话。实在想说话了，就自己说给自己听。

胖胖也说，我以前一天也不说一句话。

老头说，我没儿女，今后我死了，我积的钱全给你。老头说着从床底下拿出一个黑色的破提包，你瞧瞧，一包钱，你猜有多少，说出来吓死你，有一千九百八十二块五角六。

一千是多少？胖胖问。

一千当然好多。再说过几天，我就有两千了。

晚上，胖胖睡得正香时，又让母亲叫醒了，母亲叫胖胖起来吃饭。胖胖说，妈，我想同你说话，想听你讲故事，想同你玩。

母亲说，好儿子，妈好累。待妈挣够了钱再不开饭馆了，就天天同你玩。

挣多少钱才不开饭馆？挣一千九百块钱够不够？

母亲不说话。

一千九百块不多吗？

母亲含含糊糊说了个字，多。又睡过去了。

胖胖却睡不着了。胖胖想偷老头的钱。偷到了钱，妈就不要再开饭馆了，就整天陪他玩。但胖胖又一想，老头出去捡破烂时，总锁着门。老头在家里，他偷不到。这时传来老鼠吱吱的叫声。胖胖的眼前一亮，对，给老鼠药老头吃。家里老鼠多，胖胖的母亲买了几包老鼠药毒老鼠，母亲对胖胖说，这老鼠药吃不得。胖胖说，我知道，吃了，人就会死。以前村里有一老人同儿媳吵架，吃了老鼠药死了。

胖胖醒来时，烫热的阳光洒了一屋。

胖胖拿了老鼠药出了门，胖胖知道老头此时在家煮了粥。胖胖想他只要趁老头不注意时，把老鼠药倒进他粥锅里，那老头就会死，老头的钱归他了，那他的母亲就不要再开饭馆了，他整天可同母亲待在一起。

此时，胖胖看见一只很大的黑蝴蝶歇在草上，胖胖蹑手蹑脚地去捉。但胖胖的手刚伸过去，黑蝴蝶没飞多远，又歇在一棵草上。

后来胖胖终于捉到了黑蝴蝶。

黑蝴蝶的两只翅膀很均匀地少了一截。准是被人捉住过，然后撕了它的翅膀。

胖胖把蝴蝶的翅膀又撕了一点，然后往空中抛。黑蝴蝶飞不了几步路就歇下来。胖胖玩了一会儿黑蝴蝶，才想到他要做的事。胖胖把黑蝴蝶的翅膀全撕断了，狠劲往地上一甩，又狠狠地踏上一脚。然后去了老头的屋里。

第二辑

父亲的影子

糖纸钱

胖胖的娘长得俊，眼黑亮得似两泓清澈的泉水。胖胖的娘一走路，一条长至腰际的麻花黑辫，就一摇一晃，腰肢也一扭一扭的，丰满的胸脯也一耸一耸的。可她的男人却没福气，做了短命鬼。村里的男人都想当胖胖的爹。

媒人就把胖胖家的门敲破了。胆子大的男人，不请媒人直接跟胖胖的娘说。

胖胖的娘红了脸，两只手不停摆着辫梢。这害羞样更让男人心怜，男人眼里的情意更浓了，话也更甜了，嫁给我吧，我会疼你……

胖胖的娘摇头。

没男人的日子难熬。挑水担粪，耕田耙地等力气活全得靠一个人，忙累得想分身。累了，想靠一下都没地方靠。

胖胖的娘怕胖胖受委屈，说，谁做胖胖的爹，让胖胖自己选择。

许多男人讨好胖胖。买好吃的东西给胖胖吃，买玩具给胖胖玩，这些东西，胖胖好想要，特别是那些糖块，馋得胖胖不停流口水，胖胖却不敢要，男人问，为啥不要？

胖胖说，我娘说我不能随便要别人的东西。

许多男人无计可施，便打别的女人的主意去了。

……

胖胖喜欢在村头拐子的百货店玩。拐子养了只小狗，小狗同胖胖熟了，就总围着胖胖转。

拐子几次拿冰糖、饼干给胖胖吃，胖胖总不敢接。胖胖怕挨娘的骂。

一回，拐子又拿冰糖给胖胖吃，胖胖不接。拐子说，你拿钱买总行吧。胖胖说，我没钱。拐子说，你袋里有钱。胖胖就从袋里掏出两张糖纸，这是钱？拐子说，不是钱是啥？

胖胖好高兴，就拿两张糖纸换了一块冰糖。胖胖吃得津津有味。胖胖一馋，就去捡糖纸，可农村娃吃糖少，因而糖纸难捡。胖胖馋得不行，就去镇里捡糖纸，好在镇离家近。

胖胖捡到了糖纸，就买好吃的。

胖胖吃东西时，拐子一脸幸福，好像自己吃好吃的东西。

村里的男人见胖胖同拐子相处得那么好，都笑，拐子，胖胖快叫你爹了。

拐子变了脸，别乱嚼舌头。左邻右舍，谁没个难处，帮点忙，不该吗？

男人们听不进拐子的豪言壮语，都哈哈地哄笑。

一回胖胖的娘病了。胖胖说，娘，我去请医生来。

胖胖的娘眼里汪着泪，说，甭去，要花钱的。

胖胖说，我有好多钱。

你哪来的钱？

胖胖就从口袋掏出十几张叠得好好的糖纸，娘，这些钱如不够，我再去捡。

孩子，那是糖纸，不是钱。

不，娘哄我。我总是用这钱买拐子叔的东西吃。

啥？

胖胖娘听胖胖讲了一切，蓄在眼里的泪就掉下来了。胖胖娘挣扎着下了床，拉着胖胖去了拐子的店，对胖胖说，叫爹。

胖胖高兴地叫，爹。

拐子说，使不得，真使不得……我拿东西给胖胖吃，真的没存这种意思。我只是见胖胖可怜，人家有爹的孩子多少不有一点零食吃，可我从没见胖胖吃过零食，我就……

胖胖娘说，你讨厌我？

咋，咋这样说呢？……拐子窘得脚都没处放。

此时，传来一阵欢欢悦悦的爆竹声，一阵喜气洋洋的唢呐声。哦，又有人办喜事了。

小草的遗言

可怜的小草快死了。

躺在病床上的小草已三天三夜没吃一点东西。小草的眼一直睁开着，眼神悲伤而惘然。一张脸白得像透明的纸，看得见额上的血管。

有两滴晶莹的泪珠挂在小草长长的睫毛上。

小草不肯闭上眼睛。小草知道她一闭上眼睛，就永远睁不开了。

“小草，再等会儿，你妈快来了……”婶婶抚着小草冰凉的额头，泪水一滴滴落在小草的脸上。

小草五岁时，妈妈同一个来村里做木工的男人私奔了。在小草的记忆里，妈妈同爸爸总是吵架。爸爸吵不过妈妈，就动手打妈妈。爸爸爱喝酒，每回都喝醉，喝醉了就打妈妈。妈妈身上总被爸爸打得青一块紫一块的。爸爸把小草托付给小草的婶婶，自己出外打工去了。已三年了，爸爸没回家一趟，小草已记不清爸爸的模样了。同小草爸爸一起去打工的人说他在外找了个女人，女人还为他生了个儿子。

这三年里，爸爸没寄回过一分钱。爸爸打电话给小草的婶婶，说让小草做她的女儿。小草问婶婶：“婶婶，爸爸和妈妈怎么都不要我？”小草的眼泪大滴大滴地掉下来了。婶婶把小草搂进怀里说：“他们不要你，婶婶要你。”

小草的婶婶昨天已托人捎信给小草邻县的妈妈，说小草快不行了。邻县到这里，仅坐一个多小时的车。按理，小草的妈妈早该到了。难道小草的妈妈不想见女儿最后一面？难道真有这么狠心的女人？

“嫂子，有没有她的电话？我去打电话。”小草的姑姑春梅问小草的婶婶。

小草的婶婶摇摇头：“那男人家很穷，没装电话。”

嘀嘀嘀……春梅的手机响了。春梅看了电话号码，是木根打来的。木根是一个离了婚的男人，还有一个六岁的女儿。木根在镇上开了家小饭馆，春梅在木根的饭馆当服务员。说是服务员，其实什么活都干，端菜、洗碗、抹桌子、扫地，春梅一天忙到晚，连喘口气的机会都没有。春梅提出了辞职。累不是主要原因，主要原因是春梅发现自己爱上了木根，春梅也知道木根爱自己。但春梅不想一嫁过来就当妈，她知道自己当不好后妈的。春梅不想越陷越深，就不再在木根的饭馆里干了。但木根不死心，时时打电话来，让春梅再回饭馆，说工资可加二百块。春梅没接这电话，片刻，木根的电话又来了。春梅索性关了机。前几天，木根在电话中对春梅说，在别人的介绍下，他认识了一个叫菊花的女人。那女人年轻漂亮，说同他结婚行，但必须把女儿送给别人。木根问春梅他该怎么办，春梅懂木根说这话的意思。木根的潜台词是如春梅不想一嫁过去就当后妈，他可把女儿送给别人。春梅说，你想怎么办就怎么办。

闭着眼的小草快不行了，呼吸越来越困难，喉咙口也似堵着一块痰，呵呵地响。小草的嘴张开了，想说啥，却没声音。“小草，小草，再等等……”婶婶和姑姑都流着泪喊。

小草的眼又睁开了，吃力地说：“我想见、见……”

“你妈马上到了，再等等，啊，再等等。”

小草摇了一下头，嘴里吐出“小胖”两个字。原来小草最想见的是小胖。小胖是个七岁的男孩，小胖同小草总在一起玩。两人玩得最多的游戏是“过家家”。两人以夫妻相称，学着大人的样过日子。那时小胖总说他长大了要娶小草。哪个小男孩欺负了小草，小胖就帮小草教训那个小男孩。

“春梅，你快去把小胖带来，快，快。”

春梅跑着出了门，大声喊：“小胖，小胖。”小胖的母亲说：“小胖上学去了，什么事？”春梅说：“我的侄女不行了，她想最后见上小胖一面。”小胖的母亲说：“那我去学校把他带来。”

春梅对小草说：“小草，小胖马上就来了。”

这时，小草的妈妈来了。小草的妈妈把小草搂在怀里，泪水刷刷地往下淌了，“小草，我可怜的小草，妈对不起你，妈悔呀……小草，妈给你带来了佳佳糖，你以前最喜欢吃的。你五岁那年，偷偷地拿了妈妈一块钱买了十颗佳佳糖，妈还打了你。妈不是人，我知道你准恨妈妈……”

小草微微地摇了下头，嘴唇动了动，却没声音。春梅知道小草说的是“不恨”。

“小草，你千万不要死。妈不想你死，妈要把你带到身边，妈今后走到哪就把你带到哪，妈要一辈子跟你在一起……”

小草的头一歪，眼睛永远地闭上了，挂在睫毛上的两滴泪珠也滚下来了。小草的手心里捏着一张纸，春梅掰开小草的手，打开纸，纸上画着一幢房子，房子上写着一个“家”字。房子前面站着一个男孩和一个女孩，两人手拉手，都幸福地笑着。小男孩的旁边写着歪歪扭扭的“小胖”两个字，小女孩的旁边写着“小草”两个字。春梅再也忍不住放声大哭起来：“小草，我可怜的小草……”

背着书包的小胖来了，小胖也哭起来：“小草，你说话不算数，你说你不会死的，说长大了要做我老婆……”

几天后，春梅又回到木根的饭馆做事了。木根说他想让女儿同老家的父母一起过。春梅说：“小孩子还是同父母一起过好。”

真　相

上个月，我回老家鄱湖嘴时，堂兄给我讲了一个故事：杨树村有个五保户，叫小凤。小凤有幢泥坯屋，屋前屋后有几棵大樟树。村里的杨木根想得到小凤的几棵大樟树与泥坯屋，就同小凤签了份合同。今后小凤搬到杨木根家住，小凤由杨木根供养。今后小凤死了，小凤的所有财产都归杨木根。签这份合同时，小凤七十岁，杨木根五十岁。

我问堂兄，真有这样的事？

堂兄说，还骗你？你不信，明天就可以去杨树村问问。

后来呢？我扔给堂兄一支烟。堂兄把烟夹在耳朵上，说，十年后，小凤还没死。这十年，杨木根供养小凤吃穿的钱、治病的钱，以万来计算。而小凤所有的财产最多值五千块钱。杨木根可吃了大亏。更好玩的，上个星期杨木根死了，小凤仍活得好好的。村人都说小凤可活到一百岁。

第二天，我去了杨树村。杨树村位于郊区，骑自行车进城只要十分钟。

我问一中年人，大伯，借问一下，杨木根的家在哪儿？

中年人说，你跟我走就是。

我问，杨木根是个什么样的人？

好人。中年人说，你听说他供养五保户小凤的事了吗？

听说了。

其实杨木根是个很精明的人，他哪是外人所说的傻瓜？杨木根同小凤签合同时，明知道吃亏。其实连三岁小孩都知道小凤的破屋及几棵樟树值不了几个钱。杨木根其实是报恩呀。杨木根七岁时，父亲就死了，家里极穷，那时小凤家里有好吃的总给杨木根吃，还给杨木根做新衣服——我打断他的话，既然杨木根要报小凤的恩，那直接把小凤接进家不就行了，还签什么合同？

中年人说，小凤是个很硬气的人，她不愿接受别人的施舍。杨木根对小凤说，小凤百年之后，小凤所有的财产都归他，他只会赚，不会亏。小凤这才信了，才进了杨木根的家。杨木根同小凤签合同，也怕女人不同意。杨木根对女人说小凤活不长久，讲小凤的地皮值多少钱，樟树值多少钱——啊，到了，这就是杨木根的家。

木根的家很简陋，屋里没啥值钱的东西，但很干净。木根的女人问我，你有什么事？女人给我让座，又泡茶，很热情。我说，伯母，我是陈家庄的人，想探听杨木根的事。我想写篇文章。

木根的女人说，木根是个好人。她给我讲起木根的许多好来，如家里有好吃的，总舍不得吃，留给她和孩子吃。家里的重活累活，总一个人干，从不要她沾手等。

我把话题往他供养小凤的事上引。

木根的女人说，木根要把小凤接进家，我满口同意了。我知道小凤以前对木根好，木根小时候没少吃她的穿她的。我开初让木根不要签合同，直接把她接进家，免得村人说闲话，还以为我们占了便宜。可木根说，不签合同，小凤就不肯来我们家。签合同是做给小凤看的。我问，小凤还好吧？

身体还好，吃饭能吃一碗，只是耳朵背。你见见她。木根的女人把我带进前厢房。房子朝南，阳光洒了一屋。小凤坐在藤椅上晒太阳。她的精神很好，见了我，向我笑。我向她问好，奶奶好。木根的女人说，她听不见你说的话。我就告辞了。

一年后，我打电话向堂哥问好时，堂哥说，还记得杨木根的事吗？

我说，当然记得。

堂哥说，木根还真有眼光。市里搞开发，一条三十米宽的柏油路从小凤的门前穿过。小凤的那块地皮成了黄金地段，有人出二十万想买那块地皮，木根家里人还不肯卖呢。这回木根赚饱了。

我一时说不上话，心里却很高兴。

李大民的尾巴

李大民落地时，接生婆吓得惊叫："一个猴子。"李大民的母亲也吓住了："他怎么会长尾巴呢？我怎么会生一个长尾巴的儿子？"

父亲抱着李大民去了医院。父亲想把李大民的尾巴割掉。

医院来了许多人来看李大民的尾巴。给李大民看病的医生的办公室里挤满了人，走廊里也挤满了人。有好奇心强的人还摸摸李大民的尾巴，尾巴竟咯咯地笑。有个人用劲掐了下李大民的尾巴，尾巴竟哇哇地哭了。

这更让许多人觉得怪。

医生也说："这尾巴暂时还是留着，割掉太可惜。"李大民的父亲问："留着有啥用？"医生说："可做科学研究。"父亲还是想割掉李大民的尾巴："科学研究对我来说有啥好处？"一个看热闹的病人说："你儿子的尾巴可以为你挣好多钱。人都有好奇心，都想来看看你儿子会笑会哭的尾巴。那你收钱，看尾巴一毛，听尾巴笑听尾巴哭加收一毛。"李大民的父亲听了这话，才把李大民抱回了家。

李大民的父亲在墙上钉了个木牌，木牌用油漆写上："看尾巴收一毛，听尾巴哭听尾巴笑收两毛，摸尾巴收三毛。"

来看李大民尾巴的人极多。

钱大把大把地进了李大民父亲的口袋。

仅三年，李大民的父亲把土坯房拆了，盖起一幢三层的楼房。墙外贴了白瓷砖。那还是上世纪八十年代初期，这楼房是全乡最漂亮的楼房，也是乡里唯一一幢三层的楼房。那时乡政府的楼房都只有两层。

村人都极羡慕李大民的父母生了一个有尾巴的儿子。村里的男人也会骂自己的女人："都怪你生的儿子没尾巴，要不我们也可以盖楼房，也可以天天吃香喝辣的。”女人就骂自己的儿子：“谁叫你不长尾巴，要不我们也不要过这样的穷日子。”

后来李大民发现尾巴会说话、会唱歌、会跳舞、会写字、会画画。而且尾巴说的话、唱的歌、跳的舞、写的字、画的画，都远远超过李大民。这让所有人觉得怪，李大民竟不如他的尾巴聪明。

李大民到了娶妻成家的年龄，竟有许多女人想嫁给李大民。开初，李大民的父母还担心李大民娶不到老婆呢。这让李大民的父母乐坏了，李大民却一点也不高兴：“她们并不喜欢我，只是喜欢我这条会挣钱的尾巴。”李大民对父母说他要去一个很远的地方，那里的女人不知道他有一条会挣钱的尾巴。他要找到一个真正喜欢他的女人。

半年后，李大民带着一个女人回家了。女人不但不漂亮，还有点丑。父母感到很奇怪。李大民说：“她很善良，很喜欢我。有这两点就够了。”

李大民很快同那女人结了婚。

女人一结婚，一改以前的低眉顺眼、温言柔语，冷着脸说：“我们同你父母、兄弟姐妹分开，我们要单独过。”女人这种不容置疑的命令式的语气让李大民骇了一跳，李大民看了女人很久，像不认识女人一样。许久，李大民问：“为什么要分家？”女人说：“他们全靠你尾巴供养，我们太亏了。”李大民觉得怪：“你怎么知道我的尾巴能挣钱？”女人笑了：“你真傻，远不如你这条尾巴聪明。第一眼看见你，我就知道你有一条会挣钱的尾巴。因而你乞讨到我家门口时，我不嫌你的脏，给你洗衣服，做好吃的给你吃。”李大民还是纳闷：“你怎么知道我有尾巴？”女人仍笑：“我从电视里看过你呀！”

李大民不想分家，女人便时时同李大民闹。李大民的父母说：“分吧，树大分杈，儿大分家。分家好，各过各的日子，自在些。”

分家后的第一天，女人便要李大民用他的尾巴挣钱。

李大民把以前挣的钱都给了父母。开初女人不同意，李大民说：“那就不分家。”女人只有依了李大民。

尾巴不但一点也不听李大民的，还故意同李大民对抗。观众说：“唱歌吧。”李大民也对尾巴说：“唱歌吧。”尾巴偏偏写字。李大民要尾巴写字时，尾巴偏偏放声大哭。观众觉得更有趣了，纷纷往李大民的脸盆里扔钱。

尾巴后来索性啥也不做，既不唱歌也不跳舞，既不笑也不哭，既不写字也不画画，木呆呆的。观众觉得索然无味，纷纷走了。

李大民挣的钱极少。女人很失望，女人一天到晚骂李大民窝囊，挣不到钱。李大民向尾巴妥协了，求尾巴给观众表演。尾巴说：“我讨厌你这女人，你同她离婚了，我就听你的。”女人碰巧偷听到了尾巴说的话。气愤的女人拿来一根竹条抽打尾巴：“你不好好为我们挣钱，我抽死你。”尾巴痛得呜呜地哭，但尾巴说：“你打死我，我也不会为你挣钱。”

李大民向女人提出离婚，女人说：“你给我一百万，我就离婚。”李大民说：“我哪能挣到一百万？”尾巴说：“我能。”尾巴便一天到晚给观众表演，一年后便挣了一百万。女人拿了一百万后在离婚协议书上签了字。

尾巴向李大民祝贺，李大民却高兴不起来。李大民还想成家，但李大民又担心愿意同他结婚的女人只是看中了他的尾巴。李大民拿了把刀，在石头上磨起来。刀磨得极锋利，李大民想把尾巴割了。他想没挣钱的尾巴了，愿意同他结婚的女人肯定是真正喜欢他。尾巴吓慌了：“大民，别，千万别。我并不是多余、也并不是没用，我有存在的价值，我可以为你挣很多很多的钱，还可以同你说话为你解闷……”

“你在我眼里就是多余的。”李大民一手拉住尾巴，眼一闭，拿刀的另一只手狠劲一割，尾巴断了，在李大民手里痛苦地扭成一团。

坐在鄱湖滩上的人

劳累了一天的太阳，显得极度疲惫，便拖着满是倦意的身子，一跛一跛地往鄱阳湖里坠。

老人坐在湖滩上，橘红色的阳光洒了老人一脸，老人的脸便红灿灿的，似有团火在老人脸上燃烧，火焰一闪一闪地跳跃。

一个六七岁的小孩蹲在湖滩上玩沙。小孩想垒个人，但沙一次次塌下来，小孩就一次次垒。

老人痴痴地看夕阳，看湖。

湖面也被夕阳染成了红色，风吹来，湖面显得更亮，就像一片片火焰，涌动着，跳跃着。一群白色的鸟在湖面上盘旋，欢叫，偶尔一只鸟扎进湖里，倏尔，衔起一条鱼，别的鸟都围过来，都想抢那条鱼。一条扯着帆的船急急地往这边驶来。船的烟囱里冒着袅袅青烟。船上还有人唱歌：

我们俩划着船儿采红菱，
哥哥他多开心，妹妹我多高兴，
就像两角菱从来不分离呀，
我俩一条心……

银铃样脆、冰糖样甜的歌声在湖面上一上一下地跳跃。

夕阳终于坠进了湖里，红彤彤的霞光渐渐变成浅红。

爷爷，你想啥呢？男孩问老人。

老人抚了一下男孩的头，笑呵呵地说，爷爷想以前的事。

爷爷咋总想以前的事？咋不想后来的事？

爷爷已老了，老人爱想以前的事，老人说着，又看湖，眼光变得痴痴的。湖面上荡起一层层波纹，就像鱼鳞，又好像有成群的鱼在暗红的晚霞里游来游去，有鸟在水里飞翔。

爷爷看啥？

看湖。

湖有啥好看的？

好看，爷爷再看一辈子都看不厌。

男孩不懂，看老人的眼里满是疑惑。爷爷把男孩拉进怀里，说，你还小，不懂，长大了就懂了。

我已长大了。

老人又笑，屁大的小孩就说长大了。

村里传来狗咬声，汪汪，很急促。还有大人唤小孩吃饭的声音。老人问，饿不？

男孩说，不饿……我老了，也天天同爷爷一起看湖。

你老了的时候，爷爷的骨头早变成灰了。爷爷剩下的日子不多了，爷爷不想死，还想再活十几年，想把你拉扯大。爷爷最放心不下你。老人说着，鼻子一酸，两滴泪就从眼眶里滚落下来了。

男孩拿手拭老人脸上的泪，爷爷才不会死呢，爷爷可活到一千岁。我长大后，做好漂亮的房子给爷爷住，天天买肉给爷爷吃。

老人把男孩抱进怀里，抱得好紧，我的乖孙子。片刻，老人又说，我现在告诉你，我为啥爱看湖。因为湖里有你奶奶，有我的儿子。我儿子是好样的，他连救了五个人，儿子没了，你奶奶的脑子就坏了，说要去湖里找儿子……老人的声音哽咽了，再也说不下去了。

爷爷不哭，爷爷哭了，我也哭了。男孩真的哭了。

好，好，爷爷不哭。老人止了哭。

爷爷恨这湖不？

老人摇摇头，不恨，相反我爱这湖。

男孩说，我恨。

不要恨湖。湖养了我们，没有湖就没有我们。

此时，白色的暮霭从湖里慢慢钻出来了，渐渐扩散，笼罩了一切。天色渐渐地黑了。湖滩上传来纺织娘、蛐蛐等各种虫的叫声，它们好像比赛谁的嗓门大，一个个叫得歇斯底里。

回家吧。老人站起来，拉起男孩的手就走。

爷爷，我爸妈为啥不要我？是不是我一身的疤吓着了他们？

你爸妈肯定有难处，你被火烧了，他们没钱治，就丢在我门口。我死后，你爸妈肯定来接你回家。到时，你不要恨你爸妈，要听他们的话，嘴巴要甜……

嗯，我不会恨他们。

爷爷死了，你也别难过。

我难过，我会天天哭。

半个月后，老人就病倒了。医生说老人得了肝癌。老人回家的当天晚上就一步一步往湖里走。

男孩总坐在湖滩，痴痴地看湖，一看就老半天。

父亲的影子

村人都极喜欢我，谁家有好吃的，如炒了蚕豆、花生，就大把大把地往我口袋里塞，不把我口袋装满不罢休；谁家饭桌上有两条鱼，非得夹条鱼给我吃。

村里的小孩都极羡慕我。他们都问我，大人们为啥都喜欢你，不喜欢我？我说，我也不知道。

后来我知道了。

那时的我成了孩子王，村里的同龄小孩都听我的话，我想欺负谁就欺负谁，我甚至敢欺负长得比我高半个头的小孩。他们都不还手。有一回我拿石头扔大我三岁的石头，他只跑，不还手。我以为他怕我，便追他。石头站在那儿对我说，你别以为我打不过你，我是让你。因为你爸是个好人，你爸治好了我妈的病，还没收钱。如不是看在你爸面上，我早把你打得头破血流了。小子，别太猖狂了，村里所有的小孩都是让你。

父亲也总骂我，我积攒了半辈子的好名声要毁在你手里了。父亲有时气得打我，母亲便把我搂在怀里，与父亲转着圈。父亲便对母亲说，你会害了他的。

混到了高中毕业，我便整天同一些不三不四的人在镇上混日子。父亲要我跟他学医，我看不上赤脚医生这一职业。父亲拿我一点办法也没有，一看见我就唉声叹气的。

母亲也劝我，跟你爸学医也不错，既能糊口，又能受人尊敬。

可我就是不想做赤脚医生，觉得做赤脚医生一点也不好，有时半夜都得被村人叫醒，睡觉都睡不安稳。尤其是刮风下雨的冬天，得从被窝里爬出来去病人家，真是活受罪。

父亲说，苦一点，累一点怕啥？我赚到了好名声。

其实我不跟父亲学医主要一点还是不想活在父亲的影子里。担心别人总拿我同父亲比，我知道我再怎么努力，也不可能超过父亲。

父亲的影子却时时追随着我，甩都甩不掉。

我在镇上玩电子游戏时，许多人都在说我，陈医生怎么生了这么一个不务正业的儿子，唉！那些人竟都叹气，还用那种怪怪的眼神看我。

为了逃出父亲的影子，我便来到县城。我想县城里认识父亲的人总少吧。我不会再听到叹气声，再看到怪眼神了。我们几个人疯狂地玩，县城里玩的东西比镇上玩的东西多。但玩要钱，吃也要钱，我们身上的钱花完了。我们只有铤而走险去偷。

但第一次偷就被抓住了。一男人要报警，我们都很害怕，怕坐牢，更怕家里人知道我们做小偷的事，都跪下求他别报警。他仍报了警。他问我是哪个乡哪个村的，看你的脸比较熟悉。我说是鄱湖嘴村的。他又看了一下我的脸，说，你不是陈医生的儿子吧？我不出声，同伴兴奋地说，是，他是陈医生的儿子。警察来了，那人给警察一个劲儿赔不是，说我们同他是一个村的人，来他这儿玩，他以为是小偷，误会了。警察便走了。他掏出一百块钱递给我，说，你们走吧。今天放过你们是看陈医生的面子，陈医生是个好人，是个好医生，那时我家穷，连看病的几块钱都拿不出，可你父亲见我没去你家，想我准是没钱，他便来我家了，给了我药，给我打了针。那男人竟然掉眼泪了，我一辈子都记得你父亲，但我没想到你一点也不像你父亲。你应该做你父亲一样的人。

我便来到市里，市里总没人认识父亲吧。

但我错了。我们喝多了酒，三个人坐一辆摩托车兜风。摩托车撞在一棵树上，我们都昏过去了。因马悦坐在最后，伤得最轻。他醒来后，拦了辆“的士”，把两个同伴送到医院。医院竟要先收五千元押金，马悦口袋里只有几十块钱。马悦一见医生就说，认识陈茂林医生不？马悦一连问了十几个医生，才有一个医生说，你是说鄱湖嘴村的陈茂林医生？他怎么啦？马悦说，他儿子出了车祸，因交不起押金正躺在医院门口。那医生忙叫护士把我们推进了急救室。

后来我醒来后，那医生对我说，你父亲是个好医生，小时我发了三天高烧，烧成肺炎。你父亲一边骂我娘，一边背着我就往镇医院跑。如不是你父亲，我可能已不在人世了。我学医同你父亲有很大的关系，我想做一个像你父亲一样的好医生。

出院后，我来到了省城。

我不想再混日子，我四处找工作，却找不到，我连吃盒饭的钱都掏不出来。小偷小摸的事，我再也不愿干了。我只有捡破烂卖，晚上就睡立交桥下。

后来我见一家公司在报纸上登了招仓库管理员的广告，便去了那公司。公司负责招聘的人见我落魄的样，只说了两个字，不要。我说了许多好话，可他脸上一点表情也没有。我最后试探地说了句，你认识陈茂林医生不？我是他儿子。我说这话一点也不抱希望，只是病急的人乱投医，只是掉了河中的人见了根稻草就想抓住。哪知奇迹出现了，他说，你真的是陈医生的儿子？我点点头。他很激动，想不到你是陈医生的儿子，真想不到。你爸真是个好人，记得没钱交学费，一个人站在学校门口哭，你爸知道后，给我交了学费，他的眼里泪光闪闪的。

我便留下来了。

过年时，我回家了。我对父亲说，爸，我要跟着你学医，成为一个像你一样的人。

我也知道父亲的影子会一辈子紧紧跟着我。

奇 杀

赵伟死了，死得很蹊跷。

下班回家后，赵伟刚进住宅小区，一条半人高的狼狗便狠狠地扑向赵伟，赵伟跌倒在地上。狼狗也不叫，只撕咬着身下的赵伟。后来狼狗一口咬住了赵伟的喉咙。这是致命的一口。

“120”赶到时，赵伟的身子已经冷了。

何洁晕倒在赵伟的身上。

郑警察问围观的群众，咬死赵伟的狼狗是谁家的，都说不知道。保安说，小区里没人养这样的狗。这狗是外面的。

郑警察挺纳闷，小区里这么多人那狼狗为啥不咬？怎就咬赵伟？狼狗应该没疯，疯了的狗见人就咬。而且门卫讲狼狗就一直蹲着守在小区门口，蹲守了半个小时，进出小区的人有几十个，狼狗却没咬。

何洁醒后，对郑警察说，我认识那条狼狗，那条狼狗是杨杰家的。郑警察问，你刚才见到了那条狼狗？何洁摇摇头，我赶到时，那狼狗跑了。郑警察说，你既然没见到狼狗，咋凭空无据说咬死你男人的狗是杨杰家的？何洁说，我有预感，你要知道女人的预感是很灵的。

何洁把郑警察带到杨杰家。杨杰家里没人，门是紧锁的。但院门是开的，院子里有条黑狼狗。狼狗见了何洁，对着何洁摇头摆尾的，还拿舌头舔何洁的手。何洁说，你看狼狗的嘴巴上还有血呢。何洁掏出手机，我这就打杨杰的手机。手机通了，何洁说，杨杰，你快回来！你家的狼狗咬死了我男人。杨杰说，不可能！我正同几个朋友一起吃饭呢……好，好，我马上赶回去。

十几分钟后，杨杰赶回来了。

杨杰骇得脸色苍白，手一抖一抖的，现在怎么办？这狗怎么疯了……杨杰又对警察说，你拿枪毙了这狗，要不这狗又咬别人。

郑警察说，这狗不咬别人，只咬赵伟。杨杰说，这就怪了，赵伟同我的狼狗无冤无仇的，狼狗为啥非咬死赵伟呢？郑警察说，这也是我想知道的。

当天晚上，杨杰就拿根麻绳把狼狗勒死了。

郑警察问杨杰为啥勒死狗，杨杰说，不怕一万，就怕万一。万一这狗又咬死别人呢。郑警察嗯一声，脸上没表情，心里更信了杨杰同赵伟的死有关。但郑警察心里的疑点却很多，杨杰为啥要害赵伟呢？再说通过调查，那狼狗咬死赵伟时，杨杰确实同几个朋友一起吃饭。杨杰不在现场，怎么使唤狼狗咬赵伟呢？

这时技术警察在赵伟的西装口袋里发现了几根狗毛。郑警察得知这消息很高兴。天一亮，郑警察又去了杨杰家里。郑警察问杨杰，狼狗的皮呢？杨杰说，卖给了狗肉店。郑警察便在院子里捡了几根狗毛。杨杰问，你捡狗毛干吗？郑警察说，有用。

技术警察一化验，放在赵伟口袋里的狗毛同郑警察捡来的狗毛不是同一条狗的，但两条狗有血缘关系。赵伟口袋里的狗毛是一条小狗的。

郑警察自言自语，为什么赵伟的口袋里有小狼狗的毛，狼狗就要咬死赵伟呢？难道赵伟杀了小狼狗？或者是杨杰杀死了小狼狗，然后嫁祸于赵伟？

郑警察便走访杨杰的左邻右舍。杨杰的一邻居说，那条狼狗一个多月前下了两只小狗。但十几天前，两只小狗不见了。邻居问杨杰，杨杰说送了朋友。郑警察说，带我去看看。杨杰慌改口，两只小狗都死了。郑警察啊了一声，走了。

现在只要查到杨杰置赵伟于死地的动机，这案就可结了。此时郑警察的眼前突然浮现出狼狗对何洁摇头摆尾的亲昵样，脑海里一亮，情杀两字蹦出嘴了。

杨杰见抵赖不过，乖乖交代了犯罪事实：离了婚后杨杰同何洁偷偷地好。赵伟发现了两人的奸情，扬言要杀杨杰。杨杰决定先下手为强。杨杰把狼狗带到朋友家说去外出差，让朋友照看两天。杨杰把两只小狗杀了然后拔了小狗的毛，去何洁家偷欢时，把几根小狼狗的毛偷偷放进赵伟的口袋里。杨杰把杀小狼狗时自己穿的衣服扔进垃圾桶，又在澡堂里泡了一个小时，把小狼狗留在他身上的气味洗没了。这样狼狗从赵伟身上闻出了小狗的味道，认定赵伟是杀害两条小狼狗的凶手，便凶狠地咬死了赵伟。

贵人要来家做客

吃晚饭时，棉花对八根说："过几天，有贵人来我们家做客。"八根知道棉花说的贵人指的是她在县城什么局当局长的远房侄子。棉花早跟八根说过这事。八根曾要棉花让那位局长来家做客，棉花说："人家当那么大的官，事那么多，哪有空？"

八根放下饭碗：说："他真的要来我们家？"语言里满是兴奋。

"他搭信说要来，说要看看我这个姑姑。"

"家里这么乱这么脏，他来了坐都没地方坐。"

"你长双手是干啥用的？"棉花的话一出口，心揪紧了，她从没敢用这种语气跟八根说过话，往日总是八根支使她。八根没觉察到她的心理变化，说："那我这几天就动手干，满缸的粪要挑，猪栏要清，要不你侄子来了，嗅见了臭味，饭都吃不下。还得弄点好东西招待你侄子，鱼肉要买，鸡要杀……"

"不要花销那么大。他就吃一顿饭，弄那么多菜，浪费了。"

八根不同意："他来是看得起我们，哪能将就？浪费就浪费点。他来我们家，我们脸上有光，村人都会敬重我们。"八根说着从口袋里掏出 50 元钱，说："这钱你拿着买菜。"

棉花笑了："你这回咋这样大方？"以往八根的手极紧，棉花若要拿钱买些盐糖酱之类的东西，八根也老大不乐意，非要棉花讨几次他才拿，一脸的痛苦，仿佛有人拿刀割他的肉。

晚上，八根躺在床上，激动得翻来覆去睡不着。棉花说："睡吧，明天还要挑粪呢。""好，听你的，我睡。"八根嘴里虽这样说，但仍翻过来翻过去的，床板也跟着吱呀吱呀地响。这弄得棉花都睡不安稳，棉花就骂："你睡不着，就别睡。""行，我不睡就是。"八根就起了床，坐到院子里。

八根这么听她的话，让棉花想不到。往日，家里不管啥事都是八根说了算，棉花没插嘴的份。如棉花硬是要插嘴，那八根的巴掌就上了她的脸。

真谢谢在城里当官的远房侄子。

次日天没亮透，八根就起了床。八根拿了担粪桶挑粪。路上，村人同他打招呼："哟，今天太阳从西边出了？咋这么早挑粪？"往日，太阳不起山，八根不起床。

"我女人那在城里当局长的侄子要来，家里这么脏这么乱，得弄弄。"八根说这话时，一脸得意，眼缝里都是笑。话里也明显透出炫耀的意味，且声音极大，好像问话的人耳朵聋了。

问话的人听了八根这话，脸上的笑没了，灰灰地走自己的路。

走到肉摊前，八根也大声说："几天后，得给我留点猪肝猪肉，我女人那在城里当局长的侄子要来家做客。"

经八根这一吆喝，全村人都知道了棉花的局长侄子要来八根家做客了。

一个早晨，满满一缸粪，八根便挑完了。

八根要歇，棉花又支使他刷了墙："墙上黑不溜秋的，我侄子见了，饭都吃不下了。得刷一层石灰水。"八根二话没说就干起来。

这时，村长来了。棉花忙让座，说："瞧屋里脏不拉叽的。""不碍事。"村长说着递给八根一支烟，八根有点受宠若惊，忙双手接了。真谢谢女人在城里当局长的侄子。要不，村长咋敬我烟？以前村长话都不愿跟我说，我找话跟村长说，村长也爱理不理的。八根说："局长过几天要来，你若有啥事要她这个侄子办，尽管跟我说。""我来也正是为了这事。"村长就说了，"我儿子想调你侄子那个局里去，儿子那个单位工资都发不出。"八根一口应下来："这事好办，还不是我女人侄子一句话。"可棉花说："这事并不那么好办，我侄子当局长，找他办事的人多。当然，我如出面硬要他办，我相信他不会不买我这姑姑的账。"村长知道棉花说这话的意思，就说："你如有啥事要我办，尽管说。"棉花说："我那块田能否换一下。""行，明天就给你换。"

棉花家分到一块易旱又易涝的田。原本说三年以后再换，可那块田，棉花已种了五年。棉花和八根不知找过村长多少次，村长总找理由往后拖。想不到这回，村长立马应下来。

村长告辞时，八根千恩万谢地把村长送出了门。

八根对棉花说："还是你行，田的事一下解决了。但不知村长的事，你那侄子肯不肯帮忙？"

"这不关你的事。"棉花拨开话题，说，"你手上还有多少钱？""你问这干吗？""求人办事空手能行？如今亲兄弟办事都不能空手。"八根说："还有二百多块钱。""你那钱全给我，今后我管家算了。""你管就你管，我正好轻松些。"八根嘴上虽这样说，但拿钱匣子的钥匙给棉花时，心刀剜一样痛。

这两天，八根被棉花支使得团团转。八根毫无怨言。

但十余天过去了，棉花那局长侄子还没来。

八根问棉花。棉花说："他忙，抽不出身。"又过了半个月，棉花才对八根说："我那侄子说事儿太多，实在没时间，说明年一定来。"

八根很失望。

烟瘾来了，一摸口袋，空的。八根记起刚找过棉花要钱买烟，可棉花没给，又找棉花要钱，棉花这回给了八根一块钱。棉花见八根找她要钱时可怜巴巴的样很得意，心里说，要我真有个在城里当局长的侄子就好了。

不

那晚，月英经不住水一样的月亮的诱惑，便来到鄱湖滩上，坐下，望闪着银光的湖水，思绪也似脱缰的野马，漫无目的的飘飞。忽而月英的耳畔传来那种让她脸热心跳的女人的呻吟声。月英尽管没结婚，但同大山有过那事，同大山快乐时，她也曾这样呻吟过。又传来一男人呼哧呼哧的喘气声。月英的心扑突突地乱跳，身子也发软，她想走开，脚下像有根绳子缠着一样，怎么也迈不开步。月英的腿情不自禁朝那呻吟声迈去。

风，抱紧我……

竟是爹！月英的心一下跳到嗓子眼上，双腿也被抽去筋骨样没力，立都立不住，爹的声音似冰冷的雪粒子，疯狂抽着月英的脸，月英的脸热辣辣的痛。

回到家，月英倒在床上暗自流泪。

娘来月英房里找针补衣服，见了满脸泪水的月英，忙问，咋啦？谁欺负你了？月英忙拭泪，朝娘笑，没，灰掉进了我的眼。

还哄我。娘说，是大山欺负你了？我叫你不要跟大山来往，他有妻有儿的，你咋喜欢他？村人都讲难听的话，他的女人也指桑骂槐地骂你。你别再同大山来往，拣个好男人嫁了，安心过日子。

娘越扯越远，月英就说，爹在湖滩上……月英刚想说出爹的事，但想到娘知道准会同爹闹得死去活来的，忙闭了嘴。

你爹在湖滩上咋啦？

爹在那网鱼！

娘走后，月英躺在床上翻来覆去的睡不着。娘的话还在耳畔响。自己咋喜欢大山呢？月英说不出，她确实喜欢大山，隔两天没见到大山，心里就慌就空落，似有要紧的事没干。一见到大山，心里就踏实，眼也亮了，脸也红了。因爱大山太深，月英心甘情愿把自己所有的一切都给了他，月英从没后悔过。月英也想过让大山离婚，她知道她一开口，大山就会离，可月英心软，她愁虑大山的女人离了婚过不下去。她又为大山的女人可悲，大山只形式上是她的，而心真正属于自己。

此时，门被敲得咚咚响。

月英知道爹回来了，懒得理。娘就开门。爹进了房，片刻传来娘的哭声。月英便蹑手蹑脚走到门口，耳朵贴着房门听。

你做那丑事，竟让月英看见了，看你这老脸往哪儿搁？……我知道我没那骚货排场。缠不住你，可你也该知羞耻……

我哪想到月英会到湖滩上去？爹叹着气说。

月英听了，心又痛，她为娘感到可悲，又可怜娘，她觉得娘就像大山的女人，表面上爹是属于娘的。可爹真正属于另一个女人。

第二天，月英见了爹，就当没看见。爹唤她，她也不理。吃饭时，爹讨好地给她夹菜。她就把爹夹的菜丢在地上。

爹搁下饭碗，阴着脸出去了。

娘就怨月英，你咋这样对待你爹？月英定定地望娘，眼里满是诧异。娘低下头说，你心里准看不起我，准说我窝囊，管不住你爹，唉，只怪那不要脸的风骚女人。月英说，那你跟爹离婚算了。娘叹气，说啥傻话？已四十多岁的人，还离婚，别人不笑掉牙？月英说，可你占有不了爹的心，跟爹一起过日子还有啥意思？叫我是你，就去找根子叔。根子叔对你多痴情，他为了你，这一生不娶，他这情，爹能比吗？根子叔尽管穷点，但跟他过比跟爹强多了。不，咋能这样？不，不……娘的头摇得像拨浪鼓。咋不能？月英问。不就不！娘说。

静了会儿，娘说，你若真喜欢大山，就让他离婚。你这样名不正言不顺，别人闲话。这样的事，吃亏的总是女人。你看跟你爹好的那个女人，多可怜！她得到你爹啥？你准说你爹的心给了她，可心是啥？能当饭吃？能当衣服穿？你爹的心给了她，咋不晚上到她屋里睡？赚的钱咋不给她？咋一分一厘都给我？

月英再说不出话。

第二天晚上，月英约了大山出来，月英说大山，你还是离婚吧，我们这样不明不白的来往，人家说闲话。

我们这样不是很好吗？人家说闲话就让人家说。

不，我要你离婚。

不，我不想离婚。

那你今后就别见我，你现在就走，走得越远越好！

那，那我走了。大山真的走了，头也不回地走了。

月英的腿一软，瘫坐在地上。月英伤心得号啕大哭，月英以前从没这样哭过。

游 灯

元宵这天，天还没黑透，鄱湖嘴村便响起一阵阵噼里啪啦的鞭炮声，还夹着冲天炮“轰、轰”的巨响，炸雷样。藏在树上的麻雀受了惊吓，惶惶不安地从这棵树上飞到那棵树上。狗不知出啥事汪汪地对着天空慌叫。鞭炮响过后，村人便过元宵，菜自然很丰盛，鸡鸭鱼肉摆满了桌子。

吃饱喝足后，把桌上的碗筷撤了。在桌上倒点白酒，拿抹布擦。桌子抹得干干净净，没点油迹。然后在桌子上放上糖果与烟。

等游灯。

鄱阳湖一带有游灯的风俗。元宵节这天晚上十几个年轻人拎着亮亮的龙灯进一家家人的门，在客厅里走一转，拎灯笼的人齐声喊彩：龙头进门笑嘻嘻。看热闹的人跟着吼，好啊！

拎灯的人再吼：手拿剪刀剪龙须。

看灯的人再应：好啊！

剪得龙须生贵子，好啊！

生的贵子穿袍衣，好啊！

穿得袍衣做皇帝。好啊！

主人把烟一包包地往拎灯的人手里塞。拎灯的人一人能得一包烟，看热闹的男人一人得一支烟，妇女小孩得几颗糖果。鄱湖嘴村是个大村，一百多户，近一千人，一晚上下来，拎灯的、看热闹的都大获丰收。

康林吃过饭后，没在家等游灯，而是带着二胡出了门。康林出门时，父亲问，你去哪？不游灯？康林说，心里烦，去外拉拉二胡。父亲知道康林是不愿看到龙灯在自家门口熄。

龙灯大多在村主任门前燃亮，称起灯。灯在谁家门前起，谁家这一年就过得顺顺利利。因为起灯时，邪气、鬼魂被驱赶跑了。有起灯自然就有落灯。落灯指灯被熄灭。在谁家落灯，邪气鬼魂就落在谁家，那这家人一年的日子过得磕磕碰碰的，因而谁也不愿意龙灯在自家熄灭。但龙灯不可能一直亮着，总得熄。村里那些势单力薄的人家便成了倒霉鬼，灯便总在他的家门口熄灭。

康林一家因是外来户，又几代单传，因而龙灯便年年在他的家门口熄灭。其实村里外来户不止康林一家，有好几家。可那些外来户都比康林家强，有的是人丁兴旺；有的是人有出息，在县城吃公家饭；还有的是人少，可敢拼命。有一年灯落在虎生家时，虎生拎着扁担打伤了几个拎灯的，次年，再没人敢在虎生家落灯了。

龙灯在谁家熄灭，那这家就被村人瞧不起，还可任意被人欺负。男的难娶到老婆，女的难嫁出去。女的自然不想一嫁过来受一辈子欺负。

康林一万个不想龙灯在自家门口熄灭，康林也试着想过不少办法，巴结村里那几个有势的人物，但那些头面人物连看也不看康林一眼。又如康林请拎龙灯的人去餐馆吃饭，可人家吃了饭，把嘴一抹说，龙灯不在你家熄那在谁家熄？康林也想像虎生那样拿根扁担打伤几个人，去年康林拿了根扁担，却没胆量冲出门。即使冲出门，康林又能怎样？康林身子弱，因是独生子，父母极其溺爱，啥农活也不要康林做，因而康林被养得细皮嫩肉，一点力气都没有。没力气的康林自然打不过人家。

康林来到村前的山坡上，坐下来，拉起二胡。康林拉的是《十月单身》：

五月单身节又来，

单身脚下无双鞋；

别人没鞋老婆做，

单身的鞋从哪里来。

二胡声凄凄哀哀，让人听了眼圈子发红。

村里的鞭炮声此起彼伏。龙灯进了谁家，谁就放鞭炮，喜庆的鞭炮声同悲凄的二胡声极不协调。鞭炮响时，二胡声被鞭炮声掩盖住了。但康林仍闭着眼拉他的二胡。

连腊梅来到眼前，康林也没发觉。

腊梅待康林拉完了两支曲子，终忍不住拍拍康林的肩，康林哥，能否拉首欢快的曲子？听你这曲子，心里凄凄的不好受。康林说，我拉不出来欢快的曲子。腊梅说，我知道哥心里苦，我能帮哥。康林摇摇头，怎么帮？你帮不了我。腊梅说，只要你娶了我，那些拎龙灯的人还敢在你门口落灯？

腊梅是村主任的女儿。如果娶了腊梅，自然没人敢在村主任的女婿门口落灯。

你父母决不同意的，再说你并不爱我，只是怜悯我。康林的心又冰凉凉的。腊梅说，要我父母同意干吗？只要我们同意就行……

又是一阵鞭炮声，腊梅的话被鞭炮声淹没了。

许久，鞭炮声没了。康林说，我准备明天去广州打工，我不想再在村里待了，我一天也待不下去了。我情愿在外讨饭也不想回来。

腊梅一直陪着康林。

龙灯进了康林隔壁家，下一家进的就是康林家。腊梅说，我要阻止他们在你家门口熄灯，腊梅说着就向康林家跑去。

第三辑

命 运

画眉的悲剧

这天，老林捕到了两只画眉，一只画眉叫美美，另一只画眉叫丽丽。

老林把美美和丽丽关进了鸟笼。美美和丽丽再不能在空中自由自在地飞翔了，都极难过。丽丽哭个不停。

美美说："丽丽，哭改变不了我们被囚禁的困境。我们还是振作起来，快快乐乐地过。要不，我们唱歌吧。或许我们的歌唱得动听，他一高兴，就把我们放了。"

"我不会唱歌。"丽丽摇摇头。

"唱歌很容易，我教你唱。"

"我唱不出来，也不想唱。"

美美便叹气："到时你会后悔的。"美美便放开歌喉，太阳在美美的歌声中冉冉升起。

丽丽却一声不吭流眼泪。

只是美美一万个没想到老林把丽丽放了。老林说："我才不想白养你，你走吧。"丽丽开初还以为是在做梦呢，啄了一下自己的脚，痛，才知道不是做梦，便迅速飞出鸟笼。丽丽扑扇着翅膀在美美头顶上飞来飞去，并发出欢快的笑声。

美美极生气，他对老林说："这不公平，我天天为你唱歌，嗓子都唱哑了，可丽丽一天到晚一声不吭，你却放了他。"

老林自然听不懂美美的话。

美美再也不唱歌了，一天到晚一声不吭的。美美想，我不唱歌了，你也一定会放我。

老林似看穿了美美的心思："我知道你会唱歌的。你不唱行，我不给你喂食，不给你喂水，你饿得难受了，渴得受不了了，准会唱歌。”

只一天，美美感到又渴又饿，受不了，只有放开喉咙唱歌了。

老林便端来鸟食和水。

后来美美也习惯了笼子里的生活，尽管失去了自由，但不像以前为觅食而受日晒雨淋之苦，有时觅不到食物还饿肚子。刮风下雨时，还冷得睡不着。主要还是每天过的都是担惊受怕的日子，白天要防鹰，晚上要防蛇。一不留神，就成了鹰和蛇的食物。而在笼子里极舒坦，风吹不到雨淋不到日晒不到，还不用为吃发愁，更不用担心生命有危险。美美每天做的事便是唱歌，而美美最喜欢唱歌。

一个月后，丽丽又被老林的网捕到了。这回丽丽一点也不伤心，他还是不会唱歌。捕鸟人到时仍会放了他。

丽丽这回想错了。

这天，老林家里来了个男人。男人对老林说：“叔，我老婆头晕病又犯了。去年我老婆吃了一只你给他的画眉，已一年没犯头晕病。你再给我一只画眉吧。”

老林抓起丽丽递给男人。

男人说：“这只太瘦了。”男人指着笼子里的美美：“那只很肥，我想要那只。”

老林一口回绝了：“不行，这只画眉，我可舍不得。你不知道他唱的歌有多好听。”老林对美美说：“你唱歌吧。”

美美一张嘴，悦耳的歌声便从美美的嘴里蹦出来了。男人听傻了：“没想到这只画眉能唱出这么好听的歌，我似看到了白云在天上飘，鱼儿在水里游，听到了泉水流过小溪的叮咚叮咚声，风吹过树叶的哗啦哗啦声，闻到了桂花的香味，还有女人身上的胭脂香水味，触到了少女柔软的唇……太动听了，我没法用语言形容。”

老林笑了：“到底不愧是作家，说的话文绉绉的。怎么样，我这只画眉你舍不得吃吧。”

“如是我的画眉，我也不会给别人。”

“要不你在我这剖好炖好。”

男人拿了把刀。丽丽伤心地哭了：“要是我也会同美美一样唱动听的歌多好，那他们就舍不得吃我了。”丽丽后悔当初没好好跟美美学唱歌了。

美美唱得更卖劲了，歌声更美妙动听了。

没过多久，一个比老林年轻几十岁的女人进了老林的家。老林啥都听女人的。女人却讨厌美美，嫌吵。其实嫌吵是个借口，主要是老林太喜欢美美了，对美美照顾得无微不至。一回老林同女人在公园里散步，老林突然要回家，说忘了给美美喂水。女人觉得老林喜欢美美超过喜欢她。女人自然讨厌美美了。

女人想让美美永远在他们的生活中消失。这天，女人把老林支走了，便把邻居家的猫抱来了，然后打开鸟笼，把猫放了进去。美美没想到它会这样死在猫的嘴里，造成这样的结果是它太会唱歌了。如果它不会唱歌，老林也不会这样喜欢它，那女人也不会对他下这样的毒手。

老林回家时，见笼子里满是鸟毛和血迹，傻了：“我的画眉呢？它怎么死了？”

“被邻居家的猫吃了。”

“鸟笼是关的，猫怎么吃得到？”

“我也不知道。”

第二天，老林又提了鸟网去了树林。

命运

刘伟没想到去张家湾的路这么差，泥土路路上仅铺了一层石子，石子铺得不匀，厚的地方厚，薄的地方薄。石子也粗碎不匀，大的碗口样大，小的蚕茧样小，路面这里一个坑，那里一个洼。有的坑洼极深，可埋下半个车轮。

车开得极慢，但刘伟还是感到极颠。方向盘左右乱晃，车也忽左忽右地往前冲。刘伟把方向盘握得更紧了。

后面来了辆吉普车，司机不停地按喇叭让刘伟让道，但路太窄，刘伟把车停下了，吉普车还是过不去。司机对刘伟说："你开快点。"

刘伟说："这路实在不好走。"路中间有一个深坑，刘伟为绕开深坑，把方向盘尽量往路边上打，迎面来了一个骑自行车的人。因为是下坡，自行车快得飞一样。刘伟忙急刹车，车停下了，但自行车还是撞到了刘伟的小轿车。骑自行车的人也摔倒在地上，脸破了皮，血流了一脸。骑自行车的人十八九岁的样子。

"我送你去医院吧。"

"没事，你给我点钱，我自己去医院看。唉哟，我的脚也好痛，骨头千万别断了。"

刘伟问给多少，那人低下头说："你给五百吧。"刘伟二话没说从包里掏出五张一百元的递过去，那人接了，放进口袋。然后上了自行车，走了。

后面吉普车的司机说："那人明显是讹诈。你的车停在这，他自己往你车上撞，把你的车撞掉了一大块漆，你还给他钱?"

刘伟不想再说这话题："到张家湾还有多远?"

"最多六里路。"

前面有一岔路，刘伟上了岔路，给吉普车让道。刘伟肚子有点饿了，刚好有家小饭店，刘伟便下车吃饭。刘伟点了三个菜一个汤。半个小时后，菜才上来。

一个小时后，刘伟到了张家湾。

刘伟把车停在村口，下了车，向一个五十岁左右的人问路："大叔，请问一下，张金锁的家在哪？"

"张金锁家？你一直往前走，见到门口栽有两棵柏树的就是……你找张金锁干吗？张金锁考上了大学，却没钱交学费，急得关在房里哭，也不理人，你是给他送学费来了？"

刘伟不出声。

事实上，刘伟的提包里放着一万块钱，这钱准备给张金锁交学费。当刘伟进了张金锁家的门时，啊了一声，刘伟认出了张金锁就是刚才那个骑着自行车往他车上撞的人。刘伟一句话也没说，转身就走。

回城的路上，刘伟的车开得极快。

此后，刘伟变得多疑了，同人家做生意时，总怀疑人家骗他，总要左试探右试探那人是不是诚心同他做生意，还要左调查右调查这人的人品怎样。一些客户见到刘伟这样不相信自己，就找别的公司做生意去了。刘伟的公司便逐渐走了下坡路。

几年后，刘伟再也支持不下去了，主要是拉不到业务，另外资金也跟不上。就在刘伟灰心丧气、准备宣布公司破产时，省城一家公司的经理竟主动同刘伟做一笔大生意。这笔生意若做成了，刘伟就可挣一百多万，他就可熬过这一关，东山再起。

刘伟见了那家公司的总经理，觉得很面熟，却一时又想不起在哪见过面，那公司的老总似知道刘伟想什么，便说："是不是觉得在哪见过我？……我就自报家门吧。我就是那个几年前骑着自行车往你车上撞，你给了五百块的那个人。"

"想起来了，你是张金锁！"

"张金锁是我孪生哥哥，我叫张银锁。说实话，我不是故意讹诈你，我只是要去外闯，可我没有路费，当我撞上你的车，才临时有了讹诈你的想法。也真多谢了你这五百块钱，要不，我可能还在乡下。也就没有今天的我，是你改变了我的命运。"

"可你也改变了我的命运……要不我的生意也不会做成这样。对了，你哥哥现在怎样？"

"他早已疯了。"

"疯了？"

"还不是没钱交学费，读不了大学。我哥最喜欢的事就是念书。"

刘伟听了便一个劲儿地叹气。

张银锁问刘伟为啥叹气时，刘伟说了："你知道吗，那回我带了一万块钱，准备捐给你哥念大学的。唉，你也改变了你哥哥的命运。"

拔不尽的杂草

一

水草的院子里长满杂草，但水草懒得拔，以前她隔不了几天就拔一次草。现在的杂草长得漫过膝盖了，像一些野苎麻、芦苇草竟有半人多高。

邻居说："你不想让院子里生杂草，就得在院子里种上菜。"村里许多人的院子里都种上葱、大蒜、辣椒、茄子什么的。

"菜跟草有什么区别吗？"水草问。

邻居被水草问得发愣。水草又说："再说在院子里种菜，得浇粪，弄得院子里臭烘烘的。"邻居出了门，才咕哝一句："你这样脏的人还怕臭？"

二

水草是十八岁进这个院子的。

那时的水草感觉到极幸福，她终于有自己的家了。而且她的家是独门独院。不像她娘家，一幢屋，四间房。大哥一家一间，二哥一家一间，她同娘住一间，爹和弟住一间。院里整个乱糟糟的，屋里总有人吵架，不是大哥大嫂吵，就是二哥二嫂吵，要不就是大嫂同二嫂吵，再不就是爹同娘吵，娘同两个嫂子吵。还有侄子侄女的哭闹，这让水草的心里烦躁不安。水草终于解脱出来了，她站在空旷的院子里，流下了幸福的泪水。

婚后的第二年，在外打工的男人竟没回家过年。男人也没搭钱回来。

水草问村里同男人一块打工的人："我家的怎么没回家？"村里人开初都说不知道。他们一个个吞吞吐吐的，欲言又止的样。但凭水草怎么求，他们都说不知道。后来水草还是知道了，她男人竟同一个四川女人好上了。她要去找男人，村人说："你找不到的，他同那女人到别的城市打工去了。"

杂草就在这时候在水草的院子里肆意地蔓延了。

水草不想拔杂草了。如不是饿，水草连饭都不想弄。

三

儿子睡着了，水草没睡，她在等满泉，满泉白天要水草给他留门。

满泉进门后，硬塞给水草二十块钱，就抱着水草往床上放。满泉第一次给了水草一百块钱。那是水草第一次同不是丈夫的男人亲昵。水草不好意思收满泉的钱，满泉硬把钱塞进她口袋："我知道你需要钱。"水草确实需要钱。如果水草再没钱，就得饿肚子了。

但满泉不可能时时给水草钱，满泉也很穷。

因而别的男人只要给水草钱，水草同样给他们留门。

满泉说："水草，要是你只给我一个人，那多好。"

"那你把我养起来，或者离婚娶了我呀。"水草笑着刮了满泉一下鼻子。

水草这样说，满泉再不出声了。满泉拨开话题："水草，你该把院子里的杂草拔了，草长，藏蛇。"

"有拔草的工夫，我睡觉不好吗？"

"那我给你拔草去。"

水草睡了一觉醒来，满泉还在院子里拔草。水草的鼻子有点酸，水草也蹲下拔草了。

鸡叫头遍时，院子里的杂草终于拔完了。

四

隔不了几天，水草就拔一次杂草，但几天后杂草又长出来了，水草又接着拔。

水草一直等着满泉进这个院子。水草想告诉满泉，她的院子里再不会长那么多杂草了。她还想告诉满泉，自满泉的女人病死后，再没别的男人进她家的院门了。许多男人在晚上敲门，水草就是不开。水草心里说，满泉，今后我家的门永远只让你一个人进。

但水草等啊等啊，一等就三个月，满泉却一次也没来过。水草还是满怀希望地等，水草相信满泉一定会来的，一定会告诉她要娶她。她知道满泉爱她，那么多男人在她院子里进进出出，怎么只有满泉给她拔杂草呢？

水草终于等到了满泉结婚的消息。新娘自然不是水草，而是邻村的一个女人。那女人拐了一条腿，二十八岁了，仍未出嫁。水草好伤心，想不到自己在满泉眼里竟不如一个拐子女人。

五

水草又有好久没拔过杂草了。杂草疯狂地在院子里生长着。水草的窗前都长满半人多高的苎麻、野棉花了。水草想，永远不会再有男人为她拔草了。

竹 筝

松林在新婚的第六天，就到南方打工去了。松林到村口等去县城的班车时，女人一直站在松林身后。松林跺了几下冷得酸痛的脚，嘟囔道，狗日的车怎么还不来?

冷风把女人的披肩长发吹得飘飘扬扬，女人的嘴唇动了动，可想说的话又被冷风灌回肚了。

班车终于朝这开来，女人的心咚的一声往下坠了。女人开初还想班车坏在路上，那么松林可在家多待一个晚上，该死的班车还是来了。松林却高兴地说，终于来了。松林拎起地上一只鼓囊囊的包。

女人说，松林，不能不走么?女人的语气满是湿漉漉的哀求。

松林说，得走。

车一停，松林就跳上车。女人的眼珠一直黏在松林脸上，可松林看都不看她，女人的眼泪哗的一下涌出来了。女人说，松林，你就这么讨厌我?可车子开走了，女人的话，松林是听不见了。女人举起手在头顶上挥来挥去，女人追着车跑了一段路，喊，松林，你千万不可不要我——

车子开得不见影了，女人还一直站在那儿。女人不知站了多久，后来腿一软，一屁股瘫坐在地上。

女人自已也不知道是怎么回到家的。

女人不吃不喝地躺在床上三天三夜。

女人便熬日子，日子一天天在女人的盼望中过去了，但半个月了，女人还没收到松林的信。可女人想松林一定会来信的。只要邮递员的车铃一响，女人便站在门外，满怀希望地望着邮递员。但邮递员每回都朝女人抱歉地摇摇头，女人失望地低下头，泪水已溢出眼眶了。

松林的娘就对女人说，闺女，你还是回娘家住段日子吧。

女人摇摇头。女人才不愿去娘家住，嫁出去的女儿，泼出去的水，再说女人是要强的女人，她才不愿让娘家人为她担心。

一晃眼，冬天过去了，春天来了。几声轰隆隆的雷声，几场情意绵绵的春雨，满山的竹笋就破土而出了。村里许多人都上山去挖竹笋。村人的院子里都铺满一层竹笋，村子的上空也弥漫着竹笋浓郁的香味。竹笋让女人软绵绵的身子一下又有了力气。去年的女人在娘家也在挖竹笋，女人在娘家是出了名的挖笋好手，别人挖竹笋都是挖地面上的，可女人专挖地底下的竹笋。女人只看地面的隆起程度，就知道地下的竹笋的大小。

这天一早，女人扛了把锄头，挑了一担竹箩上山挖竹笋去了。女人带了一壶水与几个馒头。

松林娘左叮嘱右叮嘱女人挖竹笋时千万要小心竹叶上的竹叶青。竹叶青是一种剧毒的蛇，颜色同竹叶一样，当它藏匿在竹叶上时，人是极难发现的。

傍晚，女人挑了满满两竹箩的竹笋回家了。

后来女人每天都去山上挖竹笋。

几天后，院子里就铺满了厚厚一层的竹笋。

松林回家时，一进院子，见了一地又白又嫩的竹笋，眼都直了。松林在南方打工，惦记着满山的竹笋，松林每年都挖一院子的竹笋，把竹笋晒干了，再挑到城里卖，那是一笔不小的收入。娘见了松林，惊喜地说，你可回来了——

松林说，娘，这竹笋都是她挖的？

不是她挖的是谁挖的？松林的爹早就死了，娘老了，空手上山都累得上气不接下气，哪能挖竹笋？

松林说，这竹笋真嫩，晒干后准能卖个好价钱。

娘说，村里人都夸你娶了个能干的好媳妇。

松林问，她呢？

还在山上挖竹笋呢。

松林放下包就出了门。

松林见女人挑着满满一担竹笋，女人的步子轻盈而富有弹性。女人柔韧的腰肢一左一右地扭，胸前的两座山一样的乳房也上下左右地晃。松林看呆了，想不到女人竟有这么美。

松林轻轻地叫女人，哎——

女人见了松林，双腿一软，又要瘫倒。松林忙扶住女人，女人的担子也上了松林的肩。

此时的女人一句话也说不出来了，只默默地跟在松林身后。

晚上，娘听到松林房里的床咯吱咯吱响了大半宿时，笑得合不拢嘴。

第二天，松林上厕所时，从钱包里掏出一张女人的照片，松林把照片撕成指甲样碎，然后往厕所里扔了。

吃过早饭后，松林同女人一人挑一担竹箩去挖竹笋，两人在路上有说有笑的。女人咯咯的笑声感染了树丛里的小鸟，小鸟也跟着欢欢悦悦地叫起来。

项 链

七根是个首饰匠，专给人加工项链、耳环、戒指等。可七根没开铺做买卖，他只靠向在城里开店的姐夫揽点活儿糊口。

孱弱多病的七根身材瘦小、干瘪，嘴巴却很大，嘴唇向外翻，一口焦黄的牙齿连同牙床暴露在外。

七根的女人却很漂亮。

村里人都说七根有艳福，又私下说，七根缠不住女人的心。瞧女人那妩媚、窈窕的身段，那一双风骚的眼睛总挑逗得男人们心里酥痒痒的。

七根不在乎别人怎么议论他，他总坐在窗下辛勤劳作。没活干，就闲坐着，拉一把二胡哼一些民歌。

这时，女人总捂着心口，骂："拉，拉你去死！吃饱了没事干？"女人很怕七根拉二胡，一拉二胡，她的心就痛，犹如有一把刀在割她的心。女人见七根不听，仍拉二胡，只得往外走。

七根见女人走了，心里就悔、就愧。其实，七根深爱自己女人，七根挣来的钱，总一分不少全交给女人，自己舍不得乱用一分一厘。但七根看不惯女人的浪劲，女人一跟村里的男人调笑，他的心就痛，可他又不愿说，他是个话很少的人。他只有靠拉二胡报复女人，让她体味到心痛的感觉。

有时七根干活时，女人兴致勃勃地注视着他精湛的手艺。这时，七根感到愉悦，脸上也有了笑容。他觉得自己不是个废人，也有让女人爱慕的地方。

当一件首饰加工完毕时，女人戴上做好的首饰，伫立在镜前，左顾右盼打量一番，可女人意识到这精美的首饰不属于自己，脸上的笑没了。

一回，女人戴上七根加工好的金项链立在镜前时，她不由"哇"的一声惊叫，想不到自己戴上这项链竟变得这样美。

七根见了镜中的女人，也张大了嘴巴，戴上项链的女人确实很美。

女人见七根定定地看自己，凄然一笑，取下项链，女人进了内屋，伏在床上伤心地哭起来。

七根安慰她说：“我一定要送给你一条项链。”

女人哭得更伤心了，女人很懊悔自己嫁给了七根。要是嫁给有钱人的话，那么项链戒指等首饰，她都会有。可是她却鬼使神差嫁给了这个既丑又无能的男人。

“别哭了，我一定会想法送你一条项链。”

女人用厌恶的目光无声而冷漠地盯着七根，她心里说，你这辈子有能力送条项链给我？鬼才信！

七根见了女人的目光，浑身不由得打了个寒战。他悻悻地坐在窗下，又干他的活。

“窝囊废！”女人对着埋头干活的七根骂，“亏你是个男人，连一件首饰也没能力给你老婆。瞧村里这么多女人戴上了项链、耳环、金戒指，可你呢？做你的老婆，前八辈子造的孽！”

七根没听见似的，一心干自己的活。

女人见七根没发声，觉得没意思，闭了嘴，又到外面串门去了。

天断黑时，女人才回来，女人对七根说：“村里的二狗到广州跑了一趟，还没一个月，就挣了2000元。他给他老婆买了一条24K的项链。可你这个榆木疙瘩，唉，人比人气死人……”

七根见女人啰里啰唆地说个不停，就拿起身边的二胡，咿咿呀呀拉起来。女人捂着胸口唉唉地呻吟起来。女人说：“求你别拉了！我的心好痛。”

七根仍青着脸拉二胡。女人慌逃出门，只有听不见二胡声，女人的心才不痛。

天快亮时，女人才回到家。

七根脸色煞白，痛苦而哀怨地望着女人。

这几天，女人见七根加工一条带鸡心的项链。七根干得很仔细，七根在心上刻了一个“爱”字。女人想，要是这项链属于我那该多好！如我戴上这项链，那村里人准好眼热我。但女人知道这只是她的梦。她知道她跟七根过一辈子，都不会拥有一条项链。

女人把那条项链捧在手里摩挲着，说：“这么重的项链准值好多钱。”

“值二万块。”

“这么多！”女人的眼珠瞪得老大，仿佛要夺眶而出。

七根含笑地望着女人。

但是第二天早上，七根一醒来，身边空空的，七根四处找了个遍，也没女人的影。又拉开抽屉，那条带鸡心的项链也不见了。

晚上，喝醉酒的七根喃喃自语：“唉，这项链本来就是送给你的呀！我准备亲自给你戴上。五年前的今天你成了我的女人，我想给你一个意想不到的惊喜。可你为啥要拿着项链跑呢？我离不开你呀！为了能送你一条项链，我把我最心爱的二胡卖了。这二胡可是个宝物呀！你为啥要离开我呢？……”

七根已泪流满面。

去丽江

丽江的云很白，是那种一尘不染的白，像刚飘落的雪；丽江的水很清，清得能看见水底的鱼；丽江的山很绿，绿得发亮，耀人眼。

这是丽江一名叫何梅的读者写给钟鸣的一封信。

钟鸣是写小说的，偶尔能收到一些读者的来信。读者的来信，钟鸣一般都回。因何梅的信写得很长，信里又夹了一张照片，照片里的何梅很美，眼睛大，而且清澈。红扑扑的脸上有两个盛满笑意的酒窝。露出的牙白得发亮，且齐崭崭的。嘴唇红嫩得如一枚熟透的红草莓。钟鸣回信便回得极认真。

后来何梅便热情邀钟鸣来丽江玩。

钟鸣便来了，参加了一个旅行团。

丽江是最后一个景点。

钟鸣坐的中巴车到了丽江，便有许多女人往车这边跑来。她们手里拿着一些玉手镯、玉佩、玉戒指之类的玉器。她们的眼里满怀希冀，声音却很疲软："买手镯不？很便宜，五十块钱一个。若真心想买，四十块钱一个。"

但没有一个人买。云南是盛产玉的地方，他们在昆明、大理等地方已买了不少玉器，有些玉便宜得惊人，十块钱就能买到一个玉手镯。因而他们对玉器已没有多大兴趣了。

晚上，钟鸣就去往四方古城。

车子往四方古城开时，上来一个背着女婴的女人。女人也向游客推销玉器。此时天已经黑了，车内的灯很昏暗。女人的脸看不太清，当地的刘导游说："这姑娘的嗓子好，歌唱得很好听。要不要让她来两首？掌声鼓励她一下。"车上的人玩了一天都很累，因而听歌的兴趣不大，掌声便稀稀落落的。

女人接过话筒就唱："一天想哥千百次，想哥想得掉眼泪……"天籁般的歌声从女人嘴里飘出来了，车上的人全都鼓起掌来。

女人一连唱了几首。女人说：“别光我一个人唱，你们也唱一首。”车上的人没一个愿唱。女人便指着钟鸣说：“这位帅哥来一首吧。”钟鸣忙拒绝：“不好意思，我不会唱歌，再说嗓子也不好。”女人很失望。

片刻，女人开始推销她的玉器。

却没有一个人买。

女人下了车，刘导游才说：“这女人很可怜，父亲病死了，母亲又病瘫在床。嫂子嫌她家穷，扔下不满周岁的女婴跑了。哥到昆明打工去了，这个家就由这个女人支撑着。她每天背着侄女卖玉器，还得照顾母亲……”

钟鸣说：“你怎不早说？要不我也买几件玉器。”车上有几个人附和钟鸣的话。

刘导游说：“这女孩自尊心很强，她不要别人的怜悯。有一次，我劝游客买她的玉器，说女孩不容易，她一句话也不说便下了车。”

吃过晚饭，钟鸣掏出写有何梅地址的字条问刘导游：“这地方离这还远吗？”“你认识何梅？”刘导游一脸惊讶。刘鸣点点头：“我同她没见过面，只书信来往。”导游笑了：“刚才为我们唱歌的女孩就是何梅。”

导游把钟鸣带到一幢二楼的楼房前，说：“到了。你去找她吧。”钟鸣心里说，这地方不错，如租给游客，会有一笔不菲的收入。导游似看穿了钟鸣的心思，说：“这房子是别人的，她租了一层一间七八平方的房子。”

钟鸣便敲何梅的门。何梅见了钟鸣，问：“你找谁？”钟鸣说：“我是钟鸣。”“快，快进屋坐。瞧这房子乱得……”何梅的语气显得极慌乱，脸上的神情也极窘迫。房子尽管小，但一点都不乱，东西摆得井然有序。饭桌上摆着一个花瓶，花瓶里插了一束叫不出名的野花。浓郁的花香一个劲儿往钟鸣鼻子里钻。

“不好意思，在车上，灯光太暗，没认出你。”

何梅笑了：“我也没认出你。”

钟鸣同何梅聊到很晚才回宾馆。第二天一早，钟鸣吃过早饭对刘导游说：“我想在这多待几天。”

钟鸣便这样留下来了。钟鸣想帮何梅撑起这个在风雨中摇摇晃晃的家。

只是几年后，何梅的侄女在地上跑了，何梅的儿子也出世了。两个人的日子依然过得窘迫，两人老是为了钱的事吵。钟鸣的小说写不出来了。一回钟鸣同何梅吵时，打了何梅一巴掌。

何梅离家出走了，再没回来。

钟鸣后来听说何梅同一个住在四方古城的画家跑了。画家五十多岁，在四方古城租了间店面，靠卖画为生。

钟鸣也想过走。但想到他走了，何梅的母亲没人照顾，便打消了走的念头。钟鸣只有背上儿子，向游客卖玉器赚两个小钱。钟鸣想何梅离家出走是一时昏了头，何梅清醒过来一定会回来的。

钟鸣也总坐刘导游的车回家，顺便在车上卖玉器。钟鸣下车后，刘导游便对游客说："这男人很可怜，老婆跟别的男人跑了。他既要照顾病瘫在床的母亲，又要养老婆的侄女。大家应该照顾他，买他的玉器。"

一游客说："你怎不早说？要不我也买他几件玉器。"

刘导游说："他的自尊心很强，不要别人的怜悯……"

过门

日头已爬上窗了，可木子还在睡觉。木子的娘用劲推木子，懒鬼，还不起床？木子嘟哝着，让我多睡会儿。娘就扯木子的耳朵，待会儿，梅梅就来过门，到时见你还睡在床上，不吓跑才怪。木子心里说，吓跑了更好。可木子不敢说出嘴，怕惹娘生气。木子磨磨蹭蹭地起了床。木子洗漱后，娘说，你快把你房间整理一下。木子说，有啥整理的？娘说，被子该叠叠，房里的书乱七八糟的，该放好。

木子进了房，坐在床上发愣。按理今天是他的大喜日子，该高兴才是。可木子脸上没点喜气。他见过梅梅，没有脸热心跳的感觉。梅梅太普通了。木子心里的女人绝不是这样子的，木子就不同意。娘对木子一顿好训，梅梅看上你是你的福气，你以为自己有啥了不起，你整天写那些狗屁小说有屁用！既当不得衣服穿又当不得饭吃，你该拿镜子照照自己……凭娘怎么说，木子就是提不起情绪。

今天梅梅来家过门。一过完门，梅梅就可以说是他女人了。在这儿，过门指女方第一次进男方家的门。过门时，男方要给女方一笔过门费。女方对男方家人的称呼全得在过门时改口。女方以前叫男方父亲为姨父，叫男方母亲为姨娘，过门时得改口叫公公、婆婆。过完门，女方就是男方家的人了。

木子正胡思乱想时，娘叫他，木子，梅梅来了，快拿爆竹来放。木子就燃了爆竹。噼里啪啦的爆竹声引来许多看梅梅的村人。梅梅就笑吟吟地给男人敬烟，给小孩和女人撒糖。木子很烦这些礼节，又躲进房里去了。娘随后进来了，说，木子，娘求求你了，今天高兴点，别让梅梅生气。娘不会看错眼，梅梅是个好女人，你找上她，不会亏。娘说这些话时眼里有了泪，木子的心里就酸酸的。木子跟娘出了门。

吃面条时，梅梅见木子的娘碗里没有鸡蛋，就把自己碗里的鸡蛋往木子的娘碗里拨。娘说，你自己吃。一躲，鸡蛋就摔在地上。梅梅忙捡起地上的鸡蛋，去盛水洗。木子的娘忙说，我来，我来。梅梅说，娘，你歇着，我自己来。梅梅的嘴很甜，叫娘叫得极亲昵。木子的娘欢欢地笑了。

吃完面条，娘就炒菜。菜在昨天就预备好了，该洗的已洗了，该切的已切了。娘炒菜时，木子坐在那里烧火。

菜很快端上桌。菜很丰盛，一张大圆桌都摆不下了。梅梅说，娘，别再弄了，弄多了吃不完。

吃饭时，木子的娘不住地给梅梅夹菜。梅梅说，娘，我自己会夹，瞧我碗里已放不下了。

木子的娘和木子收拾饭桌时，梅梅也帮着把没吃完的菜放进厨房里的碗柜里。木子的娘不要梅梅干，可梅梅不听。梅梅端最后一碗菜去厨房时，木子要拿抹布，也去了厨房。

木子见梅梅从盘子里夹起一只鸡腿往手里的薄膜油纸袋里放。木子惊呆了，此时梅梅也见到了木子，梅梅啊的一声惊叫，手里装有鸡腿的油纸袋也掉在地上。木子狠狠瞪了眼梅梅，冷冷哼一声，转身就走。梅梅喊，木子，别走。木子立住了，梅梅说，木子，这事你千万别告诉娘。梅梅的声音哽咽了，我，我太贱……我娘一辈子没吃过鸡腿，我想带回家给我娘吃。我家穷，只有过年时才杀只鸡，娘总把鸡腿夹给我和弟弟吃。我夹回给她，她还生气，我，我……梅梅已是一脸的泪水。木子的心也痉挛地抖起来，眼也发涩。

木子捡起地上的薄膜油纸袋，又往里放兔子肉、牛肉、墨鱼，袋子装不下了，木子才递给梅梅。木子看梅梅的目光里荡着理解而温柔的笑意。

两天后，木子去菜市场买了 10 只鸡腿去了梅梅家。

婚后，木子同梅梅很恩爱。

后来，木子写小说出了名，有许多年轻漂亮的女孩给木子写那种火一样烫的情信，可木子一点也不心动，木子心里只装着梅梅。

仙　女

夏日的一个中午，很闷热，日头火球样悬在头顶上，如不戴草帽在日头底下走，头发都会烧焦。躲在树叶丛里的蝉不停地叫“热啊、热啊”。

躺在竹床上的玲子却感觉不到热。院子里一棵枝繁叶茂的樟树把火样的日头挡了个严严实实。玲子家的屋是瓦房，因而屋里很阴凉。

凉凉的风从鄱阳湖面吹来，水一样淌了玲子一身。玲子觉得极惬意，她很快打起了轻微的鼾声。

也不知过了多久，玲子被扑扑的声音吵醒了。玲子睡在后厢房里，姐姐睡在前厢房。房子被一层薄薄的木板隔着。扑扑的声音是什么东西碰在木板上发出的。

“别，不要，不要。”是姐姐的声音。“我就要，求求你，让我看一下嘛！我还从没看过女人的身子。”是姐夫的声音，在乡下，男方同女方订了婚，女方的弟妹就叫男方为姐夫了。“玲子在隔壁呢。”姐姐说。“她睡了，小孩瞌睡重。”“还小孩，玲子都已十二岁了。要是城里的女孩，该发育了。”“就看一下嘛，求求你了。”“看行，不能摸。你要说话算数。”

玲子仍假装睡，仍打着轻微的鼾声，耳朵却竖了起来，她想听清姐夫同姐姐说的每一个字。

“啊，你的身子真好看，跟仙女的身子一样。”姐夫的呼吸极紧，哧儿哧儿的，就像一头刚耕完两亩地的牛样喘气。“你干吗？说好的不能摸。”“我不但要摸，还要吃你呢。”姐姐不停地呻吟着。片刻，姐姐一声尖叫：“唉哟，好痛。”玲子不懂，姐夫摸了一下姐姐，姐姐怎么会痛？“你同玲子简直像两个娘生的，你这么好看，可玲子却那么丑。”玲子听了这话，心里极难受，难道自己真长得丑？可妈妈和姐姐怎么总说自己长得好看呢？难道妈妈和姐姐骗自己？玲子感到了口渴，想去甘蔗地掰根甘蔗吃。七月份，甘蔗还只长了三四节，也不甜。玲子却想尝个鲜。

玲子进了甘蔗地，见甘蔗地沟里坐着一个光头男人。玲子问："你是谁？怎么吃我的甘蔗？"光头说："赶路的，我太口渴，就吃了你两根甘蔗。小妹妹，你真好看。""我好看？你骗我。""真的，我干吗要骗你呢？你的脸多白嫩，就像刚出锅的豆腐，轻轻一掐就能掐出水。还有你的嘴也好看，这么小巧这么红嫩。你的脸都这么白，那你的身子就更白，能让我看看吗？""行。"玲子就脱了衣服。玲子只穿了件长裤，一条短裤，一件短褂。玲子把衣服全脱掉了，玲子说："真凉快。"又问光头，"好看么？"光头的眼里射出一种可怕的光，身子也抖起来。光头伸出手，玲子往后退，"你不能摸我，摸了我，我会好痛。刚才我姐夫摸了我姐，我听见我姐的尖叫。""就让我摸一下，行吗？你如果痛，我就不摸。""那你摸一下吧。"玲子闭了眼，痛就痛一下吧，忍一忍就过去了。光头先摸玲子的脸，手往下滑，落在玲子微微隆起的胸脯上，再往下滑，落在玲子的腹部上。男人喘着粗气说："痛吗？"玲子摇摇头。"舒服吗？"玲子又摇摇头。光头说："你的身子真光滑，跟摸绸子样。"玲子说："你还没说好不好看。"光头说："好看，真好看。我从没见过有你这么好看的身子。"玲子又问："有仙女的身子好看吗？""你在我眼里就是仙女呀。""真的？""真的！真的不骗你，你快穿衣服吧，我怕自己控制不住会做出伤害你的事。"

玲子很快穿好了衣服。光头问："你叫啥名字？""我叫玲子。"光头就说："玲子，谢谢你，我一辈子都会记得你。"玲子掰了根甘蔗，上了岸，刚走两步，光头又喊："玲子。"玲子一回头，见光头向她招手。玲子进了甘蔗地，"还有啥事？""我这根红绸带送给你。你拿红绸带扎辫子，会更好看。这绸带，我原想送给我女儿。""你为啥又不送给你女儿？""我见不到我女儿。我得回去了，他们在找我。"

玲子回了家。姐姐同姐夫坐在院子里择韭菜。姐姐见了玲子手里的红绸带问："这绸带哪来的？""一个光头男人给的。""光头男人给的？"姐姐对姐夫说，"肯定是那个从监狱逃出来的强奸犯。刚才两个警察还问我见到一个光头男人没有。他在哪里？快说。"玲子说："不知道。""他没对你怎么样吧？""我脱了衣服让他看了，然后让他摸了，他还说我是仙女。"姐姐忙脱下玲子的裤子看，看过后才松了一口气。姐姐抢过玲子手里的红绸带："不能要强奸犯的东西。"姐姐把那根红绸带扔进茅坑了。

后来玲子的父亲在耕甘蔗地时，竟然捡到一把闪着寒光的匕首。玲子家里的人都觉得怪，谁把匕首埋在甘蔗地里呢？玲子心里知道那把匕首是光头男人的，但玲子没说出来。玲子知道有些事是不能说出来的。

小偷父亲

石头三岁时，母亲患肝癌去世了。父亲根子没再娶，其实想娶也没哪个女人愿进他这幢四面墙漏风、屋顶漏雨的泥坯屋。根子便既当爹又当妈拉扯着石头。

根子极疼爱石头。石头想要啥，只要根子能给的就给。根子啥事都顺着石头，不想石头受半点委屈。家里有啥好吃的，根子从来不舍得吃，总让石头吃个够。石头的衣服在村里同龄人中也是穿得最好的，根子自己却是穿着补丁叠着补丁的衣服。石头很顽皮，总爱打架，有几回把人打得头破血流。小孩的父母向根子告状，根子表面上骂石头，小孩的父母一走，根子也不再骂石头了。有时根子还护着石头。

石头到了上学的年龄，却不想上学。在这点上，根子不依石头。根子想石头好好念书，今后能考上大学，然后在城里工作，那他也可以进城享石头的几年福。根子拿了根竹鞭打石头的屁股。石头却不怕打，仍不肯上学。根子的手上用了劲，竹鞭落在石头的屁股上啪啪作响。石头屁股很快皮开肉裂。石头却说："你把我打死了，我也不上学。"根子便把石头关在屋里，说："你不想上学，饿死你。你啥时想通了，啥时给你饭吃。"

到底是小孩，饿了一天，石头受不了："我要吃饭。"

石头上课时，一点也不认真，心思根本不用在书本上，而是用在怎样欺负同学，怎样同老师作对上。但石头很聪明，考试时，排名总排在前十名。老师很为石头可惜。家访时，老师对根子说："你儿子脑子很好使，很有书性。如若他的心思全用在读书上，那就不得了，今后考上大学没问题。"

根子问老师："怎样让石头把心思全用在读书上呢？"

老师说："要是让石头明白你供他读书不容易，譬如他知道你的钱来之不易……那他一定会好好读书。”

老师说的话，根子一字不漏地听进去了。但根子也想不出能让石头一下懂事的办法。根子一开口：“你是为你自己读书，不是为我念书。你念好了书，今后不要种田，过日晒不到雨淋不到风吹不到的好日子……”石头便捂住耳朵：“你这话说了千遍万遍了，我的耳朵都听得起趼了。”

让根子欣慰的是石头上了高中，一下懂事了，再不调皮捣蛋了，心思全用在了书本上。

但根子想石头读书更认真、更刻苦些。老师也说高三是最重要的一年。快上学时，根子一直在石头耳边唠叨，说不知去哪儿弄石头的学费。

离石头报名的日子越来越近了。

这天晚上，睡在被窝里的石头被一阵“捉贼啊捉贼”的呼叫声惊醒了，石头穿好了衣服，出了门，朝呼喊声跑去。但让石头一万个没想到的是，父亲被人打得躺在地上爬不起来。

原来根子偷福生家的猪时，福生家的狗朝根子汪汪地叫。狗叫声把福生吵醒了，福生拿了根扁担跑出门，追上根子，朝根子背上狠狠一扁担，根子便“扑通”一声倒在地上了。

石头尽管知道父亲偷福生家的猪，是为了给自己筹学费，但还是看不起父亲。石头背着根子回了家，把根子放在床上。根子说：“石头，你心里准恨爹，准瞧不起爹，爹也恨自己，恨自己无能，连你的学费都挣不到。爹实在不想你辍学，不想你今后像我这样的一辈子在土地里找食，爹想你考上大学呀，想你做公家人，想你过城里人的好日子……”一脸泪水的根子说不下去了。

石头的泪水也淌下来了。

第二天一早，石头对根子说：“爹，我去书店买几本复习资料。”石头这一走再没回来。根子在石头的床上发现了一封信，根子不认得字，请村里认得字的人看。认得字的人给根子念信：“爹，今天发生的事让我一下长大了。以前我那么心安理得地花你的钱。一用钱就伸手向你要，却从没想过你的钱怎么来的。我不能太自私了，尽管我知道你希望我考上大学，我也知道我能考上大学，但我不想再吃你的血汗了，也没脸在村里待。我决定不念书，去打工……”

“不，石头，爹有钱呀！爹连你上学的钱都攒够了。爹是故意偷福生家的猪，爹这样做是让你更好好地读书呀……”根子大声吼起来，“石头，你回来，回来，爹要你考上大学……我，我一万个没想到，我这样做不但没帮你，反而害了你。石头，爹害了你，害了你一辈子……”泪水爬满了根子坑坑洼洼的脸。

开初根子想去找石头，但不知去哪儿才能找到石头。根子去学校找石头同学探听石头的消息，但都没石头的消息。后来学校放寒假了，过年了，仍没石头的消息。根子仍极度地自责，他一见到村人，便拉住村人说：“我该死，我不该故意偷福生家的猪，我这样做是想让石头更好地读书，没想到反而害了他。我好悔，好悔……”村人一见根子就躲。根子就一天到晚自言自语的：“石头呀，你怎么招呼也不打就走？你现在怎么样？你也该来封信呀！……你千万别出事呀，你是爹的一切呀，爹若没了你，活着也没意思……”

打往天堂的电话

椁木要盖盖时，水生说："等等。"水生拿出香芹以前用过的手机，放在香芹的头跟，说："香芹，我会时时给你打电话的。"泪水再一次从水生的眼里涌了出来。这个手机是两人订婚那天，水生送给香芹的。手机号也是水生挑的，尾号是815，香芹是8月15号出生的，好巧。香芹那天很高兴，一高兴就忘记了当初的决定。水生同香芹已好了三年，水生好多次忍不住想要香芹的身子，香芹说啥也不肯。香芹只把上半身给水生，水生的手和嘴可以在香芹的上半身为所欲为，但水生的手一触到香芹的下半身，香芹就很坚决地拿开，香芹对水生说要留到结婚那天给水生。那天晚上香芹稀里糊涂把自己给了水生。事后，香芹哭了。水生忙赔不是。水生心里却高兴，香芹今后一直是自己的人，香芹长得漂亮，人又聪明，许多各方面条件比水生好的男人都想要香芹，这让水生很不安，总担心香芹会离自己远去。

香芹还是狠心地抛下水生走了，永远地走了。那时水生扑在香芹身上喊："香芹，你说话不算数，你说过同我一辈子的。你的心咋这么狠？咋不要我啦……"水生又去打那个司机，有多大的劲使多大劲，"你还我的香芹，还我的香芹……"

此后，水生似变了个人，那个爱说爱笑的水生不见了。水生一天也说不了两句话，只傻坐着，望一处发呆。水生也时时拨打香芹的手机号，传来的却是："对不起，您拨打的号码不在服务区，请稍后再拨。"

父母不想水生这样傻下去，他们求人给水生介绍女朋友。水生却不想见，水生说："我只要我的香芹。"

但有一个叫月梅的女人主动来到水生身边。月梅说她要把水生变为原来那个快乐的水生。

水生却是对月梅极冷，水生说："我不会爱上你的，我只爱我的香芹。"

月梅说："你就当我是香芹吧！"

"不，你不是香芹。"

月梅更喜欢水生。月梅觉得水生今后若爱上她了，也会爱得如此专一，爱得如此执著。月梅觉得现在像水生这样的男人已经很少了。现在的男人换女人就像换衣服一样随便。月梅处了三个男朋友，他们都是这样的男人。他们都只对月梅的身体感兴趣。

水生又拨打香芹的手机号，自然又拨不通。水生却对着手机说："香芹，你过得怎么样？你想我不？我好想好想你，想得总掉泪……"水生说着说着泪水又淌下来了，声音也堵在喉下吐不出来了。月梅也跟着抹眼泪。

水生一想香芹时，就拨香芹的手机号。

这回竟然通了。水生说："你是香芹吗？"

"我是香芹，你是水生吧？"

水生说："你不是香芹，声音一点也不像香芹。"

"我声音变了。我不是香芹，那我一接电话怎么知道你是水生？水生，你好吗？"

水生的声音又带着哭腔："一点也不好，我每时每刻都想你。我要你来看我，我已瘦了十多斤。"

那边的声音也变成哭的声音："我知道。我也好想你。但我不想你为我这样。我要你快乐要你开心。你变成原来的你了，我就来看你。"

"你不骗我？"

"不骗！"

水生同香芹通过几次电话后，心情慢慢好起来，吃饭也有胃口了，也能睡安稳觉了。

月梅仍时时来陪水生。

水生说："你别在我身上浪费时间，我不会爱上你的，我只爱我的香芹。我也同香芹联系上了，香芹说我变成了原来的我，她就来看我。"

"你就把我当香芹吧。"

水生摇摇头。

这天，水生挑粪，摔了一跤，腿摔断了。月梅就在医院照顾水生，给水生去食堂打饭，给水生洗脸，给水生倒尿盆。病房里的人说水生真有福，找了这么一个好老婆。水生看了一眼红了脸的月梅说："她不是我老婆，是我妹妹。我那位叫香芹。"

"那你的香芹怎么不来照顾你？"

"我打不通她的手机。"水生又来拨号，传来"对方已关机"的声音。这些天水生给香芹打了不少电话，却一直关机。

水生又担心香芹出了什么事。

月梅说："你放心好了，香芹不会出什么事的。她为了你也会照顾好自己的。"

半个月后，水生腿上的钢板拆了，但医生说还不能下地走路。月梅就给水生买了一副拐杖。水生出院回家了。

邻居都说水生变了。水生的母亲也对水生说："你真得好好谢月梅，如不是月梅，你能好得这么快？这半个月来，月梅没睡过一个安稳觉。"

水生看了看月梅，说："让你受罪了。"

月梅的眼圈竟然红了。

水生又掏出手机，仍打不通。晚上，香芹的手机通了。水生说："香芹，来看我把。"香芹答应了。

水生见了来看望自己的月梅，高兴地说："香芹答应今天来看我。"

"她已经来了。"

"来了？我咋没看见？"

"因为你没用心看。你不信，打她电话。"

水生一拨那号码，月梅口袋的手机响了。水生一脸惊愕："你咋有这个号？"

"这个号停机的当天，我就去电信局要了这个号。"

"那你的声音怎么不像？"

"手机可以设置几种声音。"

"原来你就是香芹。"

月梅摇摇头说："我不是香芹，我是月梅。"

"不，你在我心里就是香芹。"

月梅的泪淌下来了："我是月梅。这些天我也想通了，爱情是两个人的事，一个人是爱不起来的。我今后再不会来了。”月梅一低头，捂着眼睛就跑了。

水生的眼前浮现一幕幕画面，月梅见他的腿断了，哭得满是泪水的脸；月梅在医院里第一次做排骨汤的笨样子；端排骨汤时，汤溢了出来烫了她的手，却舍不得扔碗的样子；月梅给他端尿盆的背影；月梅小心翼翼搀扶他的样子……一幕幕的全在眼前晃。水生的视线模糊了：“香芹，不，月梅，你回来。月梅，月梅……”

水生拄着拐杖去追，却摔倒在地上。

月梅见了，忙往回跑。月梅搀扶起水生，“你想一辈子做个瘸子？摔痛了吧？”水生却把月梅拥进怀里。月梅问：“我是香芹还是月梅？”

“你是月梅，不是香芹。”

月梅点着头，笑了，笑得满脸灿烂，尽管脸上还挂着泪珠。

闹洞房

李卫平的哥哥结婚时，许多人来闹洞房。那些闹洞房的男人把他嫂子推来推去，一些不怀好意的男人，不是在他嫂子胸前摸一把，就是在他嫂子的屁股上捏一下。后来不知谁拉了灯，房里一片漆黑，闹洞房的男人更放肆了。黑暗中不时传来他嫂子啊啊的尖叫声。

哥哥不但不生气，还一脸幸福的笑。那笑不是装出来的，而是从心底里流出来的。洞房闹得越凶，闹的时间越长，闹的人越多越说明他的人缘好，那他越有面子，越被人看得起。因而哥哥隔一会儿，就往人手里塞糖和烟。

李卫平怕嫂子吃亏，摸到灯线，开了灯。灯亮时，嫂子正被一男人搂在怀里，那男人的脏嘴还在嫂子脸上乱啃。

灯又被人拉灭了。这回，灯线也被拉断了。李卫平看不下去了，出了门。李卫平心里说，这是什么狗屁风俗？自己的老婆任别的男人的脏手摸，任别的男人的脏嘴亲，而做丈夫的还一脸幸福的笑，还给占他便宜的人敬烟敬糖。今后我结婚，决不要人来闹洞房。

第二天，李卫平见嫂子的手臂上青紫一片，这都是那些闹洞房的人给掐的。嫂子的身上也准是青一块紫一块的。

几年后，李卫平要结婚了。日子定在正月初六。

正月初二晚上，李卫平带着几包烟去村人家求人帮忙。结婚要请许多人做事，洗菜的、炒菜的、搬桌子的、接待客人的、扛嫁妆的，还有迎亲的，光迎亲的就要二三十人。结次婚，至少得有五六十人帮忙。

哪知村人商量好了似的，一个个找理由回绝了。哥哥对李卫平说，现在好吧？村人不帮忙，看你怎么结婚？你总不能一个人去迎娶新娘吧。谁叫你不要村人来闹洞房。你现在快给人赔不是，要请他们来闹洞房。李卫平的犟脾气来了，我不信，没有村人，我就结不成婚。

回到家的李卫平给他要好的几个高中同学打电话，请他们来帮忙，还让他们有多少人带多少人来。

迎亲的二十几个人总算凑齐了。

但总不能让他同学去村人家搬吃酒的桌子、凳子吧？李卫平便不准备在家里弄酒，一者，李卫平的亲戚不是很多；二者，请了村人的酒，他们都不吃。李卫平就在饭店里包了八桌。如村人都喝他的酒，那得摆三十桌。

初六这天清早，李卫平带着迎亲队伍出发了，在女方家吃过酒，带着新娘回来了。

迎亲队伍进村时，竟没有一个村人来看新娘，连小孩都没有一个。小孩都被大人关在家里。往日别的新娘一进村，全村所有的人都站在村头看新娘，也有欢迎新娘的意思。女人觉得怪，问身边的李卫平，怎么没有一个人来看我？李卫平说，我也不知道。女人的脸色极难看，原来你在村里竟这么没人缘？你把全村人得罪了，我们今后还能在村里待？今后还怎么过日子？你怎么把全村人都得罪了？

新娘进门时，应给看热闹的村人敬烟散糖。如今没一个看热闹的人，新娘从家里带来的烟糖自然用不上了。女人孤零零地坐冷冷清清的新房里。在女人的印象里，此时的新房里应该满是人。他们对她评头论足，他们评她的人，评她的衣着，评她带来的嫁妆。

女人坐了一个多小时，李卫平带女人去镇上的酒店喝酒。女人去了酒店，见只有八桌，问李卫平，人怎么这么少？李卫平说，请了村里的人，他们都不来。女人的眼眶里晃着泪，他们怎么不来？李卫平把他怎么得罪村人的事说了，你难道情愿那些臭男人在你胸脯上摸一把在你大腿上捏一下？……难道我错了？

没多久，李卫平才知道他错了。先是村里的竹器厂不要李卫平上班了。兼竹器厂厂长的村主任说厂里要减一部分人。村主任说由职工投票，谁得的票最多，谁就回家。李卫平竟得了最高票。李卫平原来在厂里一个月能拿六百多块钱，田地活一样的做。如今家里一个月少了这六百块钱，就没现钱了。

女人对李卫平也没好脸色了。

村里所有的人见了女人，跟见了陌生人一样，不但不打招呼，还冷着脸。

女人去鄱阳湖畔洗衣服时，那些女人都离她远远的。村人不管做红喜事还是白喜事，都不请她帮忙，也不请她的酒。弄得女人不好意思出门，总把自己关在家里。女人心情不好，同李卫平吵架的次数也越来越多了。女人吵架时想到人家夫妻吵架，左邻右舍都来劝架。可自己吵翻了天，也没人来劝。女人心里更难受，吵得也越凶了。两人吵烦了，也想开了，心平气和地离婚了。

一年后，李卫平又找了个女人。当一男人问李卫平这回闹不闹洞房时，李卫平说，闹，闹个天翻地覆！

闹李卫平的洞房时，灯也被人拉断了。

李卫平脸上挂着幸福的笑，他隔一会儿就给闹洞房的人敬烟散糖。

鸡叫头遍时，闹洞房的人要走，李卫平说，还早，再闹一会儿。女人狠狠地瞪李卫平，李卫平不理会，你们闹累了，抽支烟，歇歇。村人接着再闹。天蒙蒙亮时，闹洞房的人才走了。女人却一头扑在床上哭起来。李卫平见了女人身上被人掐得青一团紫一团的，心痛得掉泪了，他把女人搂进怀里，说，真对不起。女人却挣脱他的怀抱，说，你一点也不喜欢我。你若喜欢我决不愿意让他们占我的便宜。可你倒好，他们要走，你还热情挽留他们，让他们的脏手在我身上乱摸让他们的脏嘴在我脸上乱啃……你不在乎我，不喜欢我，为啥要同我结婚？……李卫平的嘴唇动了动，想说啥，却一个字也没说出来。

领导为啥叫我吃饭

下班前，领导进了我的办公室。我同王科长、刘科员都站起来，向领导问好。我开初以为领导给我们布置工作，或者别的工作出了差错，领导来批评我们的。哪知领导对我说：“小周，待会儿同我一起去鄱阳湖大酒店吃饭。”领导说完这句话就走了。

我以为我耳朵出了问题，或者做白日梦，要知道领导来单位半年了，单位还没一个人同领导一起吃过饭，我只有问刘科员：“领导真的叫我吃饭？我没听错吧？”

刘科员的脸像块脏兮兮的抹布，能拧得出水来：“好像是。”刘科员的语气也冷硬得如雪天里的水管。

王科长对刘科员说：“我先下班了。”王科长出门时，随手把门一摔，门“砰”的一声响，震得墙顶上的灰尘纷纷往下落，我桌子上铺了一层灰尘。

饭桌上，我很想问领导为啥叫我吃饭，但这话在喉咙口来回打转，还是没吐出口。

晚上，我躺在床上翻来覆去地睡不着，一直想领导为啥叫我吃饭，想得头也痛了，也没想出来。

第二天，全单位的人都知道领导叫我吃饭了。他们看我的眼神怪怪的，含有妒忌、羡慕、不屑、鄙夷等，总之眼神很复杂、很骇人，我都不敢看，只有避开。当我走近办公室时，听到刘科员说：“王科长，你现在知道自己错了吧？以前对小周那么好，却总防我。这叫会咬人的狗不叫。王科长今后得多个心眼，头上的帽子别被别人抢去了。”王科长说：“都怪我以前瞎了眼。我们今后都要防他，到时他向领导打我们的小报告就麻烦了。”

我站在门口故意咳一声，里面没声音了，我才进了屋。气氛极其沉闷，我坐了一会儿，就胸闷，有点喘不过气，想去外透透气。一开门，便看到小杨。小杨同我很要好，平时无话不说。我说：“陪我去院子里走走。”来到院子里我深深地吸了几口气。小杨说：“单位这么多人，领导为啥偏偏叫你吃饭？是领导想把你培养成他的亲信，准备重用你？”我摇摇头。小杨说：“你还防我？我保证不会说出去。”“我真的不知道。”小杨见我这么说，很不高兴：“我得上班了。要不单位的人见我同你待这么久，还以为我什么话都向你说，那到时单位的人都躲我呢。”小杨抛下呆若木鸡的我走了。

此后，王科长在工作中故意给小鞋我穿。所有的事都交代我做，还老批评我，说这事做得不行，那事做得也不行。我同王科长、周科员很少说话，即使说话，话里也含仇带讽，藏刀藏剑。单位的人很远就闻得到我办公室里有一股极浓的火药味。

单位所有的人都躲着我，许多次，他们谈论单位的人和事，我一走近，有人发现了我，故意咳一声，他们看见了我，全都不出声了，开初的笑也僵在脸上了，让我极尴尬。

后来我终于弄清了领导为啥叫我吃饭。一回，我正蹲在厕所里时，进来小杨和小刘。小杨说：“你知道领导为啥叫小周吃饭？原来有一回领导见市长的车送小周上医院，以为小周同市长是亲戚，领导很想搭上市长这条线……”我这才恍然大悟，是有这事，但我不认识市长。

我见了小杨，问小杨听到关于领导为啥叫我吃饭的事没？小杨摇摇头。我便说：“……说你听，你准不信。市长的车送过我去医院呢。”小杨问：“市长是你什么人？”“我不认识市长，只是那天市长的车撞了我一下，我摔倒在地上，其实一点也没事，只是手掌破了皮，市长非要让他的司机送我上医院。”

小杨鬼鬼祟祟地出了门，我在后跟着，见小杨进了领导的办公室，我的心才踏实，这回单位的人不会再排挤我吧，我准会像以前那样与他们和睦相处。但错了，同事们见了我，仍躲得远远的，没人愿同我说话，我仍被单位所有的人孤立着。对此，我百思不得其解。我想向小杨讨教，小杨见了我，却像没见到我一样，脸仍埋在报纸里。我咳了一声，小杨聋子样没听见。我气得抢过小杨的报纸：“你咋一下变得又聋又哑？”小杨看了看办公室其他两位同事，说：“我正忙呢。”我气得拂袖而去。

我走近办公室时，又听到王科长同小刘在议论我，便把耳朵贴在门上，听见王科长说："……你今后一定要同小周保持距离。小周欺骗了领导，领导很生气。小周成了领导讨厌的人，我们若同领导讨厌的人走得近，自然也会让领导讨厌……"

我再不想在单位待了，我想换个单位。但苦于没有关系。只是让我没想到的是几天后，市委书记的车到单位来了，从车上下来的竟是邹延，领导听说市委书记的车来了，以为市委书记来了，忙下楼迎接。邹延问领导；"周岩在这儿吗？"领导的头鸡啄米似的："在，在。你认识周岩？"邹延说："我同周岩是大学同学，是睡了四年上下铺的兄弟，那时我们好得钱都放在一起用。"领导又问："你认识市委书记？"邹延说："邹书记是我爸。"邹延见了我激动得伸开双臂，我们拥抱在一起。

当邹延问我混得怎么样时，我叹口气说："混得一点也不好，我想换个单位。"我把我的境况说了，邹延满口答应了。

但领导不同意。"你走了，别人怎么看我？说我留不住人才。所以为了我，你也不能走。"我说："我不是人才……""谁说你不是人才？我们准备重用人才，想让你挑重担……"

仅一个星期，我就被任命为办公室主任。

不死的死囚

麦克拉斯因故意杀人，判了死刑，关进了死囚牢，一个星期后将被枪毙。麦克拉斯不想死。同麦克拉斯关在同一牢房里的还有一个叫库兹基尼的人。库兹基尼也是个死囚，将于明天一早押往刑场。

库兹基尼不想明天当着全城人被枪毙。他想自杀。可死囚牢里没有绳子没有刀子，也没有石头。库兹基尼把自己的裤子脱下来，勒住脖子，要麦克拉斯拉两只裤脚。麦克拉斯开初不肯。库兹基尼说："你不帮我，我把你杀了。"库兹基尼说这话时，眼里露着凶光。麦克拉斯只得答应了。麦克拉斯拉住两只裤脚，往两边拉。一会儿，库兹基尼就死了。

开初麦克拉斯不承认他杀死了库兹基尼。警察问："库兹基尼的裤子上怎么留有你的指纹?"麦克拉斯说："库兹基尼要我帮他自杀，我想帮他，后来改变主意了，没帮他。"警察再问话时，麦克拉斯不回答："我要同我的律师谈。"

警察局给他找了名律师。麦克拉斯对律师说了实话。律师说："你是判了死刑的人，有不有罪无所谓。你要争取拖延时间，多拖一天，就多活一天。"

一年后，法院开庭审理了。在法庭上，律师极力为麦克拉斯作无罪的辩护，最终律师说服了法官。法官对麦克拉斯作了无罪的判决。

麦克拉斯却不服，向上一级法院上诉，说自己杀死了库兹基尼，应该判他有罪。上一级法院把麦克拉斯的申请材料发回法院重审。

另一个律师又为麦克拉斯作有罪的辩护。

当法官要宣判时，麦克拉斯在法庭上又大叫："我无罪，无罪。"法官只得宣布休庭，改日重审。

法官对麦克拉斯说："你到底是想有罪还是无罪，你若想有罪，我们就判你有罪；你若想无罪，我们就判你无罪。”

麦克拉斯说：“我自己也不知道。”

这样一晃五年过去了，麦克拉斯多活了五年。

明天一早，麦克拉押往刑场了。刚好，晚上又进来一个死囚。下半夜，那死囚睡熟后，麦克拉斯紧紧掐住了死囚的脖子，死囚很快断了气。

警察忙着取证，然后向法院提起公诉。麦克拉斯在法庭上时而说自己有罪时而又说自己无罪。法官以为麦克拉斯患精神病了，又送麦克拉斯上医院检查。当法院判决麦克拉斯有罪后，麦克拉斯不服，又上诉说自己无罪。

这样又是一个五年过去了。麦克拉斯仍活得好好的。

麦克拉斯又将在明天一早被执行死刑。这回，警察吸取教训，没再往麦克拉斯的囚牢里塞人。麦克拉斯也不想当着全城人的面吃子弹，他想自杀。麦克拉斯咬断了半截舌头，血流了一地，但没死。

第二天，麦克拉斯被送进了医院。警察说：“待你的伤治好了，再枪毙。”

麦克拉斯在医院一躺就是两个月。

而这时新当选的总统颁布了赦免令，所有在牢里的囚犯包括死囚都作无罪释放。

麦克拉斯回到家，对家人说他是个不死的死囚。

想自杀的李大民

这些天，李大民过得极不顺。

先是同他好了三年的女朋友同他分手了。分手的理由很简单，他同女朋友黄昏时在公园里散步，持刀的“歹徒”抢女朋友的铂金项链，胆小怕事的李大民没上前同歹徒搏斗，而是任“歹徒”抢。原来是虚惊一场，是省电视台新策划的一个节目，目的是看社会上有正义感的人还有多少。其实“歹徒”抢劫时，公园里有许多人，但没一个人上前。第二天晚上，电视台就播放了。女朋友见到李大民害怕得发抖的样子，心里极失望。女朋友说，如若遇上真的歹徒，他们想强奸我，你也不会上前救我，原来你根本不爱我，我们分手吧。任凭李大民怎么解释，女朋友就是不听。然后是他刚装修好的房子着了火，房子里所有的东西化为灰烬，包括他的专业书籍、各种证件、存在电脑里的设计动画片的方案等。而且火往上蹿，把楼上一家也烧了。楼上一家要他赔偿十万。李大民买房的钱都是按揭的，他自然拿不出十万块钱。再是李大民被老板炒了鱿鱼。李大民在公司是创作动画片脚本的。但李大民在公司几年，创作的几部动画片，都没让老板满意。老板不想养一个闲人。

李大民大病了一场。

没有人来探望照顾李大民。李大民昏睡在客厅的地上，床被烧后他没钱买。李大民想喝水，想烧水，水龙头里却流不出一滴水。即便流水了，煤气灶烧得也不能用了，家里也没电，插座电线全烧了。躺在黑暗中的李大民的心凄凉到了极点，泪水也涌了出来。

活着真没意思。

李大民想到了死。

李大民起初想到公园里去，天黑后他眼一闭，往湖里一跳，啥痛苦都没了。但李大民想到湖畔上那么多人，万一有人救他呢？李大民又想到让车撞死，又一想，万一车没撞死呢？再说他不想讹诈无辜的司机。李大民最后想到去郊区的山上跳崖，即使摔不死也得饿死。李大民的烧退后，出了门。李大民的口袋里还有两百多块钱，他去了一家酒店，点了二百块钱的菜。吃饱喝足后，出了酒店。酒店门口有个要饭的老人，他把口袋里剩的几十块钱全放在老人的碗里。李大民骑上摩托车，一踩油门，摩托车便飞了起来。

前面的红灯亮了。李大民不想被车撞死，便停了下来。李大民旁边停了一辆奔驰，开车的是个年轻貌美的女人。这时又飞来一辆摩托车，在奔驰的左边停下了。摩托车上坐着两个人。坐在后面的一个人下了摩托车，打开“奔驰”的门，拿了放在副驾驶位的包，跳上摩托车，摩托车“呜”的一声跑了。李大民一踩油门，追赶那辆摩托车。

“奔驰”也闯了红灯，紧追过来。

李大民把油门加到底，挡位又加到最快挡。李大民离前面的摩托车越来越近，近到四五米时，李大民的眼一闭，朝摩托车撞过去了。

后来的事李大民也不知道了。

李大民醒来后，已躺在医院里，左手左脚都打了石膏。“谢天谢地，你终于醒了，你已昏睡了三天三夜。”一个漂亮女人的眼里汪着两滴亮晶晶的泪。是谁？李大民觉得有点面熟，却想不出在哪见过。“真谢谢你帮我夺回了包。你不知道这包对我来说有多重要，包里的十万块现金是小事，还有几份极其重要的合同，还有几份动画片的脚本……”

“什么？动画片的脚本？你是……”

“我是西游记动画片制作公司的。齐婉燕，你呢？也做动画片？”

西游记动画片制作公司在全国都极有影响，制作的动画片极受小朋友喜爱。齐婉燕是这公司的老总。

“我原来在绿月亮动画片搞创作，现在失业了。”

“你伤好后进我公司好了。对了，你真勇敢，我喜欢勇敢的男人。”齐婉燕讲这话时，脸红了，但看李大民时，眼里汪着水样的柔情。

第二天，省电视台的人来采访李大民了。竟然是策划抢劫李大民原来女朋友的记者，记者认出了李大民：“你原来胆子那样胆小，怎么一下变得这么勇敢？”

“因为你那节目一播，女朋友不要我了。我想去跳崖，一个想死的人什么也不怕的。”

电视台的记者走后，齐婉燕问：“你为什么想跳崖？就因你女朋友离开你？”

“这不是唯一的原因。女朋友走后，房子接着烧了……”

齐婉燕的眼里又有了泪：“唉，要是我早些认识你多好，那你病时，我可好好照顾你……”

李大民住院的两个月内，齐婉燕天天来陪李大民。李大民说：“你那么忙，怎么天天来？”

“人家想见你，想同你在一起呗。”齐婉燕的脸上桃花样灿烂。

“我也想每时每刻同你待在一起……对了，这些天，我构思了一个动画片：一只可爱的松鼠被一条狗咬断了尾巴，女朋友嫌他丑，离开了他。朋友也嫌同他在一起丢脸，也离开了他。松鼠因没尾巴，爬树远没以前灵活，捕猎物极难，总挨饿。而且他的房子也被烧了。松鼠生病了，也没人照顾他，松鼠觉得活着没意思，便想自杀。他找了几个有毒的野果子吃，不想不但没吃死，病却治好了。他想去另一片树林里自杀，一天晚上他上路了。路上遇到很多有趣的事。他到了那片树林，食物极其丰富，多得他吃不完。他回去把这消息告诉了其他松鼠，其他松鼠都很感谢他，都称他是英雄。他还帮许多松鼠治好了病。一只年轻美貌的松鼠爱上了他。他就过上了幸福生活。”

“好，好，这构思太巧了。这动画片就叫《想自杀的松鼠》，不行，得给松鼠取个好听的名字，要不就叫聪聪。”

《想自杀的聪聪》播出后，风靡全国，收视率在全国当年的动画片中位居第一。李大民又写出了《想当英雄的聪聪》《想当国王的聪聪》一部比一部精彩。

李大民也和齐婉燕结婚了。李大民深情地对齐婉燕说：“感谢你救了我。”齐婉燕说：“明明是你救了我呀。”

此后，李大民像《想自杀的聪聪》中的聪聪那样过着幸福的生活。

第四辑

竹子开花

疯女人

李光南在鄱阳湖上坐了五个小时的船，然后爬了两个小时的山路，到达蛤蟆村时，天已黑了。此时的李光南冷得瑟瑟发抖，肚子里也像有鸡爪样的东西抓个不停。冷风呼呼地狂叫，风裹着沙子砸在脸上，火灼样辣辣地痛。灰色的云严严地压在头顶上，要下雪了。

得在蛤蟆村借宿了。李光南敲开一家的门，那人一见李光南，就砰的一声关上门。李光南又敲门：“大哥，能否借宿一夜?”“不行。”语气斩钉截铁的，没点商量的余地。

李光南又去敲第二家的门。

门开了，又关了。

李光南想，或许自己一副坏人相吓住了他们。唉，谁叫自己一脸的络腮胡，头上却稀拉拉的没几根头发。报社的同事都笑他该多长毛的地方却少长毛，该少长毛的地方却多长毛。

李光南一连敲了几家的门，可他们一听说李光南借宿，都极快地把门关上了。

一男人对李光南说：“你就死了这心吧，我们这村现在从不让人借宿。”李光南问为什么，男人说：“我们村曾有一户人家留人过宿，那歹人不但杀死了男人，还强奸了女人，抢走了一切值钱的东西，后来那女人也疯了。”

看样子自己得露宿一晚上，那不饿个半死也得冻个半死。去镇上吧，还得走三十里山路，路都是羊肠小道。这黑灯瞎火的，一不留神，就得掉下山崖。而这山里又有很多狼，如回镇上，不摔死那也得被狼吃了。

李光南又一家门一家门地敲下去。

李光南也不知敲了多少家门，终于有人愿让他借宿。那一刻李光南的眼里涩涩的，李光南不停地说：“谢谢，谢谢。”声音一抖一抖的。

女主人为李光南弄吃的。

“嫂子，你真是个大好人。全村人只有你愿让我借宿。”“他们都怕你是个坏人。可我一看你的眼睛就知道你是个好人，坏人不会有你这样的眼睛。”“是的，我是个好人，我是报社的记者，去最偏远的牛角村采访，回来天就黑了。”

一碗热气腾腾的面条端上桌子，面条里面还卧着三只鸡蛋。“在乡下没有啥招待你的，你将就填饱肚子吧。”李光南知道面条里里卧三只鸡蛋，那是乡下人招待贵客的。一般只有亲家母、媳妇、女婿第一次上门，才在面条里放三只鸡蛋。

“大嫂，大哥呢?”“他在城里打工，他是世上最好的男人，他在家时，重活累活从不让我干，有好吃的，他舍不得吃，总留着我吃，一回他帮人打基沟，早餐每人有两个茶叶蛋，他舍不得吃，藏在口袋里留给我吃。他也舍不得把我一个人扔在家里，可他想多挣点钱，想让我们过上好日子……瞧，我说哪里去了……你先吃，要不冷了，我去喊我儿子来吃饭，他在邻居家耍。”

片刻，女人带着一个十三四岁的男孩进来了，男孩一见李光南，一脸惊慌：“妈，坏人，坏人，他会杀了我们，看，他还有刀。”女人说：“他是好人。”李光南从腰间解下刀，说：“小朋友，我这刀是防野兽用的，现在用不着，送给你留个纪念。”

男孩拿着刀向李光南刺来，李光南躲过去了，女人抢下男孩手里的刀，打了男孩一巴掌。男孩哇哇地哭起来，女人忙向李光南赔不是：“不好意思，他以前受了惊吓。一朝被蛇咬，十年怕井绳。”女人又对男孩说：“儿子，你说，一个人被一只狗咬了一次，难道那个人今后一见狗，就把狗打死?”男孩说：“他就是坏人……妈，你忘了爸是怎么死的?”

李光南吃惊地望着女人，女人说：“我儿子胡言乱语的，你吃面，快趁热吃。”李光南吃完一碗面条，掏出十块钱压在碗底下，就告辞。李光南不想让男孩感到恐惧。女人不让：“这黑灯瞎火的，你去哪?你如看得起我这个疯女人，就在这留宿吧。哦，人家都叫我疯女人，其实我自己觉得我没疯，你看我像个疯女人吗?”

李光南摇摇头：“不像，一点也不像，你没疯……你执意留我过宿，就借床被子给我，我在你屋檐下蹲一夜。”“你是怕人家嚼闲话？他们爱嚼就让他们嚼。只要我男人相信我就行。我男人从不怀疑我。”“你不借被子我，我就去蛤蟆镇。”“可这天寒地冻的……行，我拿两床被子给你。”

后来，女人睡梦中被几声惨叫声吵醒，左邻右舍也醒了，都起了床。女人一开门，三匹狼扑在李光南身上撕咬着。

女人顺手拿起锄头砸向狼。

一匹狼朝女人扑来。幸好左邻右舍来了，三匹狼跑了。

李光南的血淌了一地，女人把李光南的头抱在怀里：“你别死，千万别死，都怪我，我没让你睡屋里，我，我好后悔……”“嫂子，你是世界上最好的人……”李光南还想说啥，嘴动了动，却没一个字吐出来。李光南的头一歪，眼睛永远地合上了。

一到黄昏，女人就站在村口，女人一见陌生人，就拉：“天晚了，去我家过宿。我不会让你睡屋檐下，我让你睡我的床……”

村人都说，疯女人这回疯得更厉害了。

但此后一有人来村里借宿，村人都热情地答应，并拿出家里最好的东西招待借宿的人。

快乐的二傻

二傻是我饭店里的服务员。

当初招二傻时，妻子极力反对。妻子的反对并不是没有道理，二傻长得丑，走路一跛一跛的，左肩高出右肩一大截。而且个子矮，才一米五。妻子说："顾客见了他，会没食欲的。"但我想帮二傻。二傻再找不到工作，会饿肚子的。另外，二傻脸上的笑吸引了我。二傻的笑同婴儿的笑一样，纯洁、简单、透亮、真实，这笑是从心底里流出来的。我一见他的笑，感到很愉快，也想笑。

我对妻子说："先试试，不行再说。"

二傻第一天端菜，菜汤就泼到一顾客的衣袖上。二傻慌赔不是："对不起，真对不起，我不是故意的，您千万别生气，这是我第一次端菜……要不，我给你唱首歌……烦恼烦恼真烦恼，我办的喜事真烦恼，丈母娘狮子大开口，这不能缺，那个不能少，结婚的彩礼还拼命要……"二傻边唱歌，边做鬼脸。二傻的声音并不好听，但他滑稽的样子把许多顾客逗笑了。许多人鼓掌，那顾客也笑着鼓掌。他一笑，二傻就知道他原谅了自己，一个劲地说："谢谢，真谢谢你原谅了我。要不，老板准会不要我。"他走时，二傻说："希望我下回还能为您服务。""行，我过两天来。"他拍了一下二傻的肩，"你真可爱。"

妻子说："还是让二傻走吧，要不所有的顾客都会被他赶跑，我们这里不是慈善机构。"

"要不再过两天。"我也犹豫。

幸好后来的两天，二傻没出啥差错。而且那人，也就是被二傻泼了菜汤的顾客真的又来店里吃饭了。那人自己拣一张空桌坐下后，喊："二傻，来杯茶。"

二傻应："来啰。"二傻脸上的笑显得更灿烂了。

"你怎么笑得这么开心？"那人说，"我真想像你一样笑。"

这天晚上，店里来了一个眉心里有颗美人痣的女孩。女孩点了两个菜，一瓶一斤装的二锅头。女孩喝酒时，泪水一串串地往下淌。二傻问女孩："啥事这样不开心？"女孩说："陪我喝一杯。"二傻说："喝就喝。"店里规章制度规定服务员不能吃顾客的菜，不能喝顾客的酒。可这个二傻竟然视规章制度为一张废纸。二傻从女孩嘴里得知今天是她的二十岁的生日，男朋友也在这一天与她分手了。二傻去了厨房，拿来一个酒盅样大的蛋糕，并拿来两根比牙签稍粗的蜡烛。二傻把蜡烛插在蛋糕上，点燃了。然后对大厅里所有的顾客说："能允许我关一会儿灯吗？一个女孩今天二十岁生日，而且她今天遇到一件开心的事，她把一个臭男人甩了。"所有的顾客都说："行。"二傻关了灯，对女孩说："先许愿，再吹蜡烛。"女孩吹了蜡烛，二傻用那五音不全的嗓子唱："祝你生日快乐……"所有的顾客也跟着唱："祝你生日快乐！……"女孩笑了，泪水却淌得更欢。

女孩走时，弯下腰拥抱了二傻，并在二傻的额头上亲了一下："谢谢！谢谢你给我带来快乐和幸福。我会记住你的。"

几天后，二傻发现了一个脸上挂着泪水的中年妇女，那女人一个劲地喝酒，二傻走上前，站在她面前笑。中年妇女问："你笑啥？"二傻装出一脸傻相："笑比哭好，我只笑不哭。"中年妇女说："你这个二傻！你问我干吗不开心？我和丈夫已冷战一个月了，谁也不理谁。"二傻说："我给你讲个小故事。有两个脾气很犟的人在一座独木桥上相遇了，谁也不让谁过，他们站了一天，然后坐下了，又一天，他们躺下了。"中年妇女笑了："行，我听你的。我现在就给他打电话，让他来陪我吃饭。"一会儿，一个男人来了。男人敬二傻的酒："谢谢你让我们夫妻和好。"

许多顾客都喜欢二傻，二傻把他天使样的笑传染给每个顾客。二傻让他们把痛苦留下，把快乐带走。顾客都抢着要二傻服务，"二傻，给我添茶。""二傻，给我拿个打火机。""二傻，帮我催一下菜。"二傻乐颠颠地跑来跑去。

快乐的二傻让我店里的生意越来越好。一个顾客对我说："再痛苦的人一见到二傻脸上的笑，都会情不自禁地想笑。"

让我没想到的是，二傻却永远地离开了我们。二傻得了肠癌。二傻笑着对我说："我早知道自己得了癌。"二傻出殡那天，一两千个人来送二傻。而且这天是二傻二十五岁的生日，那个眉心里有个美人痣的女孩拿来一个脸盘样大的蛋糕。女孩把蛋糕放在二傻的灵台前，然后把二十五根蜡烛插在蛋糕上，点上了，然后自己吹灭了，然后唱："祝你生日快乐……"在场的所有人也跟着唱："祝你生日快乐！……"许多人都哭了，声音哽在喉咙吐不出来，变成呜咽。女孩说："二傻准不愿我们哭，我们都别哭，我们要快乐……"女孩说不下去了，泪水泉涌样淌。

为纪念二傻，我把店名也改为"快乐的二傻"。

那个眉心里有个美人痣的女孩来到我店里当服务员，她说她要像二傻那样，把快乐带给每一个顾客。

陈留四的茅草屋

鄱湖嘴村的人的口袋这些年都鼓了。农村人有钱都喜欢盖房，鄱湖嘴村的人也一样，大都盖起二三层的楼房。有的人甚至盖上了四层的楼房，房外还贴了发亮的墙砖。钱少的村人也盖起了青瓦房。

但陈留四住的仍是一栋茅草屋。墙是土砖做的，屋顶铺的是一层稻草。这栋茅草屋已有五十多年的历史。土墙经风吹雨打，变得稀软了，砖缝有拇指样粗。屋顶上的稻草尽管已换了几次，但下雨时，屋里同外面没啥两样。

别以为陈留四穷，其实陈留四是村里的首富。

五十多年前，陈留四是陈光祖的长工。陈光祖是鄱湖嘴村最大的地主，有二百多亩地。鄱湖嘴村的人一大半以上为陈光祖干活，做陈光祖的长工，或者短工。

陈光祖却极喜欢陈留四。

陈留四勤快不说，一天从早干到晚，顶两个人干活，还诚实，陈留四一回捡到陈光祖五块大洋，毫不犹豫还给了陈光祖。而且陈留四还善良，有要饭的人来村里，陈留四总匀出自己半碗饭给要饭的人。最让陈光祖欣赏的是陈留四把陈光祖的东西当自己的东西一样爱惜。一天晚上突然下大雨，陈留四爬起来把放在外面晒的稻草往柴房里搬，跑了一趟又一趟，陈光祖说：“别淋成病了，稻草湿了就湿了。”陈留四说：“东家，稻草淋了雨就会烂掉，牛就没稻草吃了。”陈光祖也冲进雨中搬稻草了。

陈光祖总说陈留四好，言外之意就说别的长工不好。因而别的长工都极排挤陈留四，处处与陈留四作对。与陈留四最过不去的是陈光明。陈光明同陈光祖沾点亲，因都是光字辈的，陈光明便喊陈光祖哥。陈光明仗着这层关系总百般刁难陈留四。竟在一个雨夜，同另一长工把熟睡的陈留四放在泥地上。陈光祖知道后，让陈留四从茅草屋里搬了出来，在自己住的屋里腾出一间房给陈留四睡。陈光明早想进陈光祖的屋里睡，想了几年，但陈光祖就是不松口。

后来，陈光祖病了，得的是肝上的病。陈光祖在床上躺了一个多月就去世了。陈光祖去世前把二百多亩田地的地契，自己住的那栋有二十多间房的屋，还有三十多根金条，几百块银元全给了陈留四。

陈光明只得了那栋长工住的茅草屋。

只是半年时间不到，陈留四便被扣上富农的帽子，而陈光明成了贫农。陈留四的田地被分给穷人了，那栋深宅大院被陈光明等几家人住了，陈留四住进了那栋茅草屋。开陈留四的批斗会时，陈光明是最积极的一个人。他天天让陈留四戴着纸糊的高帽，胸前挂着一块“打倒恶霸地主陈留四”的木牌，然后拉着陈留四游街。陈光明那时想，如若陈光祖把田地房子给了他，那被游街批斗的就是他了。

地主的帽子，陈留四一戴就是二十多年。帽子摘掉时，陈留四已快六十岁的人。因陈留四一直是地主，没有哪个女人愿嫁给他。一嫁给陈留四，那就得挨斗，自然没有那么傻的女人。现在许多人劝陈留四再找一个，陈留四拒绝了。

地主的帽子摘掉了，但看不出陈留四很高兴。陈留四已习惯了干最苦最脏最累的活，拿最少的工分，分最少的粮，还年年是超支户，受人歧视遭人白眼的日子。

政策慢慢松了，允许一部分人先富起来，也允许个人买卖黄金了。当陈留四得知村里一个十二岁的男孩患了心脏病，医生说要做手术，如不做手术，男孩就会死的消息后，忙拿了两根金条去了银行，卖了两万多块钱。陈留四拿两万块钱给男孩的父母时，他们都朝陈留四跪下了。

鄱湖喃村的人也都知道陈留四还藏有不少硬货。那时分陈留四财产时，陈光明等人把陈留四打得死去活来，要陈留四说出金条与银元的下落，陈留四一口咬定没有。

后来村人谁有困难都可以找陈留四，如没钱看病，娃儿没钱上学等，陈留四每回都有求必应。

陈留四的好名声也一下传开了。村人都极尊敬陈留四，每回村里有红白喜事都清陈留四主事，并让他坐上座。

这天晚上，陈光明进了陈留四的茅草屋。陈光明说："哥，你有那么多钱咋不盖栋屋?"陈留四说："我是个快入土的人，盖了屋谁住?"陈光明便不出声了，陈留四说："你来不是为说这句话吧?"陈光明只得说了："我……我……"一连说了几个我，也没说出下文，最后还是叹口气出了门。陈留四知道陈光明遇到难处了。

几天后，陈留四才探听到陈光明在城里工作的儿子赌博输了不少钱。年底，单位要查账，如再不把窟窿堵上，陈光明的儿子就要坐牢。

陈留四又拿出四根金条。

陈光明扑通一声朝陈留四跪下了。还不住地磕头，嘴里说："大恩人，你心胸真宽。你大人不同我这小人计较，来世变牛马报答你……"尽管前言不搭后语的，但陈光明想表达的意思很明确。

后来陈留四又为村里盖起一栋有几十间教室的学校。

再后来陈留四在他的茅草屋里去世了。陈留四活了九十二岁，是鄱湖嘴村活得最长寿的人。陈留四的葬礼很热闹，全村人都来为陈留四送葬。

陈留四去世没几天，一场大雨，陈留四的茅草屋倒了。村人又把茅草屋盖起来了。茅草屋盖得同陈留四原来住的茅草屋一样高一样大。陈光明说这茅草屋不但是陈留四的，而且是鄱湖嘴全村人的。

一个陈留四资助念完大学的人说，我们全村人心里都有一栋茅草屋。

兰花的火车

兰花决定出去打工，这同他小时的梦有关。兰花小时梦想能坐回火车。兰花的家在山村，看不到火车。县城里也没火车，想看火车得去三百里外的九江。兰花的邻居小雨却因舅舅在省城里工作，从九江坐火车去了省城。小雨便在兰花面前炫耀，火车有多长，火车有多快，火车里的人多得数也数不清。兰花那时说："坐一回火车有啥了不得？今后我一年坐十回火车。"小雨笑："做梦吧。"

一晃眼，兰花出嫁了，做母亲了，但还没坐过火车，而且连火车都没见过。

因而木根同兰花商量谁出去打工时，兰花说："我去，城里男人难找到活干。再说我不会耕田耙地。如我在家，田地种不好，你又在外面找不到事，那不两头落空？"木根同意了。

正月初八，兰花同秋月先到了九江。秋月在广州的一家玩具厂做了三年，秋月对兰花说她厂里招人。因而兰花很轻松，不像别的出外打工的人，得为找工作的事发愁。

兰花在候车室里，听到火车"呜——呜——"的鸣叫。兰花说："火车叫得真响。"兰花验票进了站，见到了望不到头的火车，又说："火车真长。"兰花上了火车，火车里的人极多，人都是胸挨胸背挨背的。脚都不能移一下，移一下就踩着别人的脚。秋月问："挤得好受不？"兰花说："还好。"兰花在火车上站了两天一夜才到了广州。兰花一下站，便坐在地上。两条腿已麻木了，像不是自己的腿，也不听使唤。兰花说："我下回再不想坐火车了。"

但兰花没想到她以后有坐不完的火车。

兰花在玩具厂做了半年，她弟弟来信说木根同一个叫甜英的女人好上了，甜英并且把她女儿秀秀卖给了别人。兰花接信的当天便急急地坐上去九江的火车。火车上，兰花连口水也没喝。

火车到了九江，兰花又上了回县城的长途班车。

兰花回到家时，门竟是锁的。邻居说：“木根同那女人三天前走了。”

“去了哪儿?”

邻居摇摇头：“应该是打工去了。”

兰花的腿一软，一屁股坐在地上。泪水在眼眶里打转，但兰花忍着，硬是没让泪水淌下来。

弟弟闻讯赶来了，弟弟撬开了锁。家里啥值钱的东西也没有。兰花咬着嘴唇说：“这个狼心狗肺的东西。”兰花问弟弟：“那骚女人把秀秀卖了，你咋不报案?”

“报了。她不承认，她说秀秀是被人贩子抱走了。”

兰花四处探听木根的消息。今天这个人说木根在厦门，兰花便上了去厦门的火车。明天那个人说木根在义乌，兰花又上了去义乌的火车。手里的几千块钱全变成了火车票。兰花没钱买火车票了，便四处借。借的几千块钱又换了几十张火车票。兰花再借不到钱了。母亲劝兰花别再去找木根了。兰花说：“我找到死也要找，找到他就可以找到我女儿。”

“可你上哪儿去找?这几年你吃了多少苦，受了多少难，三十几的人看上去像五十岁。听娘话，别再找了，再找个男人。”

兰花咬着牙摇摇头：“我一定要找到我女儿。要不我死都不会闭眼。”

兰花便把房子卖了。

一回，兰花听说女儿被人贩子贩到安徽去了。兰花立即买了张去安徽的火车票。兰花在寻找木根与女儿的路上吃尽了苦头。她不舍得花钱，饿了喝自来水，真饿得走不动路了，才买个馒头吃。她不知饿晕过多少次，也不知被乡下的狗咬过多少回。兰花瘦得柴秆样，一阵风就能把她吹倒。有几回她没钱买火车票，便卖血。

尽管历尽千辛万苦，但兰花从没有过退缩的念头。兰花相信她一定能找到女儿。

后来，兰花终于找到女儿了。县里的警察抓住了本地的一个人贩子，他对警察说兰花的女儿是木根同甜英以两千块钱卖给他的，他以三千块钱卖给一个四川人，并说了那四川人的地址。

警察说过几天去四川。兰花等不及，买了一张去成都的火车票。

兰花见到女儿时，女儿不认兰花，也不想跟兰花回家。兰花把包里的一千余张火车票全抛在地上：“为了找你，妈坐了多少回火车……”兰花说不下去了，从没流过泪的兰花这回流泪了，泪水似决了堤的洪水样涌了出来。

“秀秀，跟妈回家吧……”

“我不是秀秀。”

兰花也不知自己怎么到了火车站，她到了售票窗口，说：“买一张火车票。”

“去哪儿?”

“最远最远的站。”

鸟蛋

小胖家的院子里有棵一人多高的柏树。柏树的枝叶丛里藏着一只鸟窝。那鸟叫什么名，小胖不知道。那鸟比麻雀大一点，因羽毛是灰色的，小胖就叫它灰鸟。灰鸟刚做窝时，小胖就发现了。

那时两只灰鸟不停从外面衔来树枝、羽毛，飞进飞出的，很忙碌。

柏树枝叶里的鸟窝一天天变大。十几天后，一只蓝边碗样大的鸟窝就筑好了。

小胖把这事告诉了他爸爸。

爸爸对小胖说："这两只鸟马上要下蛋了。然后孵蛋，孵出小鸟。"

每天天一亮，小胖就要爸爸看鸟窝，看小鸟下蛋没。爸爸也不烦，天天看鸟窝。自小胖的妈得肝癌去世后，爸爸就对小胖极好。不管小胖提什么要求，爸爸都会满足小胖。

柏树里有只鸟窝，爸爸极高兴。爸爸知道这只鸟窝能给小胖带来许多乐趣。这鸟窝能让小胖暂时忘记失去妈妈的痛苦。

这天天一亮，小胖又说："爸爸，你快看看鸟下蛋没有？"爸爸走到柏树跟一看，高兴地叫起来："下了，下了六个蛋。"小胖也要看，爸爸抱着小胖，举起来："看见没？"小胖高兴得手舞足蹈的，"真的有六个蛋。爸，我能摸摸吗？"爸爸说："你摸呀。"但小胖的手刚伸向鸟窝，鸟就回来了。鸟以为小胖想拿走蛋，在小胖头顶上愤怒地叫着，并要啄小胖。爸爸忙把小胖放下来了。

小胖问："爸爸，这蛋要多久变成鸟？"

"爸也不知道。"

又是每天天一亮，小胖就要爸爸看鸟窝，看小鸟孵出来没。

爸爸就每天天一亮就去看鸟窝。

这天，爸爸对小胖说："小胖，爸爸给你找个新妈妈，好吗？"

"她像妈妈一样好？像妈妈一样爱我？"

爸爸点点头。

"那我啥时能见到妈妈？"

"明天，明天我就带她来见你。"爸爸高兴得在小胖脸上亲了一下。

其实小胖的爸爸早已同雪英好了。雪英想早些同小胖的爸爸结婚。但小胖的爸爸担心雪英过不了小胖这关，就一直没往家带。没想到小胖这关这么容易过了，他自然高兴。

小胖的爸爸出了门，他急着要把这好消息告诉雪英。小胖的爸爸觉得雪英是个很善良的女人，她会爱小胖的。

第二天，雪英带着她妈来了。雪英不想让妈来，可妈执意要来看看女儿将来的家是什么样子。雪英也没法。但雪英的妈一到小胖家，头晕病又患了，啥东西在眼里都成了双份，还旋转不停，而且不停地呕。这让雪英极难堪："叫你不要来，偏要来。"小胖的爸爸说："没事，我去去医院就来。"小胖说："我也去。"

路上，爸爸问小胖："雪英阿姨怎么样？"

小胖说："没妈妈好。"

"怎么没妈妈好？"

"她没亲我也没抱我。"

爸爸笑了，"今后她会抱你亲你的。"

小胖和爸爸来到村里的诊所，医生正给一个人量体温。医生说："你们先回去，我马上就去。"

但小胖还没进院子，就听见灰鸟凄厉的叫声。

小胖跑进院子，两只鸟在鸟窝上面飞来飞去，呀呀地叫，叫得极其愤怒极其哀怨。爸爸也进了院子，他来到柏树下，往鸟窝一看，鸟蛋一个也没有。

他进了屋，黑着脸问雪英："你拿了鸟蛋？"

"拿了。我正在这煮呢。鸟蛋可治头晕病。"雪英见了小胖爸爸一脸愤怒，"怎么啦？"

号啕大哭的小胖把雪英往外推："你赔我的鸟蛋，赔我的鸟蛋。你走，走，你的心好坏，做了我妈妈，对我也会好坏。"

雪英看着小胖的爸爸，小胖的爸爸朝雪英挥挥手：“走吧。我说过我儿子看不中的女人我也看不中。”

小胖的爸爸没再带女人回过家。

小胖念大学时，对爸爸说：“爸，你还是再找一个吧。是我断送了爸爸的幸福。要不，你早同雪英阿姨结婚了。那时我小，不懂事。我不该凭她煮了鸟蛋就说她的心坏。她煮鸟蛋也是为治她母亲的头晕病，爸，真对不起。我错了。”

小胖的爸爸不出声，默默地吸他的烟。

村 规

天还没亮透，木根就拿了扫把扫村街。村街上脏得不成样，地上满是村人乱扔的纸屑、烂菜叶、西瓜皮、剩菜剩饭还有鸡屎猪粪。成群的苍蝇在木根的头顶上盘旋。垃圾腐烂的异味让木根反胃，木根把肚里几次往上涌的东西拼命往下咽。

木根一天扫两次村街，可村街还是脏得不成样子。木根知道村人恨他，故意乱扔垃圾，达到惩罚他的目的。

唉，都怪自己一时糊涂，做了那桩见不得人的事。

那天傍晚，木根去湖里洗澡。桂花蹲在湖畔洗衣服。木根站在桂花身后，同她扯闲话。

桂花没注意到她的第二粒扣子开了，木根从桂花敞开的衣领中，见到桂花的两只如兔子样欢蹦乱跳的乳房。木根感到口干舌燥，渴得能一口喝干那湖水。一股火在木根身子里四处乱撞。木根的呼吸急了，哧儿哧儿的，就如一头刚耕完两亩田的牛的喘气声。

桂花听到木根的喘气声，一回头，傻了，木根的样子极吓人，木根的眼里闪着贪婪的绿光，涎水流到下巴上了。脸上的肌肉一阵阵欢快地颤抖着。木根这样子完全像一匹饿急的狼。

桂花意识到危险，忙站起来想逃。但晚了，木根把桂花扛在肩上，往树林里走去。

木根把桂花扔在地上。

桂花不停地撕咬着压在身上的木根，木根依旧干着自己想干的事。

桂花的反抗显得没半点意义。

木根快乐过后，对哭泣的桂花说："我想娶你。"

"谁嫁给你？我要你坐牢！"

“坐牢也值。你是我的人啦，再没哪个男人肯娶你，你只有嫁给我。”

当天晚上，木根就被一辆呜呜叫的警车带走了。木根判了三年。

扫了半条街，垃圾已装了满满一大板车。天极闷热，木根一身的汗。木根也累得腰酸腿痛。村人见了木根，都寒着脸不搭理。

木根已扫了三个月村街了，他不知道他还要扫多久的村街，村人才会原谅他。

都怪那该死的村规。

村里规定，村人干了违法犯罪的事，受到法律制裁后回到村里，必须得扫村街。扫村街的时间没规定。得到村人的原谅后，就不要扫了。村人原谅的标志是，有十个村人帮着他扫一次村街。

也有犯了错的村人不愿扫街。那行，村里不给你分红。村里办了两个工厂，每个村人每年可得到上万元钱。还有，所有的村人都不认识你一样，不同你来往，说话都不同你说，你还会遇到一系列麻烦，做什么事都不顺。总之，犯了错的人，谁若不想扫村街，那除非不想在村里待。

现在的木根真的后悔做了那既害人又害己的事，不是一般的后悔，而是悔得肠子都断了。木根坐牢时还以为自己刑满后可娶了桂花。坐三年牢换一个老婆也值。木根回家了才知道，桂花嫁了村里的贵生。贵生死了老婆，还拖着一个八岁的女儿。那时木根就后悔了，心也痛得刀割一样。木根问桂花为啥要嫁给贵生。桂花的泪又掉下来了：“我的脏身子，除了贵生要，还有谁要？”那时木根恨上了贵生，如贵生不要桂花，那桂花不就嫁给他？

这时，一个十一二岁的男孩朝木根吐了一口唾沫，骂了句：“强奸犯。”以往也有小孩朝他吐唾沫、扔石头，木根都忍了。木根这回再忍不下去了，多日积压在木根心里的怨气一下爆发了，木根扔了扫把，说：“老子不扫了。不做你这村的人总行吧。”

桂花来了，桂花的身后跟着贵生，还有他们的儿子，他们都扛着扫把。

“木根，你去哪？”桂花问。

木根立住了：“口渴，想回家喝口水，唉，还是忍一忍，扫完了街再回家喝水。”木根的声音一抖一抖的，木根的眼里也有了泪。木根忙低下头扫地，他怕桂花看见他眼里的泪。木根心里对桂花说：“谢谢你原谅了我，更谢谢你救了我。”

又有五个村人扛着扫把来了。

桂花对木根说：“肯定还有村人来，你明天再不用扫村街了。“

竹 园

一进竹园，小丽就说："好凉快。"石岩也说："是很凉快。"

两人在竹园的深处坐下来。竹园里开着许多野花，这里一丛，那儿一丛，红的黄的，白的紫的，极好看。有成群的蜜蜂在花上面嘤嘤嗡嗡地叫，一对对蝴蝶在花丛里谈情说爱。

"这花真香。""花再香，也没你身上香。"石岩瞥了一眼小丽，小丽的脸红得杜鹃花一样。石岩的眼里就有一闪一闪的火焰，小丽垂下眼，心扑通扑通跳得欢。

石岩把小丽紧紧拥在怀里。石岩的嘴唇先是试探性地贴在小丽的嘴唇上，见小丽没躲避，就伸出激情澎湃的舌头，顶开小丽的嘴唇，狠劲一吸，小丽温软的舌头就到了石岩的嘴里，小丽哼哼唧唧地呻吟起来。

小丽的整个身子泥一样瘫在石岩的怀里。

后来，两人倒在满是竹叶的地上。

后来，小丽一声快乐而痛苦的惊叫，让竹叶丛里几只小鸟叫得更欢了。

再后，石岩和小丽总怀念那片竹园。

那回，小丽说："要是我们能拥有一片竹园就好了。"石岩说："这很简单，我栽几百株竹子，不就行了？""等你栽的竹子成园了，我就嫁给你。到时我们在竹园里搭间竹棚——"小丽说这话时，一脸的梦幻。

石岩栽了两亩地竹子。

当竹子长到半人多高时，石岩在外打工的爹回家了。爹见了石岩栽的两亩地竹子，勃然大怒，扛了锄头就挖竹子。石岩说："爹，我求你别挖竹子。"爹不听，抡起锄头就挖，爹每挖一下，石岩的心就像刀剜一下，石岩痛得脸色煞白，豆大的汗珠不停地从额上沁出来。"爹，你不能挖竹子，不能呀！"石岩一脸的泪水。

爹挖几锄头，一棵竹根挖出来了。

“爹，我跪下求你了。”石岩“扑通”一声朝爹跪下来了。

爹聋子样没听见，仍埋头挖竹子，三锄两锄，又一棵竹根扔在地上。

石岩死死握住锄头柄，哭喊着说：“爹，求求你，别再挖竹子，你要再挖竹子，还不如先拿锄头敲死我。”“这两亩地的竹子能当饭吃？能当衣服穿？”爹狠劲一推，石岩跌倒在地里。爹几锄头，又挖起一棵竹根。石岩爬起来，眼里愤着怒火：“爹，你要我这个儿子还是要挖这些竹子？要我这个儿子就不要挖竹子，要挖竹子就不要我这个儿子。”

爹还在挖竹子。

石岩头也不回地走了。石岩来到鄱阳湖畔，纵身一跳，咚的一声响，湖面蹿起几尺多高的水花，然后湖面涡起几圈漩涡，再后湖面又平静如镜。

竹子成园时，小丽牵着一个五六岁的小孩来了，小丽进了竹园，找了个遍，却没石岩的影。小丽见一老人坐在一坟跟又哭又笑的，说些谁也听不懂的话。小丽问老人：“大伯，石岩在吗？”老人见了小丽手上的小孩，眼一亮：“石岩没死？”可又说，“那这坟里面埋的是谁呢？”

小丽的泪水哗的一声淌下来了。

已深秋了，风一吹，枯黄的竹叶纷纷飘落，坟顶上落满竹叶，小丽的头发上也落了几片竹叶。

几只小鸟在竹枝上凄凄哀哀地叫。

小丽在石岩的坟旁搭起一间竹棚，住下来了，小丽的儿子总跟在老人身后，爷爷、爷爷叫得极亲昵，老人脸上渐渐有了笑容，病也渐渐好了。

小丽一家靠卖竹笋卖竹子过着衣食无忧的幸福日子。

但这天，有一位西装革履的年轻人进了竹园，他找到老人说：“我想拿五万块钱买下这些竹子。”

老人二话没说就应允下来。

小丽却不同意。

老人说：“几年后，这儿又是一片竹园。”

第二天，老人醒来后，不见了小丽和孙子，四处找，却没有。

几天后，竹园的竹子砍得一根不剩，老人接过五扎百元大钞的手抖得厉害，老人想笑，却没笑出来，混浊的泪水却爬满了坑坑洼洼的脸。

竹子开花

我们一直把爸同妈的离婚怪罪在兰珍的身上。

因而我们都恨兰珍。

当兰珍第一次进我们家的门时，爸对我们一脸讨好的笑：“快叫妈。”其实爸为了让我们今天叫兰珍妈，昨天就给了我们每个人两块钱。

姐和我，还有小妹都扭转头，看都不看兰珍。

爸很生气：“你们……唉！”爸还抡起巴掌，姐迎上去：“打呀，打死我算了。”兰珍把爸抡在空中的巴掌拿下来了：“别为难孩子，今后我同他们有感情了，他们自然会叫我妈。”姐说：“叫你妈？那除非竹子开花。”小妹也说：“竹子开花了，我就叫你妈。”

我们都知道竹子是永远不会开花的。

后来，我们都同兰珍对着干。我们都想把兰珍气跑，那妈妈就能同爸爸重归于好，那我们一家能团圆了。我们身上的衣服穿了一二个小时，就脏兮兮的。我们故意坐在地上，拿衣袖子抹灰。兰珍没怨言，天天给我们洗衣服。开初我们担心她会把这事讲给爸听。爸如真发了脾气，我们还是怕的。一回爸对她说：“你咋天天洗衣服？”我们三人都屏住了呼吸，生怕她告我们的状。兰珍对爸说：“小孩好动，衣服容易脏。”爸对我们说：“你们今后爱干净点，别让你妈天天为你们洗衣服。”

我们吃准了兰珍不敢在父亲跟告我们的状，因而更肆无忌惮地与她对着干。兰珍刚扫完了地，地上片刻又脏了；刚叠好了被子，被子片刻又乱了。她在我们家里一天到晚忙个不停。

一回爸去县城，要三天才回。我们想在这三天里把兰珍气走。

姐姐说：“要是她的肚子掉了，肯定会走的。怎样让她的肚子掉呢？对，让她摔跤。我们家不是有绿豆吗？晚上撒在她房门口，她出来上卫生间，就会摔倒。”

“要是爸爸知道了，不剥我们的皮才怪。”我害怕爸爸的拳头。

姐说：“没事，让妹撒绿豆。爸最喜欢妹，即使知道了，也不会打妹。再说我们就说妹拿绿豆玩，不小心把绿豆倒在地上了。”

晚上，姐拿了半碗绿豆递给妹，妹把绿豆全倒在兰珍的房门前。我躺在床上提心吊胆的，怎么也睡不着。既想她别出门，又想她出门。门终于开了，我起了床，喊：“注意。”但晚了，“扑通”一声，兰珍狠狠地摔了一跤。她捂着肚子“唉哟唉哟”地呻吟。我忙扶她，但扶不起，忙喊姐，姐却装睡。我进了姐的房，推她。姐才起了床。我和姐扶着她上了床，她看到流出来的血，伤心地哭起来：“我的崽没了，我的崽没了。”

我和姐出了门，我说：“姐，我们闯大祸了。爸知道了肯定不会饶过我们的。”姐心里也害怕，但嘴里说：“怕什么？大不了挨爸一顿毒打就是。只要妈能回家，挨十顿打都行。”

兰珍说：“谁把绿豆倒在地上？还不捡起来？你们还想我摔第二跤呀！”

我和姐忙蹲下捡绿豆。

我看见姐的泪水一滴滴地掉在地上。

爸回来了，问兰珍怎么把肚里的小孩弄没了。兰珍说：“摔了一跤就没了。”爸就叹气：“好好的怎么会摔跤呢？”兰珍说：“就是。”兰珍的眼眶里满是泪。我知道她心里难受，我心里也愧愧的，不敢正眼看她，看她的眼神总是躲躲闪闪的。

我们也听话了许多。

明天就是兰珍的生日。

晚上，爸把我们三个人叫到一起。爸说：“有件事，我早想告诉你们，可你妈，就是兰珍不让我告诉你们。但我想还是告诉你们好，其实，我即使没同你妈好，你们的母亲也会同我离婚的，她早同德贵好了。她爱上别的男人后，我再爱上你妈。她同德贵去南方打工去了，她永远不会再进我们家的。”

我们一下接受不了这个事实，因而我们说不出一个字。

我躺在床上久久不能入睡。

第二天早晨，兰珍摇我：“快起来，你看，我们家的竹子开花了。”我出了门，看见院子里的竹子真的开花了，红的、白的、紫的、兰的，成百上千朵花点满了竹子的枝头。

姐姐和小妹也起床了。其实我们都知道这不是竹子开的花。这些花是开在田野上的各种野花，准是爸和她摘了野花，然后他们把竹叶芯拔掉了，再把野花一朵朵插进去。这得花他们多少时间！

风吹来，竹叶上的花摇曳不停，散发出沁人肺腑的香味，我们起劲吸着这香味。

爸说：“你们说的话可要算数呀，竹子开花了，你们该干啥？”

妹开口了：“妈妈。”

兰珍把妹搂进怀里，搂得紧紧的，兰珍一脸的笑，但又一脸的泪：“哎，我的好女儿。”

“妈，祝你生日快乐！”我的泪也掉下来了。

“妈，我对不起你……”姐还想说啥，声音却哽在喉下吐不出来了。

“哎，哎……”妈不停地应。妈不停地拭脸上的泪水，但刚拭了，泪水又淌下来了。

“妈妈，我没生日礼物送给你，送个吻给妈妈。”小妹在妈的脸上“叭”地亲了一下。“你们今天能叫我妈，就是最好最珍贵的生日礼物。今天是我一辈子最高兴最高兴的日子……”妈说不下去了。爸爸说：“好啦，都别再流泪。来为你妈唱一首歌。”爸爸开始唱：“祝你生日快乐……”我们也一边拍巴掌一边唱，“祝你生日快乐，祝你生日快乐……”几只漂亮的蝴蝶在竹子花上翩翩起舞。还有成群的蜜蜂在花上嘤嘤嗡嗡地叫。阳光落在蜜蜂身上，金灿灿的似镀了层金子，耀人眼。

遗嘱

章岩十二岁那年离家出走了。母亲死后，父亲的脾气变得极暴躁，动不动就打章岩。期末考试时，章岩考了班里倒数第一名。父亲拿了皮带抽章岩，章岩的脸上挨了一皮带，火辣辣地痛。章岩捂着脸跑出了门，父亲在后面追，父亲跑不过章岩，父亲跑了一会儿就气喘吁吁的，父亲喊，你这狗杂种有种就别回家，回了家看我怎么收拾你。章岩吓得不敢回家，便上了一辆开往南方的火车。

章岩后来听说父亲又娶了一个老婆。父亲再婚的第二年，又有了一个儿子。不过儿子有点傻，三岁了，仅会叫爸妈。十岁了，也不知道一加一等于几。

如今章岩已三十岁了。十八年，章岩没回过一趟家。但这回章岩不得不回家了。父亲死了，他作为长子得安排父亲的后事。其实父亲生病后，很想最后见章岩一面，但章岩不想见父亲。章岩到家时，父亲已去世两天。

章岩见了父亲，泪还是掉下来了。章岩想忍住，但忍不住，泪水就那样肆意地在脸上淌。

“哎，你是我哥哥吗？来，擦擦泪。”一个眼神呆滞、神色木然的男人递给章岩一张餐巾纸。章岩接了纸，仔细打量眼前这个傻弟弟。弟弟的眉眼还算清秀，鼻梁很挺，与自己长得有点相像。章岩问他：“你叫什么名字？”“章阔。”“好，这名字好。”章岩从章阔的头上取下几片树叶。

父亲下葬后，父亲生前最好的朋友贺圣文拿出一份遗嘱，对章岩说：“这是你父亲立的。你父亲遗嘱上说他的十万元现金归章阔，他的价值一百二十万的别墅，如你想要，那你必须同章阔共同生活半年，若半年后章阔愿同你一起生活，那这别墅就归你，但你得监护章阔一辈子。否则，别墅由我卖掉，卖的钱作为章阔今后的生活费。”章岩看了父亲的遗嘱说：“贺叔叔，你把这别墅卖了吧……但我有一点不明白，父亲怎么仅有十万元现金？”贺圣文说：“你父亲数百万现金全让章阔的母亲卷走了……你真的不想要这别墅？”“不要。”但章岩的妻子说：“要，怎么不要？我们结婚已八年了，连套商品房都买不起，至今还租房住。”

章岩没再说什么。章岩事事都依着妻子。若不是妻子当初收留了他，他至今还在街上捡破烂呢。

章岩带着章阔上了火车。章阔在火车上很高兴，摸这摸那的。章岩问：“你第一次坐火车？”章阔却说：“火车很长。”章岩不再主动同章阔说话了。章阔却问这问那的：“哥，这火车有汽车快吗？睡在这床上，火车开时会摔下来吗？这车上有多少人？……”章岩不想回答，有的也回答不出来。章阔问个不停，章岩烦了，青着脸吼：“你再吵，我就把你扔下火车。”章阔说：“哥哥好凶，不好。”章阔只安静了一会儿，又说个不停：“哥哥，这车上有多少男人多少女人？男人为什么总喜欢同女人在一起……”

章岩租的是套二室一厅的房子。章阔来了，章岩只有把儿子的床搭在自己房里，让章阔睡在儿子房里。家里突然多了个人，房子显得极挤。章阔是个闲不住的人，什么东西都翻，翻了却不放好，因而房子里很乱。章阔又喜欢看电视，把声音开得极大，章岩把声音关小了，章阔又把声音开大了。章岩是个喜欢静的人，听见声音一大，心里就烦躁不安。主要的还是不方便，平日，章岩和妻子亲昵时，妻子喜欢叫出声，如今八岁的儿子就睡在身边，妻子不敢出声了，章岩也不敢像往日那样粗暴，怕弄出声吵醒了儿子。还有一回，章岩妻子洗澡，忘了锁门，章阔却闯进卫生间。章岩妻子尖叫一声跑出门。

“都是你想那幢别墅。”章岩怪妻子。“忍一忍，半年很快过去了。”“我一天也熬不过去了。”

这天星期天，章岩去体育馆看足球比赛，章阔非要跟着去。章岩只有带上章阔。在路上章岩被一个骑摩托车的人撞了一下。摩托车上坐着两个年轻人。骑摩托车的人竟骂章岩没长眼睛。章岩同他们争吵起来。后来由争吵变为动拳脚了。一年轻人对章岩的脸一个直拳，章岩鼻子里的血流了一脸。章阔抱住那人，在他的手上狠狠咬了一口，那人痛得嗷嗷直叫。另一个年轻人拿出一把刀子朝章岩刺来，章阔见了，从背后抱住那人，把那男人摔在地上，但那男人的刀子刺着了章阔的手臂，血一下涌了出来。幸好警察这时候来了。章阔被送进了医院，章岩说："傻瓜，谁让你这样不要命?"章阔说："谁叫你是我哥呢?"原来章阔一点也不傻，傻瓜能说这样的话?

半年过去了，章阔想回家。章岩说："哥哥不好吗?"章阔摇摇头。章岩妻子不想让章阔回家。章岩这回没听妻子的话，"我尊重他的选择。"妻子说："那我们白白辛苦了半年。"章岩黑了脸，"你要知道章阔是我弟弟。"

第二天，章岩把章阔送回家了。章阔到了家高兴得又蹦又跳的。后来章阔见湖里有条死鱼，就捡了根树枝拨鱼，脚下一滑，掉进湖里了。坐在别墅里的章岩忙跑到湖边上，跳进湖里。但章岩忽略了他不会游泳，他一跳进湖里，就呛了几口水。他不停地呼喊"救命啊，救命啊。"几个人朝这边跑来。

贺圣文问章岩："你自己不会游泳，为什么要跳进湖救章阔?"章岩说："因为章阔是我的弟弟。""假设章阔真的出了事，那别墅就归你呀。""我情愿不要别墅也不想让我弟弟出事。"

章岩走时，想到不知什么时候再能见到章阔了，心里就难受，眼睛也发涩了。章岩抱住章阔："弟弟，哥哥要走了，你会想哥哥吗？哥哥想你。"章岩的泪水涌出眼眶了。章阔说："哥哥，别走，我不让哥哥走。"但章岩还是走了，章岩走几步就回头望一眼章阔。章岩快走得不见影时，章阔追上去，对章岩说："哥，我要跟你在一起。你去哪，我跟到哪。"章岩又紧紧拥住章阔："好弟弟，哥哥也想跟你在一起。"

贺圣文也来了，贺圣文对章岩说："恭喜你。告诉你一个好消息，你父亲另一份遗嘱说，只要你弟弟自愿同你一起生活，你除了得到这幢别墅外，还可得到六百万块现金。章阔的母亲只是卷走了你父亲一部分财产。原谅我当初的谎言。"

杀人的小胖

七岁的小胖又来到了派出所，对那个脸上有块刀疤的警察说：“我杀人啦，你关我吧，把我同我爸爸关在一起。”小胖的嘴巴原本很甜，见了比他爸年龄小的男人喊叔叔，比他爸年龄大的男人喊伯伯，但小胖很恨这个警察，是他抓走了爸爸。

警察笑着说：“你杀了谁？”

小胖自然答不上来。

小胖已来了派出所几次，每次来都说自己杀了人。小胖想他杀了人，警察就会抓他，就会把他关在牢里，那他就可以见到爸爸，天天同爸爸待在一起。

“回家吧，叔叔忙，又要出去抓坏人。”

“我爸爸是好人，你怎么也抓？”

“可你爸爸杀了人。”

“是那狗屎先害我爸爸的。你应该抓他，他是坏人。”

警察知道小胖说的狗屎就是邓亮。邓亮是个游手好闲、好吃懒做、不务正业的二流子。但这个二流子长着一张白皙的脸，又有一张涂了蜜一样甜的嘴巴。因而很讨女人的欢心。邓亮就靠脸蛋和嘴巴俘虏了小胖妈妈的心。小胖的妈妈天天同邓亮混在一起，小胖的妈妈欺负小胖的爸爸老实，总带邓亮来家里鬼混。小胖的爸爸也知道了，苦口婆心劝小胖的妈妈回心转意，小胖的妈妈根本听不见小胖爸爸的话，依然同邓亮鬼混。但老实人也有发怒的时候，老实人发起怒来且更可怕。小胖的爸爸蹬了一天三轮车，累得腰酸腿痛，口干得冒烟，一拎热水瓶，却是空的。又见邓亮同自己的女人赤身裸体的躺在床上，压在心里的怒火像岩浆一样爆发了。更让小胖爸爸愤怒的是两人见了他一点也不慌乱，眼里似没有他这个人，仿佛他是侵入者，邓亮是这家的男主人。小胖的爸爸去厨房拿了把菜刀，对着邓亮就砍，幸好小胖的妈妈死死抱住了他，要不邓亮准变成他刀下之鬼。

小胖的爸爸判了五年刑。小胖的妈妈竟然同邓亮走了，对小胖不闻不问。小胖只有同爷爷一起过。小胖极想见他爸爸，想妈妈带他去看爸爸，可小胖的妈妈一口拒绝了。小胖想见爸爸的愿望却极强烈，他已半年没见到爸爸了。

从派出所出来的小胖想，只有真杀人，真杀人了，警察才会抓他，才会关他，那他才能见到爸爸，才能同爸爸在一起。在小胖心里，爸爸是他世上唯一的亲人，是最亲最亲的人。

小胖便把一把水果刀藏在口袋里。小胖想杀人，但不知道杀谁。小胖不想杀无辜的人。我要杀最恨的人。这念头一冒出来，小胖眼前就出现狗屎的样子。小胖一直叫邓亮为狗屎。小胖却不知狗屎在哪里。妈妈同狗屎走了一年，没来看过小胖。小胖便整天在大街小巷转，他想他一定能找到狗屎的。即使抓不到狗屎，能找到妈妈也行，找到了妈妈就找到了狗屎。但小胖转了一个多月也没见到妈，更没见到狗屎。

爷爷对小胖说，你去找你姨，你姨知道你妈住在哪。小胖去了姨家，对姨说："你带我去找我妈吧，我想我妈，我已一年没见到我妈了。"小姨答应了，我这就带你去。

小胖到了妈妈房门口，门是锁的。小胖懂事的说："姨，你去忙，我在这守我妈。"姨掏出二十块钱递给小胖。小胖接了，小胖想买二包好烟，去了牢里给爸抽。小胖的爸爸总抽一二块钱的烟。

小胖一直坐在门口等，天黑了，狗屎和小胖的妈也没来。小胖肚子也饿了，小胖口袋里尽管有二十块钱，但舍不得买吃的，他要给爸爸买烟。后来小胖就靠在门上睡着了。

也不知过了多久，小胖感到大腿上痛，一睁开眼，狗屎踢他。狗屎一身的酒味。狗屎说："你来这儿干吗？"小胖说："等我妈。"狗屎开了门，小胖跟着进了屋。狗屎喝了太多的酒，脸也不洗就上床睡了，片刻打起雷样的鼾声。小胖来到狗屎床前，拿出刀，小胖的整个身子都抖得厉害。但小胖想到只有杀了狗屎他才能见到爸爸才能同爸爸待在一起，便咬咬牙，抡起刀狠劲朝狗屎身上乱刺。狗屎哼了几声，后来不哼了。

小胖拿着带血的刀出了门，来到派出所。碰巧疤脸警察值班，小胖说：“我杀人啦。”

疤脸警察不信：“你又说胡话了。”

小胖把那把有血的刀递给疤脸警察看：“我这回真杀了人。”

“杀了谁？”

“狗屎。你这回总可以关我了把。我求你把我关四年，把我同我爸爸关在一起。”

疤脸警察见了那把带血的刀，慌了：“你真的杀了狗屎？”

小胖一脸自豪的笑：“真的。”

伍贵的春天

伍贵在村里所有人眼里都是个好人。谁有事要伍贵帮忙，招呼一声，伍贵便爽快地帮忙，即便手里正干着活，也从不找借口推辞。伍贵还主动帮人，如给村里的孤寡老人挑水，若挑一次水当然算不了啥，伍贵可是天天为孤寡老人挑水。还有一到下雨天，河水涨了，伍贵便背上学的娃儿过河。总之伍贵做的好事太多了，说都说不完。

可就是这样一个好人，却找不到老婆。伍贵已二十五岁了，还过着一人吃饱，全家不饿的日子。

一女人说："他是个好人，但不适合做丈夫。他的精力、时间都用在帮助别人上面，不想方设法让自己的家富起来，家里自然很穷，嫁给这样的男人得过一辈子苦日子，还得累一辈子。因为他给别人干活，不给自己干活，家里的活全得女人干。哪个女人愿意？除非那女人同伍贵一样，脑子少一根筋。"

月兰的脑子里没少一根筋，却成了伍贵的女人。

月兰说："嫁给这样的男人，心里踏实。"

只是月兰心里很快变得不踏实了。

这天晚上，伍贵经过一块玉米地时，听见玉米地里有女人喊："救命，救命"的呼声。伍贵啥也没想，便往玉米地里跑。原来两个男人想强暴一女人。女人拼命地反抗。伍贵喊："你们的胆也太大了。"一个歹徒说："识相的就别管闲事，快滚开。"那歹徒从腰间拔出匕首，匕首反着的亮光一晃一晃的。伍贵一点也不害怕："你们把那女人放了，我就走。""碰到一个不怕死的。"那歹徒冷笑一声，朝伍贵身上扑来，伍贵一闪身躲开了匕首，那男人一头栽在地上。伍贵便同那男人争抢匕首。另一歹徒放开了女人，也掏出匕首，朝伍贵刺去。

女人逃了。

伍贵倒在血泊中。

行凶的歹徒见伍贵的血不停地淌，怕伍贵死，伍贵死了，他们也得死。歹徒拨通了“120”，然后跑了。

伍贵在医院里躺了一个多月，才出院了。伍贵在医院里花了一万多块钱，这钱都是月兰找娘家人借的。伍贵住院的一个多月中，被救的女人一直未露面。这让月兰寒心，伍贵说：“她不是不想看我，是不敢。她来看我了，所有的人都会知道她的事，传来传去会变样，那她今后怎么做人？”

月兰说：“她至少得出来作证。”月兰听说伍贵的行为若鉴定为见义勇为的行为，医药费会被免掉，便提出申请。但因没证人，政府一直没批。

伍贵还得在家静养三个月，啥活都不能干，都是月兰做，田地活、家里活，月兰累得喘口气的时间都没有。

月兰对伍贵说：“你今后别干这种傻事。你瞧，挨了两刀，身体吃了亏，花了钱不说，还没人说好，村里人还都说你傻。我也跟着你受苦。你要答应我，今后不要再傻了。”月兰说着哭起来，哭得极伤心，眼泪鼻涕糊了一脸。

“行，我答应你。”

伍贵嘴上答应了，却做不到。一个小偷来偷邻居家的小猪，伍贵拿了根扁担，给了小偷一扁担，小偷倒在地上爬不起来。小偷进了医院，花了两千多块钱。派出所的人说，这钱要伍贵出。伍贵和月兰怎么也想不通。月兰要邻居出这笔钱，邻居说：“我又没打小偷，我也没请你男人帮我看猪仔，怎么要我出？”

一肚子气的月兰同伍贵闹离婚。伍贵开初不愿意，月兰铁了心离，伍贵也没办法，只得同意了。五岁的儿子也归了月兰。

伍贵又过起单身的日子，他知道他以后得打一辈子单身了。

只是仅仅过了半个月，有一个叫桃花的女人托媒人上门提亲。桃花不但长得好看，人也聪明，而且还是个黄花闺女。村人都说伍贵有艳福。伍贵却不同意这门亲事，伍贵说他不能害了她。

桃花有种非伍贵不嫁的架势，她亲自上门向伍贵推销自己。

这让村人纳闷，想娶桃花的男人不知道有多少个，桃花都看不中，偏要嫁给伍贵。一个脑瓜子特好使的人说：“桃花不是两个歹徒想强奸的那个女人吧？她想嫁给伍贵是为了报恩。要不她一辈子都不心安。”村人听了都觉得有理。

这天，伍贵吃过中饭，便出了门，她要去月兰家看儿子。还没进村，便听见池塘边有小孩喊：“救命啊，救命啊。”伍贵看见池塘有个人，一沉一浮的。伍贵啥也没想，便跳进池塘了。

伍贵一万个没想到的是他救起的竟是自己的儿子。

闻讯赶来的月兰抱着孩子哭了。月兰一个劲向伍贵道谢，伍贵说：“谢啥，我救的是自己的儿子。”

月兰说：“我错了。你幸好没听我的，要不我们的儿子……你是对的。”

“你过得好不？”伍贵关心地问。

月兰摇摇头：“一点也不好。我，我想我愿同你一起过，你愿意不？”

伍贵没接月兰的话，他不知说啥好。伍贵昨天刚对桃花说他愿意娶她。

月兰见伍贵不出声，一脸失望，聪明的月兰忙岔开话题：“走，回家喝口水。”

最后一只树虎

那天傍晚，石头、大山和玉米在树林里捡蘑菇。玉米突然吼：“快来看，这是啥？”大山离玉米近，跑过去一看，地上趴着一只头像老虎，身子像松鼠的东西。大山说：“这不是树虎吗？”可父亲不是说树虎已绝迹了吗？大山父亲是捕虎的高手。父亲知道树虎藏在那些树洞里，便在藏有树虎的树洞口撒上网，几个时辰后准能网住一只树虎。如果网住了小树虎，或者怀孕的母树虎，大山的父亲便毫不犹豫地放生。

树虎那时卖得很贵，一只卖到五十块钱。树虎除它毛皮可做手套、围巾、背心、大衣外，还有极高的药物价值。如谁患了肺病、咳嗽、喘不过气；或者肾虚、腰痛、腿酸；还或者小孩感冒，女人生完小孩身子虚等，都无须上医院打针吃药，捕一只树虎，剥了皮，剁细，放进一罐里，拿旺火烧一个时辰，吃了，美美地睡一觉，啥病也没。有病的人吃了树虎病会好，没有病的人吃了树虎，精气儿足，不容易得病。

因而村里每个男人都捕获过树虎。树虎却鬼精，胆子同松鼠一样小，一有风吹草动，便逃之夭夭。但树虎有个弱点，极讲情义，从不丢下同伴。因而有人捕获了一只树虎，便把树虎绑在一棵树上，不能用绳，用绳，树虎会咬断，要用铁丝绑。然后在树虎边上张开网。周围的树虎轮番给被绑的树虎喂食。那些树虎一只只被网住了。

大山捧起瑟瑟发抖的树虎：“不是说没有树虎吗？”大山抚摩着树虎的身子，“这可能是最后一只树虎。”

玉米说：“这树虎的脚断了。”

大山想让树虎站在他手掌上，可树虎的一只脚软挂在那儿。

石头说：“树虎不是很讲情义吗？我们把这树虎绑在这儿，以它为诱饵，捕获别的树虎。”

大山不同意：“还是先给它治好伤。”

大山抱着树虎回了家，大山削好两块竹板，然后牢牢地夹住树虎的腿。

半个月后，树虎就能在笼子里活蹦乱跳了。

大山想把树虎放入树林，又担心树林里没别的树虎，一只树虎很难在树林里生存。树虎的天敌又多，野猫、猫头鹰、蟒蛇都喜欢以树虎为食。大山想知道树林里到底有没有别的树虎。大山把装有树虎的笼子放在一棵树下，自己爬上离树虎十几米的一棵樟树上。

三个小时过去了，也没有一只树虎来。

如果树林里有别的树虎，一定会给笼子里的树虎衔来食物。大山手里的树虎无疑是树林里最后一只树虎。

因为是最后一只树虎，所以倍加珍贵。

许多人不远千里来看树虎。有不少人对这只树虎开出天价，但大山毫不心动，坚定地摇头：“你出再多的钱也不卖。”

那些人很不理解：“你要这树虎干吗？”“你如卖了树虎，就不要住这泥巴屋，可以住楼房。”

“这儿是树虎的故乡，它生在这里，今后也应该死在这里。”

已成为玉米丈夫的石头来讨要这只树虎了。石头说：“这树虎是玉米先看到的，应该属于她。”

大山说：“你让玉米自己要。她如开口要，我二话不说就给她。”

“你知道玉米的性格，她不会来求你的。要不，我给你十万块钱，这树虎归我？”

大山“哼”一声：“你以为钱能买到一切？”

石头笑了：“钱难道不能买到一切？比如爱情。”

大山听了这话，脸刹地变了，原本玉米同大山爱得死去活来。两人正准备结婚时，一场暴风雨。玉米家的房子倒了。玉米便放出话，谁出钱给她家盖房，她就嫁给谁。

大山没那么多钱。那时也没人出大价钱买树虎。

石头却有，也舍得拿。

玉米便成了石头的女人。婚夜，玉米流了一晚的泪。

石头不死心，还想得到那只树虎。有人找他愿拿一百万买那只树虎。

这天中午，大山正端起饭碗。玉米的娘来了，她一脸的泪水：“玉米突然晕倒了，也不知患的啥病。”

“快让石头送玉米去医院呀！”

“石头在城里，村里的医生也查不出啥病，医生说吃了树虎，玉米的病就会好。”

玉米的娘走后，大山便流着泪杀了树虎。

大山端了一钵树虎去了玉米的娘家。大山进了院门，玉米竟在井边洗衣服。大山说：“你不是病了吗？”玉米笑了：“谁说我病了？”石头却说，“你刚才不是晕倒了？”大山这才知道他上当了。大山把手里的钵狠狠甩在石头脚下：“你不是要树虎吗，拿去吧！”树虎肉撒了一院子，浓郁的香味引来村里所有的狗。石头把狗赶出院子，闩上院门，把肉一块块扔进嘴里。石头一边吃一边说：“多可惜，一百万没了！我以为这小子会拎着活树虎来，哪知他自个儿杀了。”

玉米冷冷地说：“明天我们去离婚。”

“离婚？”

“嗯，离婚！”

玉米再懒得理石头了，她出了门，她想同大山赔个不是，要是大山心里还有她，她愿做他的女人。玉米到了大山家，大山的门却锁了，邻居说：“大山拎着个蛇皮袋走了。”玉米拔腿去追，有多大步子迈多大步子。

天渐渐黑下来了。

不想回家

春花进洞房之前一直以为自己嫁的是村主任的二儿子银锁，媒人提亲时说是给银锁找媳妇。银锁长得好看，标准的国字脸，浓眉大眼，又一米七八的个儿。脑子又灵活，啥事干起来顶呱呱的。因而春花红着脸点了点头。后来相亲，直至娶亲都是银锁出的面。

但春花一万个想不到的是进洞房的竟是村主任的大儿子金锁。金锁不但是个癞痢子，头上稀拉拉的没长几根头发，露出的头皮疖疖疤疤。而且还拐着一条腿，走路时一脚高一脚低，跛得极厉害。

“你，你给我出去！银锁，银锁。”春花双手护着胸，惊恐地喊。

“你喊哑了嗓子也没用。我困我媳妇是天经地义的，谁也管不着。”金锁扑过来，把春花狠狠地压在身下。春花拼了全身的力气挣，但金锁有股蛮劲，春花的身子很快散了架，一点力气也没有。金锁得逞了，心满意足打起了呼噜。

那时的春花恨不得一刀杀了金锁。

更让春花愤怒的是金锁竟有羊角风。金锁吃饭吃得好好的，突然扑通一声倒在地上，手脚乱蹬，口吐白沫，嘴里发出哼哼唧唧的声音，像猪饿急了的叫声。春花骇得缩成一团。村主任说：“没事，他这病一年只患几次，一次十几分钟。”

春花不想再过下去了。春花回了娘家，说要离婚。娘说：“嫁鸡随鸡，嫁狗随狗，认了命吧。”爹也吼道：“离婚？你说得轻巧。村主任会让你离婚？还是回去吧，村主任得罪不得，要不，我们没好日子过。”

春花就逃出来了。

春花到了省城，却不知去哪儿，正转悠时，两个男人来了，说：“想找事吗?”春花说:“想。”“那跟我走。”春花二话没说跟着男人上了火车。春花坐了一天一夜的火车,又坐了一天一夜的汽车,然后坐了几个小时的手扶拖拉机,才到了一个山村。

“你们是人贩子。”春花这时知道她被两个男人卖了。

春花的男人叫土根,一个快四十岁的男人 。男人家很穷,穷得连吃饭的桌子也没有。吃饭时,土根喝的是稀得能当镜子照的粥,春花吃的却是干饭。

晚上,春花睡在土根家里唯一的一张床上。土根和他娘在地上铺了一些稻草,放床被子睡。

春花一晚没合眼。

土根一晚也没睡,翻来翻去的,还不时叹着气。

这样睡了十几天。

晚上土根又要睡地上时,春花说:“上床睡吧。”土根这才上床了。土根在床上很温柔。春花的脸贴在土根厚实的胸脯上,心里很踏实,这就是自己的男人。春花的泪也掉下来了,土根慌了:“你咋流泪?都是我不好,我知道你心里很委屈,我年龄大,家里又穷。”土根笨手笨脚地为春花抹泪,“你如不愿意,你还是回家吧,但千万别让我娘知道。”“你想得美,睡了我又想不要我?”春花说着又往土根怀里钻。土根把春花搂得更紧了:“我真是上辈子积下的德,要不上天怎么把你这么好的女人给我。我今后一定不会亏待你,我要一辈子对你好。”

第二年,春花生了儿子。

春花手脚勤快,田地的活样样在行,也极精。春花承包了十亩荒山,栽起橘树。仅三年,橘树就挂果了。

这年,春花的橘子卖了一万块钱。

春花成了村里的首富。

这天,春花同土根正在有说有笑摘橘子时,几个警察来了。春花见到村主任时,忙跑。村主任说:“就是她,快追。”春花自然跑不过警察。一个警察说:“我们来接你回家。”春花说:“不,我不想回家,这儿就是我的家。我在这过得很好,男人也待我很好。”村主任说:“你不想回去也得回去,你是我的儿媳妇,你这是犯重婚罪。”“我犯重婚罪,那你犯什么罪?犯骗婚罪?我明明是同你二儿子打的结婚证,那结婚证上的名字怎么成了你大儿子的?

你说你这是什么罪?”村主任恼羞成怒地说：“想不到你嘴皮子还这么厉害，走，跟我走。”“就不。”土根把春花紧紧抱在怀里：“谁让她走，我就跟谁拼命。”

但春花还是让警察带走了。

儿子也跑来了，哭着喊：“娘，娘，你别走啊。”春花喊：“儿子，别哭，娘会回家的。”土根一直跟在春花身后，春花说：“你回吧。我会回来的。”土根说：“不，你去哪儿我跟到哪儿。你活我也活，你死我也死。”春花的泪又涌了出来，春花想说啥，张张嘴却一个字也说不出来，想说的话全堵在喉咙口。

天渐渐黑了，觅食而倦归的小鸟在头顶上朦朦胧胧地叫，叫声疲倦得没筋没骨。

金手镯上的爱

再过半个月，鄱湖嘴村的杨大手就要同何芙蓉订婚了。但是何芙蓉要的金手镯，杨大手还没买。并不是杨大手不想买，主要是杨大手没钱。杨大手一家人一天到晚在几亩薄田地死做苦扒，辛苦一年，除混个肚皮圆，剩不了几个钱，再说杨大手家去年盖了新房，不但花尽了家里所有的积蓄，还找亲朋好友借了不少钱。去年借的钱还没有还，杨大手不好再开口借钱了，即使开口了，也借不到。亲朋好友的钱都不是大树桩下捡来的，一分一厘都是拿汗水换来的，血汗钱自然不会轻易出手。

因而这些天，杨大手一直为这事愁得焦头烂额，觉都睡不好。杨大手知道如果订婚那天他拿不出金手镯，何芙蓉决不会同他订婚。何芙蓉去年准备同杨木根订婚，因杨木根没买金手镯，何芙蓉就没同杨木根订婚。其实并不能怪何芙蓉太虚荣。在赣北一带，有这种风俗，女方订婚那天，男方必须送给女方一只金手镯作为订婚礼物。因而何芙蓉那儿订了婚的女人手腕上都戴着亮灿灿的金手镯，女人在一起，就比谁的金手镯好看，谁的手镯重。如若哪一个订了婚的女人手腕上没戴金手镯，会被全村人看不起，遭到全村人的耻笑，那她一辈子在村里都抬不起头来。另外从女人手腕上手镯的轻重，可看出女人在男人心上的位置有多重。也有个别的女人订婚时不要男人的手镯，但结果女人在结婚前手腕上都戴上手镯了。何芙蓉的妹妹何小蓉就是一个开始不要金手镯的人。何小蓉爱上的男人家里很穷，在订婚那天，何小蓉没要金手镯，一时村里有了许多风言凉语，说何小蓉以前就是个破货，破货不值钱，要不何小蓉咋不要金手镯？还有的人说何小蓉不喜欢男人，她怕戴上金镯，别的男人知道她有了男人，就不想同她交往。也有人说男人不爱何小蓉，他想把金手镯送给另外一个女人。风言凉语听多了，男人真的怀疑何小蓉以前有了别的男人。何小蓉很愤怒，就对男人说，你婚前如不送我一只金手镯，那我就和别人结婚。我那金手镯要比你村里所有女人手腕上的手镯都要重。男人答应了，我砸锅卖铁也要给你买一只金手镯。

离订婚还有五天，可杨大手还没弄到买金手镯的钱。何芙蓉也捎话来，说他没买金手镯，就别上她家的门，省着给她丢丑。

这天晚上，正当杨大手躺在床上长吁短叹时，有人敲他的窗子。杨大手起了床，问，谁呀？窗外的人说，是我，杨木根。杨大手开了门，杨木根进了屋，你的金手镯买了没？杨大手说，还没。杨木根从口袋里掏出一只红木匣子。杨大手说，这木匣子里不是一只金手镯吧？杨木根说，你猜对了一半，是只手镯，但只是一只镀了一层金的铜手镯。杨大手说，若何芙蓉知道我骗她，那她不恨死我才怪。杨木根说，一般人看不出这手镯是假的。你若不想骗她，那你就眼睁睁地看着她成为别的男人的女人？杨大手问，你当初为啥不把这手镯送给她？杨木根说，所以我现在后悔呀。这手镯是我花 50 块钱买来的。杨大手从抽屉里拿出 50 块钱给了杨木根。杨木根出门时，杨大手又说，你为啥要帮我？杨木根说，你这人实在，心眼好，她嫁给你，你会好好疼她的。我不想今后哪个有钱的男人娶了她，不好好珍惜她。

订婚那天，杨大手给何芙蓉戴手镯时，何芙蓉竟掉泪了，我还以为同你订不成婚呢。我，我太高兴了。杨大手想说啥，嘴唇动了动，却啥也没说。

第二年正月初六，杨大手就同何芙蓉结婚了。杨大手那时想，他不能再守着二亩薄田过日子，他要去外找工挣钱，他想认何芙蓉过上好日子，想给何芙蓉买一只金手镯，这金手镯比村里所有女人手腕上的手镯都要重都要大都要贵。因而元宵节一过，杨大手就出外打工去了。

过年时，杨大手两手空空的回来了。杨大手在建筑工地流了一年的汗，工钱却没拿到手。包工头说开发商没给他钱，他也拿不出钱。杨大手很愧疚，让你在家受苦受累一年……何芙蓉说，啥也别说，人安全回来了，比啥都好。

杨大手没再出去打工，一心一意在家种田。农闲时，去县城拖大板车，帮人拆屋，帮石匠挑砖。

何芙蓉的弟弟要订婚了，可何芙蓉家里也没钱给女方买金手镯。弟弟想借何芙蓉的手镯，结婚后就还给何芙蓉。弟弟的女朋友也同意了。何芙蓉很爽快地答应了。杨大手忙把何芙蓉拉到房里，说，这手镯不能借给你弟弟，它是假的。如若女方认出来了，会坏事的。何芙蓉还以为听错了，啥？你说啥？假的？杨大手说，这手镯是我花50块钱从杨木根手里买来的。对不起，我骗了你，可我真的不想你成为别的男人的女人。何芙蓉把手镯是假的这事说给弟弟听。弟弟说，我去向二姐借。

几天后，杨大手出事了。杨大手挑砖上四楼时，脚下一块竹板断了，杨大手从四楼摔下来，摔在一堆砖上，当场死了。

何芙蓉几次有了自杀的念头，但一想到儿子，心就软了。后来有许多媒人来给何芙蓉做媒，何芙蓉都一口拒绝了。杨木根也托媒人来过，何芙蓉也拒绝了。杨木根结婚仅一年，女人就病死了。

这年的腊月二十二，何芙蓉同村里的几个女人一起去县城里买年货。当她们走到一个金银检测店时，一女人说，我们何不检测一下金手镯，看哪个人的手镯含金量最高。几个女人都同意了。何芙蓉说，你们测吧。几个女人却不依，拉住何芙蓉。一个女人已替何芙蓉付了两块钱的检测费。何芙蓉想走，但被几个女人拉住了，她们褪下何芙蓉的手镯。这几个女人同何芙蓉一向玩得好了，平时打闹惯了。何芙蓉不好生气，一生气就伤了和气。结果一检测，何芙蓉的手镯含金量最高，达百分之九九点九九。

何芙蓉一回家，就去了杨木根家。何芙蓉问，你为啥要骗杨大手这手镯是假的？杨木根说，若是真的，他买不起。何芙蓉又问，你为啥要帮杨大手。杨木根说，杨大手这人实在，心眼好，你嫁给他，他会好好疼你的，我不想你嫁给不好好珍惜你的坏男人。何芙蓉的泪水掉下来了，那你当初为啥不买金手镯给我？杨木根说，那时我侄子生病，准备给你买金手镯的钱借给我哥了。何芙蓉啥话也没说，抱起杨木根一堆脏衣服就洗，洗完衣服，又帮杨木根扫地，洗锅碗，抹饭桌。

正月初八，何芙蓉在一阵噼里啪啦的鞭炮声中进了杨木根的门。

嫁给癌症患者

杨梅拿了只盛满谷子的瓢，站在门前，扯起嗓门唤“咕——咕——”杨梅脆甜甜的唤鸡声如白花花的日头一样，落满了鄱湖嘴村的旮旮旯旯，二十几只鸡围在杨梅的脚边咯咯地欢叫。

杨梅把瓢里的谷一把把撒在地上。

一群鸡闪电似的围上来。

忽儿，杨梅感到后背热热地像放了一块烙铁。杨梅一回头，“啊”的一声惊叫，手里的瓢掉在地上。“砰”的一声响，让一群鸡惶叫起来。

“杨梅——”他颤抖的声音里荡着火样烫热又荡着水样柔的东西。

杨梅傻傻地站着，脸上一片赤白，赤白里夹着几丝粉红。

此时，杨梅的儿子石头说：“娘，别人的鸡在吃谷呢。”杨梅忙驱赶那只偷吃的芦花鸡，“哔——哔——”

他见了石头，眼里就有刺亮亮的日头晃。他问：“他是我们的儿子吧?”他的声音如歇在太阳花上的那只蝴蝶颤个不停的翅膀。

往事就排山倒海样在杨梅的心里涌来涌去。

那时的杨梅 18 岁。她不想像父母那样在土地里摔血汗珠，她孑然一身来到佛山打工。

在佛山，杨梅遇到他了。

他是个长得很帅的男人，特别是那双黑亮的眼睛里藏着几丝忧郁，让杨梅心疼。杨梅很快坠进了他那双井样深的眼睛里，爬都爬不起来，再说杨梅也不想爬起来。

就在一个刮着狂风下着暴雨的晚上，她的一声痛苦而欢悦的惊叫，让她一下长大了。

他拥住痛得一脸泪水的杨梅问，后悔吗?

杨梅摇摇头说，无怨无悔。

当杨梅发现自己怀孕时，忙去找他，他却不告而别。

杨梅也回了家，父母要杨梅去医院堕胎，杨梅死也不。父母只有给杨梅张罗着婚事，以便杨梅肚里的孩子有个父亲。

杨梅很快出嫁了。杨梅把自己嫁给了一个患了癌症的男人。医生说他最多只活一年，但一年后，他活得好好的。

他对杨梅极好，对杨梅的儿子也极好。

杨梅待他也极好。

他一回问杨梅："你为啥要嫁给我一个快死的人？"

杨梅说："我如嫁给了别的男人，那我会愧疚一辈子。而你的——"杨梅把想说的话咽回肚里去了。

他说："我现在一点也不想死，我不忍心扔下你及我们的儿子。我死了，你们孤儿寡母的怎么办？我要让你们过上好的日子。"

那时的杨梅把头紧紧贴在他怀里，泪水也濡湿他的胸脯，他把杨梅搂得更紧了。

又过了一年，他仍好人一样，吃饭能吃三海碗，且要压得严实，还得冒尖。一百几十斤的担上肩，腿不抖，气不喘，他这样子哪像患了癌症的人。

他去医院一检查，医生也觉得怪，癌细胞怎么没有了？

杨梅一家人过着幸福的日子——

"杨梅，你说呀！他是我们的儿子吧。瞧他长得跟我一模一样，像一个模子里倒出来的。"他望杨梅的眼里满是可怜兮兮的企求。杨梅见了他的眼，心尖酥痒痒的，像有人拿羽毛样柔软的东西抚了抚。杨梅不敢再看他的眼，怕自己再一次情不自禁坠进去。杨梅垂了眼，望自己的脚尖。

"杨梅，你倒是说话呀！他准是我们的儿子。"他的声音似一朵开得正艳的红玫瑰，红玫瑰火一样炙热，散发出一股浓郁的香味。

杨梅摇摇头，"不是。"两个字硬硬地从杨梅嘴里蹦出来了。

他极度失望地走了。

杨梅树一样栽在那儿，久久地望着他渐渐模糊的背影。后来杨梅叹口气，拭去眼眶里的泪水，拾起瓢，又盛了一瓢谷，站在门前唤鸡"咕——咕——"

米兰的婚事

米兰正在院子里的井边洗衣服时，父亲进院了，父亲身后还跟着一个年轻人。米兰的父亲是鄱湖嘴村的村主任。父亲对米兰说，这是乡长的儿子，叫陈健。米兰扬起脸，微笑着说了句你好。米兰又埋头洗她的衣服。

米兰忽儿觉得胸脯上热热的，一看，陈健贼亮亮的目光正从她敞开的衣领中探进来，粘在她的胸脯上。米兰忙站起来，心里骂，不要脸。陈健仍一脸的笑，米兰，不洗衣服啦？洗不洗衣服关你什么事？米兰冷着脸进了屋。父亲喊，米兰，给客人泡茶。

米兰躲在房里不出声。

陈健走后，米兰又来到井边洗衣服。父亲问米兰，你觉得陈健怎么样？米兰说，我讨厌他。父亲说，他可是很喜欢你。他父亲已向我提亲了。我也答应了，过几天，就把婚事定了。哎哟一声，棒槌砸着米兰的手指了。泪水一下涌出米兰的眼眶。米兰说，不。

父亲问，咋不呢？米兰说，不就不！父亲又问，是不是心里有了人？米兰点点头。谁？米兰说，宝子！宝子？父亲笑了，宝子是啥样的人？一个口袋里穷得丁当响的穷光蛋！他拿啥同陈健比？癞蛤蟆想吃天鹅肉。米兰说，我就喜欢宝子。这事由不得你。我这就去找宝子，让他今后少纠缠你。父亲哼了声出了门。

米兰想，宝子绝对听不进父亲的话。

但米兰想错了。宝子第二天就把米兰以前写给他的信送还给米兰了。米兰傻了，气得一句话说不出来。宝子走了，米兰的泪水才掉下来了。

父亲说，这样软骨头的男人还值得你流泪？我拿五千块就把他收买了。要知道你在他心里还不值五千块钱。别说了，别说了。米兰进了屋，砰的一声关上门。米兰扑在床上号啕大哭起来。

心如死灰的米兰便成了陈健的女人。

米兰一结婚，便后悔了。

陈健是个五毒俱全的男人。整天在外吃喝嫖赌。喝醉了酒，就打米兰，有多大劲使多大劲。米兰身上总被打得青一块紫一块，没一块好地方。

后来陈健又吸毒了。

没钱买毒品，陈健把房子卖了。

米兰只有回到娘家来住。

此时的宝子却富得流油。宝子拿米兰父亲给的五千块钱先做些小生意，然后开了家百货店，后来又开了个公司。钱大把大把地进了宝子的口袋，宝子的口袋都快撑破了。

尽管宝子的身边蜂飞蝶舞，但宝子一个也看不上。

这天宝子提个包来到米兰家。宝子从包里拿出五扎钱放在桌上，对米兰的父亲说，大伯，以前你拿五千块钱买走了我的爱情，我现在拿五万块钱买回我的爱情。米兰的父亲说，可陈健那小子不同意离婚。他已同意了。宝子从包里掏出一张离婚协议书，这是陈健写的，他已签了字。米兰说，不可能。宝子说，我拿了五万块钱给他，他就同意了。这世上，只要有钱，没有办不到的事。米兰，签字吧。

米兰签字的手抖个不停，米兰两个字写得歪歪扭扭的。

宝子又对米兰的父亲说，大伯，真感谢你。如不是你那时给了我五千块钱，就没有我的今天了。宝子的话说得很诚恳，没一点挖苦的意思。但米兰的父亲听了这话，脸上红一阵白一阵的。宝子又对米兰说，米兰，我们择个好日子结婚吧。米兰说，不，我离了婚也不会嫁给你。

宝子很自信，你一定会嫁给我的。

米兰冷冷哼一声，再不说话了。

两年后，米兰嫁给了福根。福根可是村里最穷的，他到现在还住四面透风、屋顶透雨的泥坯茅屋。而且福根这人的脑子还不好使。

许多人都觉得怪。米兰说，他是真的喜欢我。米兰结婚那天晚上，宝子喝得烂醉，嘴里不停地说着胡话，米兰，这世上最爱你的人是我呀！米兰，我后悔……泪水也流了一脸。

引产的理由

鄱湖嘴村的村人都纳闷，已有七个月身孕的梨花突然去医院引产。梨花怀的可是初胎。在农村，初胎大都不引产，即使照了B超知道是个女儿，也生下来。按政策五年后可生第二胎，如果第二胎还是个女儿，引产的就多。在农村，都想生个儿子。按照乡下的风俗，生了再多的女儿，如没生儿子，老了，得吃五保。没生儿子，会被村人看不起，同人吵架时会被人骂做绝户，因为女儿不上家谱。乡下的风俗就是乡下的法律。

有村人问梨花，你咋要去医院引产？

梨花叹口气说，葡萄胎。梨花再不愿多说一个字。

村人问梨花的男人石头，石头也这样说。

村人问梨花的婆婆荷叶，荷叶也这样说。

梨花在医院打了催生针，回家了。医生说，要过二十四小时才生下来。

荷叶在厨房里煮鸡蛋，她一连煮了六个，梨花平时最喜欢吃煮鸡蛋了。荷叶心里说，梨花咋怀个女胎呢？荷叶想抱的却是孙子，不止抱一个孙子，而是两个，如能抱上三个、四个那更好。荷叶的男人家几代都是单传。而村里别的人家都是兄弟几个，因而荷叶在村里总受人欺负，荷叶同男人在村子里忍气吞声地过日子。因而男人闭眼前拉着荷叶的手，你一定要让咱儿子至少生两个儿子，要不我死都不瞑目。荷叶同意了。可前几天，荷叶带着梨花去医院做B超。荷叶问做B超的张医生照的是男是女。张医生开初不肯说，荷叶往张医生袋里塞了一个红包，张医生就说，不是你想要的。荷叶的脸就阴了。

荷叶对梨花、石头说，还是引了吧。梨花、石头都一口应下来，行。荷叶没想到梨花和石头答应得这么爽快，她开初还以为要费不少口舌说服他们。

这让荷叶感到很意外。

晚上，梨花紧紧贴在石头怀里，梨花的手不安分，在石头的敏感处轻轻地抚。石头懂梨花的意思，石头说，我太累。梨花说，那你今后得熬一个月。石头说，熬就熬吧。梨花给了石头一个冰凉的脊背，说，你心里准有别的女人。你想想你有多久没要过我。石头说，也就十天吧。梨花说，可你从前若隔了两天没要我，就猴急猴急的。石头再没应梨花的话。石头极后悔那天晚上做了荒唐事。都怪那天傍晚遇见了小林。小林是他初中的同学，两人那时极要好，好得无话不说。小林见了石头极高兴，小林非要请石头喝几盅。两人喝了几盅，小林就请石头按摩。石头一进按摩室就控制不住自己，同按摩小姐做了那种事。两个星期后，石头就觉得下面不对劲，长了许多米粒样的东西。去医院的泌尿科一检查，竟是尖锐湿疣。医生说，这病传染性极强。你爱人也准传染上了。石头问，我老婆怀了孕，肚里的小孩会传染上吗？医生说，我建议你们最好引产。石头听了这话，头皮一麻，完了。但石头又怀着侥幸心理，但愿梨花没传染上。如梨花染上了，她准会同他离婚的。如梨花引产了，他就有借口不挨梨花的身子。一个月过去了，他的病也就好了。只是他太对不起未出世的孩子。石头一想到梨花肚里的孩子，心里就极难受，眼里也涩涩的。

石头的手摸在梨花的肚子上。梨花心里也默默地说，女儿，妈真的很想把你生下来，可是妈不敢呀，妈怕失去你爸，失去这个家，都怪妈一时糊涂做了傻事。

那天中午，梨花在街上遇见了国华。梨花以前同国华好过，两人除了没上床，其他的事，他们都做了。国华遇见了梨花很高兴，对梨花说，你仍这么好看，不，比以前更好看了。走，去我家坐坐，我刚买了套三室二厅的房，不远。梨花就进了国华的屋。国华的屋在县城里算装修得高档的。国华说，梨花，如你那时勇敢点，不听你父母的话，那你今天就是这房子的女主人了。那时梨花的父母嫌国华穷，极力反对。我那时说过我不会穷一辈子的。国华说着猛地把梨花搂在怀里。梨花先是挣扎，但她挣得苍白无力挣得虚情假意。梨花渐渐迎合国华了。

十几天后，梨花就呕吐得厉害了。梨花猜想肚子里的孩子是国华的。梨花可不想生下国华的孩子，那对石头太不公平，那她会内疚一辈子，还是引产好。

唉，自己造的啥孽呀！梨花的泪水也淌下来了，梨花先是无声地啜泣，后来禁不住哭出声了。石头慌忙给梨花拭泪，别哭，我知道你舍不得，我也舍不得——石头也哭起来。两人哭成了一团。

第二天一早，梨花又去了医院。傍晚，梨花就生了，生了一个带把的。荷叶一下晕倒在地上。醒来后的荷叶疯了样捶打着张医生，你赔我的孙子，赔我的孙子。张医生说，莫名其妙。荷叶哭号着说，当初你不是对我说不是你想要的吗？张医生却不承认，谁说过这样的话？神经病。

后来梨花探听到张医生原来是芙蓉的侄子。荷叶同芙蓉是一对仇人。芙蓉那时想霸占荷叶家的一块四十平方米的宅基地，就在一天晚上叫来荷叶的男人，说有事商量。男人一进芙蓉的家，芙蓉就大喊，强奸呀，强奸呀。芙蓉的上衣已脱了。许多村人跑来了。事后，芙蓉对荷叶说，这事你若想私了，就把那块宅基地给我。想公了，那就等着坐牢。荷叶就把宅基地给了芙蓉。男人也气得病倒在床上。芙蓉欺人太甚了！这仇不报，还活在世上有什么意思？荷叶真想在街上买了一包“三步倒”老鼠药，她要找没人的机会放在芙蓉家水缸里或者饭锅里。如今，孙子又没了，她能不伤心吗……

泪流满面

兰花在鄱湖嘴村的名声极臭。村人都说她是个见不得男人的女人，说她一见男人，就会情不自禁把屁股翘得高高的，高耸的胸脯就一抖一抖的，腿也发软，走路都走不动。

据说，村里绝大多数男人都同兰花上过床。

村里的女人自然恨兰花。

兰花在村里是最漂亮的女人。兰花刚娶进村时，村里许多男人的眼都绿了。那贪婪的馋目光就像把锋利的刀子样把兰花的衣服一件件割掉了。兰花一遇到这样的目光，就垂了眼，脸却烫得发红。

兰花走进了许多男人的梦里。有些男人同自己女人快乐时，闭着眼睛把女人想象成兰花，因而在那魂飞魄散的一刻喊的也是兰花的名字。

兰花也应了那句红颜薄命那句话。结婚四年后，男人就得了肺癌死了。兰花为治男人的病为办男人的丧事，不但花光所有的钱，而且找亲戚借了不少钱。兰花又因服侍男人，荒了田地。兰花家已无米下锅了。

晚上村主任敲开了兰花的门。出门时，村主任把一百块钱放在床上。

后来许多男人都喜欢晚上敲兰花的门。

但也有人不相信兰花是那种骚女人，这人就是甜英。甜英是个浙江女人。她同丈夫小杰带着两个娃来到村里，租了村里一口五亩大的池塘养鱼。甜英第一眼见兰花时，就说："你真漂亮。"兰花的脸微微红了："哪有你漂亮。"甜英见兰花的脸红了，笑了。

甜英同小杰一天到晚要忙鱼塘的事，没时间弄饭，没时间照顾两个小孩子。甜英就同小杰商量，要请兰花照顾家里的事。小杰同意了。甜英把她的想法同兰花一说，兰花满口应下来。

兰花很勤快，手脚又麻利，做饭、洗衣服、打扫卫生等活干完了，她又去池塘里帮忙，拌鱼料、往塘里撒鱼料，从早忙到晚，手脚没停的时候，晚上一上床，就呼呼大睡。甜英有时心痛兰花，让兰花歇，兰花说一点也不累。

村里的男人再没机会敲兰花的门，因兰花晚上也睡在甜英家里。男人便想让甜英辞掉兰花。

有人对甜英说："你怎么敢请兰花？你这叫引狼入室，她可是见了男人走路都走不动的女人。而你丈夫长得又那么帅，又有文化，到时有你后悔的时候。"

甜英说："她不是那样的女人。我相信她，我也更相信我丈夫。"甜英没有理由不相信她丈夫，她同小杰十七岁就好上了，这十几年两人恩恩爱爱的，脸都没红过。

但在甜英面前说兰花坏话的人多了，甜英心里也忐忑不安的。甜英想同兰花说什么，可甜英每回都张不了口，倒是聪明的兰英看出了甜英的心思，她对甜英说："姐，你放一万个心好了，我决不会做出让你失望的事来。"兰花这样说，甜英放心了。

再有人在甜英面前说兰花的风骚，甜英这只耳朵进，那只耳朵出。

后来，又有一些有关小杰同兰花怎样怎样的风言凉语，尽管这些话说得有鼻子有眼的，但甜英依然没往心里去。甜英不明白村里人怎么同美丽的兰花过不去。

也有男人怂恿小杰："小杰，你不是个废男人吧？要知道兰花是个多好的女人。她脱了衣服，你就知道她的身子有多好看。她的胸脯大得像个西瓜，别的女人胸脯软塌塌的，兰花的却挺挺的。她的乳头既小又红。更主要的是她懂得服侍男人，你若同她上了床，准舒服得死去活来几回……"后面的话越说越黄了。小杰听了，却没感觉。村里男人们都不信，还有猫不吃腥的？骗鬼去。

也有男人对兰花说："兰花，咋不同小杰上床？小杰的脸多白，又斯斯文文的……"兰花的脸红红的，像个熟透的红苹果。"瞧，脸红了，是不是爱上了小杰？那你就别错过了机会，把小杰弄到手，要知道过了这村就没这店。"

村里的女人也想兰花同小杰有事。以前自家的男人同兰花有事了，男人都说是兰花勾引自己。可现在兰花同小杰天天待在一起也没事，兰花为啥不勾引小杰？难道以前真的是自己的男人勾引兰花？可女人情愿相信是兰花勾引了自己的男人。

村里的男人女人都极想兰花和小杰有事。

机会终于来了。这天，甜英进城了。村里几个男人把小杰拉到村头的一家小饭馆。男人们你一杯我一杯把小杰灌醉了。两个男人把小杰扶进屋，放在床上，然后把小杰脱了个精光。

不一会儿，被女人们灌醉的兰花也被扶进小杰的房了，兰花的衣服也被脱得一件不剩。

兰花和小杰抱在一起了。兰花嘴里叫着：“小杰，小杰，我喜欢你。”

甜英一回家，就见到抱成一团的小杰和兰花，腿一软，一屁股坐在地上，泪水流了一脸。

兰花和小杰醒来后，也泪流满脸。

几天后，小杰和甜英走了。

此后，兰花的门一到晚上就闭得紧紧的，哪个男人敲门，她都不开。兰花也学会了耕田耕地，田地的活全能干了，再不像以前那样求男人帮这帮那的了。兰花空闲时，就爱在鱼塘岸上来回走走。

荷花的婚事

这天很冷。厚实的阴云把太阳裹了个严严实实。呼呼狂叫的北风夹着沙子打在强子的脸上，火辣辣地痛。

强子和他女人在锄油菜草。

一只手的强子锄草显得很吃力。锄头在强子手里很不听使唤，因而强子锄草很慢。女人很心疼："慢慢来，干不完的活挣不完的钱。要不，你回家歇着去。"强子不出声，闷着头锄草。女人叹口气，再不出声，只一心一意锄草。

"强子——"

强子一回头，是荷花！强子手里的锄头掉在地上了。荷花跑过来，一头扎进强子的怀里，双手擂着强子的肩："你的心好狠呀，竟不要我……"强子推开一脸泪水的荷花："你，你怎么来了？""我，我一直找你，找了你三年。"荷花脸上的泪水被狂风吹得支离破碎，"你走竟连招呼也不跟我打……"荷花噙满泪水的眼里满是怨恨，"你不是说过我们死也要死在一起吗？"强子伸着那只空荡荡的袖子："你看我……我，我不想你跟着我受苦，不想害了你。"强子的泪水也涌出眼眶了。强子不想荷花看见他的泪水，低下头。"你怕我吃苦，可你娶了她，不是让她也跟着你吃苦吗？不是也害了她吗？"荷花抢过强子手里的锄头，锄起油菜草来。

女人问强子："她是谁？"荷花抢过话，"我们三年前在广州打工就好上了。如不是强子出了事故，我们早结婚了。"强子对荷花说："她是我女人。"强子又对女人说："她是荷花。湖南人，我们以前好过。"荷花这才仔细地打量女人，荷花见女人的一只眼珠不会转，便知道女人瞎了一只眼睛。

强子对荷花说："回家吧。你准饿了，先吃点东西。"

荷花在强子家住了三天，一直没走的意思。强子劝荷花回去，荷花不。荷花说要嫁给强子。强子说：“不可能的。我若同她离婚，那不害了她一辈子？那今后谁还会要她？”荷花的泪水又掉下来了，“我的身子早给了你，今后谁会要我？你不也害了我一辈子？”“对不起，真对不起。是我害了你。”强子低下头，“要知道我会少一只手，我决不会动你。”

女人不想让强子为难，想带两岁的女儿回娘家。强子不同意。

又过了几天，强子劝荷花回去。荷花说：“我要嫁给福根。我要天天看着你，看着你慢慢变老。如你女人在你前面走，那我就立马嫁给你。”“不行，你不能嫁给福根，他根本配不上你，他比你大十多岁，人又窝囊，家里也极穷。”强子急了，“你会后悔的。”荷花说：“我决不会后悔。我想天天见到你。”“唉——”强子深深叹口气，“我真不知道你怎么想的。你这是何苦呢？”

荷花很快嫁给了福根。福根很疼荷花，家里的重活累活总不让茶花沾手。家里有好吃的，福根总让荷花吃个够，荷花不吃了，福根才吃。强子很为荷花感到高兴。

一年后，荷花生了个儿子。

荷花嫁给福根的第三年，福根的一个表哥在县城里当上了局长，福根也到表哥的局里上班了，早晨骑车去城里，傍晚回来。福根家的日子渐渐好过起来。而强子因只有一只手，干农活极不方便，去城里搞副业，没人要，也干不成活。强子同他的女人只有一天到晚在二亩田地里摔汗珠。日子也自然过得苦。

让强子一百个没想到的是女人竟永远离开了他。女人得了肝癌。女人在医院里躺了半个月，花了借来的四千多块钱。女人不想再拖累强子，便喝了农药。

家里没了女人，强子的日子更难过了。荷花总去强子家，帮强子干些洗洗涮涮的女人活。荷花一去强子家，福根就不高兴。福根担心荷花同他离婚，嫁给强子。荷花说：“傻瓜才嫁给强子。嫁给强子，得过一辈子苦日子。当初幸好嫁给了你。”福根说：“你说的是真话？”荷花说：“对你说假话？”福根这才放心了。

只是几年后，福根也走了。单位开工作会，会议结束的那天晚上，全单位的人去了酒店。每桌还上了几瓶酒。同福根一桌的人欺负福根老实，拼命灌福根的酒。福根醉了，却不承认自己醉，骑了车子就回家。醉得厉害的福根骑进了路旁的一口池塘，淹死了。

村里许多人想，这回，强子和荷花准会在一起过。强子也这么想。

一天晚上，强子去了荷花家。强子同荷花扯了些闲话，然后一把抓住荷花的手："荷花，这些年我一直想着你。我们啥时候一起过？"荷花的身子抖起来，呼吸也急了。强子把荷花紧紧抱在怀里。后来两人在床上滚成一团。事后，荷花说："我不想嫁人，我要独自一人把儿子拉扯大。"强子傻傻地看着荷花，像不认识荷花似的。荷花说："你走吧。别人看见了会说闲话。"强子垂头丧气地出了门。

如果荷花真的不嫁人，那强子心里还好受些。只是没多久，荷花竟嫁给了村主任。头上稀拉拉几根头发的村主任已五十岁了，比强子大十八岁，比荷花大二十岁。强子没想到他在荷花的眼里竟不如村主任这个既老又丑的人。

荷花的婚礼很排场。村主任摆了八十桌，全村的人都来喝荷花的喜酒。这晚，强子一晚都没合眼。

第二天天还没亮透，强子便带着女儿走了。

后来有一村人说他看见强子在城里捡垃圾。

别再让我老公当村长

大林当上村长时，女人杏花起初极高兴。

杏花起初只想到大林当上村主任后，家里增加了一笔收入，另外大林会认识乡里一些领导，今后办事就方便多了，还有村人今后都巴结讨好她，她在村里说话也有分量。

让杏花没想到的是村里一些女人向大林抛媚眼，特别是桃花。桃花长得极漂亮，一张脸桃花一样白里透红，一双眼睛水汪汪的，会说话。并且桃花是个寡妇。桃花有事没事爱往大林家跑。还没进门，桃花就喊："大林村长，大林村长。"桃花应该叫大林村主任，可桃花同村人一样嫌叫村主任拗口，仍叫村长。还说村长就是村主任，就像一个人有两个名字一样。

"什么事这么急?"大林出了门。

桃花拉着大林的手就走，"我的禾苗被黑子家的牛吃了一大片。"

自己男人的手让别的女人拉着，而且让桃花这个狐狸精拉着，这自然让杏花极不高兴。

大林跟着桃花到了田埂，田里的禾苗才被牛吃了几棵。大林说："这禾哪里吃多少?"

桃花三天两头往大林家跑。不是别人挖多了田岸，就是邻家挖多了屋沟。净是些鸡毛蒜皮的事。

这让杏花极不高兴。她不但骂桃花骚，还骂大林贱。大林说："我这个村主任就是被村民支唤的。"

"那我情愿不要你当这个破村长。"

杏花现在真的不想让大林当村主任了。大林当村主任了，有机会也有借口同桃花在一起。桃花对大林说想办个布鞋厂，不用机器做布鞋，而是用手工，一针一线地缝。桃花这想法得到大林的赞赏。大林同桃花待在一起的时间更多了，他们说是谈办厂的事。

杏花担心厂还没办起来，大林就成了桃花的男人了。

大林却劝杏花别疑神疑鬼的，说他同桃花的言行都能见阳光。杏花却不信大林的话。杏花现在只有一个想法，不能让大林当村长。大林不当村长了，就没借口同桃花来往了。

杏花去乡里，找到乡长，要乡长撤大林的职。乡长说："我没这个权力。村主任是村民选出来的，只有他们能撤大林的职。"

杏花只有求村人，村人问："为啥不让你男人当村长？"杏花说："他再当村长，就成了桃花的男人。""成桃花的男人同当村长没关系。大林不当村长一样可成为桃花的男人。"杏花说："怎么没关系？大林不当村长，桃花就没借口来找大林。"

村人都不同意撤大林的职，都说村里再找不到比大林更适合当村长的人。

杏花知道大林即使同桃花真的有了那事，村人仍会让大林当村长。杏花很想大林有别的事，如贪污受贿的事。如果大林真的贪污受贿了，村人准不让大林当村长。只是大林这人还真不爱财，有村人求他办事，提点水果什么的，大林都不收，非让村人带回去。村人不带回，大林就黑了脸。村人只有带回了。

也只有村人以为大林贪污受贿，大林就当不成村长了。

杏花就去县城花两千块钱买了金手镯戴，衣袖挽得极高，阳光落在金手镯上，灿灿的，灼痛了村人的眼。一女人说："杏花，这金手镯花了多少钱？"杏花说："我也不知道。"杏花的声音很大，许多村人都听见了。这样许多村人以为杏花这金手镯是人家送的。杏花又买了几身好衣服，女人说杏花真有钱。杏花就笑着说："现在的钱来得容易。"杏花这话传出去了，村人的心里都愤怒不平。

没多久，大林头上的帽子被村人摘掉了。

杏花也松了口气，大林再不会同桃花那个狐狸精待在一起啦。但大林仍时时同桃花在一起。大林说他和桃花想合伙开布鞋厂。大林还向杏花提出了离婚。杏花一万个没想到大林会提出离婚。杏花问大林为什么要同她离婚。大林说："你自己知道。"杏花不愿意离婚。

大林竟搬到桃花那儿去住了。大林说："这婚是离定了。我情愿犯重婚罪去坐牢也要同你离婚。"

家事

二哥在新婚之夜还是逃走了。二哥白天也逃过一次。那时，锣、鼓、唢呐响成一片，鞭炮也噼里啪啦响得极急。迎亲的队伍要去接新娘。可是二哥这个新郎不见了。大哥急得脖子上的青筋都冒出来了：“这个狗杂种，如找到他，看我不打断他的腿。”可四处找也没二哥的影。

大哥就求人开着手扶拖拉机去追。

追上了二哥，大哥狠劲扇了二哥两个耳光：“你这样走，能对得起你哥吗？为了给你娶媳妇，我差一点死在砖窑里，可你倒好，就这样走，狠心把你哥的血汗钱往水里扔。”大哥说的是实话。爹娘去世得早，16岁的大哥担负起抚养10岁的二哥和6岁的我的责任。因家里穷，大哥30岁了，仍娶不到女人。大哥拿定主意打一辈子单身，可大哥不想让二哥也打一辈子单身。大哥便想方设法地挣钱。大哥得知进窑背砖挣钱多，就进窑背砖。这活极苦，窑内的温度高达四五十度，冬天进窑都得光着膀子。大哥有一回背砖，突然中暑，昏倒在地上，幸好抢救及时。医生说：“晚来几分钟，他就没命。”大哥积了点钱，就求媒人帮二哥找了个女人。大哥为给二哥娶个女人，花了几千块钱，二哥却好，拍拍屁股就跑。大哥自然很是气愤。大哥气得全身发抖，眼里也汪着泪。

可是二哥任大哥打，就是不肯回家。二哥说：“哪有弟弟先结婚的？”在我们家乡，如弟弟比哥哥先结婚，那就表明哥哥是好孬的人，今后也不会再有女人愿嫁她，要不人家以为女人也是好孬的女人。可是哪个女人愿意承认自己孬？这样，哥哥必打一辈子单身无疑。后来大哥“扑通”一声跪下了：“哥跪下求你还不成吗？你如不同我回家，我就一直跪在这里。”二哥只有回家了。

想不到二哥晚上还是走了。大哥气得瘫坐在地上，哭着骂二哥："你这个心被狗吃的杂种害得我好苦呀……"

大哥便对二嫂说："你还是先回娘家吧。"

二嫂一脸的泪水："回娘家？我怎么有脸回娘家？我既然进了你陈家的门就是你陈家的人，死了自然也是你陈家的鬼！"

大哥一脸愧疚："可是，可是……唉！都是我害了你。"

二嫂就留在家里了。二嫂很能干，啥事都能做，耕田耙地的田地活也极在行，家里也被二嫂弄得干干净净的。大哥在田地里忙累了，一回家，就能喝热茶吃可口的热饭热菜了。二嫂越是这么能干，大哥心里越是愧疚。大哥觉得是他害了二嫂。

田地里一些耕田耙地、挑水担粪等一些重活累活，大哥抢着干，不让二嫂沾手。二嫂也对大哥极好。家里有些好吃的，二嫂也总留着大哥吃，自己舍不得动筷子。这样，村里便传出一些闲言碎语。这些闲言碎语传到大哥的耳朵里后，大哥又要让二嫂回娘家，二嫂仍不。大哥说："这样下去会脏了你的清白。"二嫂说："嘴巴长在人身上，人家爱怎么说就怎么说。"大哥便盼二哥早些回家，早些同二嫂一起过日子。

这时，二哥也来信了。二哥信中说他在佛山一个玩具厂打工，他同一个四川女孩好上了。二哥让大哥同二嫂一起过日子。二哥说他从没喜欢过二嫂。大哥气得骂了句"狗杂种"，把二哥的来信撕得粉碎。大哥对二嫂说："妹子，他来了封信，信中说过年时回家。"

二嫂听了这话，泪水淌了一脸："哥，你别再骗我了，他也给我来了一封信。"二哥给二嫂的信中说大哥是个好男人，说二嫂如同大哥一起过日子会很幸福。

大哥见了二嫂的泪水，慌得手足无措。二嫂说："我想他说得也有道理，我们就一起过日子吧。"

大哥忙摇头："不行，决不行。"

过年时，二哥带着那个四川女人回家了。大哥当着四川女人的面又扇了二哥两个耳光，但大哥看着二哥同那四川女人恩恩爱爱的，心里也踏实了些。二哥在家没待几天就走了。二哥对大哥说："我明年正月就回家结婚。"二哥又对二嫂说："替我好好照顾好我哥。"

二嫂一天晚上捂着肚子在床上打滚，豆大的汗珠从额上渗出来。大哥二话没说，背起二嫂就往乡医院赶。十几里的山路，大哥也不知摔倒过多少回。大哥摔倒了就爬起来，伏在大哥厚实的背上的二嫂很是感动，心里也感到踏实，疼痛也减轻许多。

到了医院，医生一检查，原来是阑尾炎。二嫂开了刀，大哥在医院里悉心照顾二嫂。

后来，大哥同二嫂好上了。大哥给二哥写了封信，说他和二嫂准备在明年正月初六结婚，大哥想让二哥同四川女人也在正月初六结婚，这样可省许多麻烦。

二哥很快回了信，答应了他也正月初六结婚。

腊月二十五，二哥回家了，可那个四川女人没回家。二哥说："她娘病了，她回家了。"

正月初六这天，二哥在大哥的婚宴上喝得酩酊大醉，二哥的眼里悠晃着泪水。我把二哥扶进房，二哥抓住我的手问："永林，你说我这样做得对么?"我不懂二哥的话，我问："二哥，你同那四川女人什么时候结婚?"二哥说："傻瓜，那个四川女人小孩都有两岁了，让她跟着我回家，我给了她1000块钱……"二哥上了床，很快打起吭儿吭儿的鼾声。

我打开门，一脸泪水的二嫂正站在门外，不，是一脸泪水的大嫂站在门外。

拉干爹

德福女儿周岁这天，天还没亮，德福便带着一只已拔清毛且剥了肚的公鸡，一条干鱼，还有一刀腊肉，来到进村的路上。德福从口袋掏出一根白线，线的两端绑在路边的草上。剩下的就是守株待兔，谁绊到了白线，谁就是女儿的干爹。让德福一万个没想到的是绊到线的竟是老柄。老炳无儿无女，家里一穷二白，六十多岁开始吃“五保”。德福真不想认老炳这个亲家。老炳得知自己绊了线，兴奋地喊：“亲家，别躲了，快出来，我有干儿子啦。”德福只有苦着脸从草丛里站起来：“怎么是你呀？”老炳说：“干女儿也好……今天可吃一餐好的。”

德福的老婆赛花把德福咒个半死：“你咋给女儿找一个这样的干爹？女儿不但得不到他的帮衬，今后还得拖累我们。”按风俗，既然是亲家，今后谁家有困难，另一家得伸手相助。

“我也不想，可这是天意。”

“天你这个猪头！你一看见是他，你应立马赶过去，让他走另外一条路，别让他绊了白线。”

“哪能这样做？”

“说你是猪脑子还真是猪脑子。村人谁不这样做？那个天天早上捡猪狗屎的老柄，他总是第一个出门的吧？他咋没绊到别人的线呢？如村人都同你这样没脑子，那老炳不知做了多少人的干爹。拉干爹就是想干爹今后帮女儿……”德福的头越低越下，埋到裤裆里了。

拉干爹这风俗在鄱阳湖一带盛行已有一二千年。这种风俗的形成与当时生产力落后，与人们遇到困难时想得到更多人的帮助有关。婴儿满周岁的那天，婴儿的父亲带上鸡鸭鱼肉，天没亮就在一条路上拉一根细白线。无论是谁，只要是绊到了白线，谁便是婴儿的干爹。若不想当干爹，就落一辈子骂名。结为亲家的两个人就地拿柴火烧鸡烧肉。吃饱喝足后再去干爹家举行仪式。如果狗或牛碰了线，那狗牛的主人成了干爹。但婴儿得再起个带狗或牛等字的名字。

后来赛花三天两头为这事骂德福。

一年后，赛花又怀上了。赛花再没骂德福了。德福总爱摸着赛花隆起的肚子说：“待儿子周岁时，我一定给儿子找个有钱有势的干爹。”

“村里谁有钱有势？”

“鄱湖嘴村除了村长还有谁？”

“你能让村长当娃儿干爹？做梦去！”

后来赛花真的为德福生了个儿子。德福天天笑得合不拢嘴。但德福一想到儿子周岁时要给儿子拉干爹时，便笑不起来。德福担心儿子周岁那天时，会有一个像老炳一样的人，甚至不如老炳的人（如要饭的）绊到了白线，那赛花不骂自己一辈子？自己今后也没脸向儿子交代。德福想无论花多大的力气都得让村长当儿子的干爹。若村长当了儿子的干爹，那儿子的下半辈子就不用愁了。算不定，自己也沾村长的光，享几年清福。怎样才能让村长当儿子的干爹呢？德福的脑瓜子想得都快炸了，也想不出一个办法来。德福为这事时时愁得是长吁短叹的。赛花反而安慰德福：“到时还是听天由命吧。”德福没想到赛花对自己这么好。赛花越对他好，他心里越内疚，越觉得对不起赛花，也越觉得自己窝囊，不能像别的男人那样挣很多钱，盖楼房给女人住，买金银首饰给女人戴，餐餐让女人吃香的喝辣的。因自己没本事，挣不到钱，赛花也只有跟自己过苦日子。德福只有拼命地做事，田地活不让赛花沾手，灶上灶下应由女人干的活，德福也抢着干，这更让村里男人瞧不起德福。德福的鼻子哼一声，自言自语：“若村长成了我儿子干爹，看你们还敢瞧不起我？”

离儿子周岁还差五天时，德福终于想出一个办法。德福跑进了村长弟弟的家。德福给村长弟弟递上一盒刚买的烟。村长的弟弟不接：“找我有事？”语气很硬。

德福说：“有事，我想让你哥当我儿子的干爹。”

“你找我哥去，找我有啥用？”

“我怕村长拒绝呢，不敢找。我觉得找你有用。我儿子周岁那天早上，你就编个谎话，让村长去你家，我在村长去你家必经的路上拉根白线，村长碰了白线就成了我亲家。”

村长的弟弟拍一下德福的头：“你脑子不笨呀！说，我有啥好处？”

“要不我给你五十块钱。”德福说着翻口袋，把口袋掏空了，也才三十几块钱。

村长的弟弟从鼻孔里“哼”一声：“谁要你的钱，钱我有的是。”

“那，那你想要啥?”

“我想同你女人睡一回。”

“这，这……”德福犹豫起来。

“你不同意就算了。”

德福的牙一咬，脚一跺，说：“行，就让你睡一回。要是她不同意咋办?”

“你又成猪脑子啦。你今天晚上下半夜给我开门，你女人睡得正香，我动她，她准以为是你呢。”

“行，按你说的。”

鸡叫头遍后，德福听到窗前有来回的脚步声，德福知道是村长的弟弟，忙蹑手蹑脚地下了床，轻轻地抽了门闩……

天极冷，空气像被冻住了，呵气，空气融化成一丝丝的白气。双手缩在衣袖里的德福听到脚下的冰块嘎吱嘎吱地响，声音又脆又亮。德福冷得嘴里咝咝地叫。极静，只有脚下的冰块断裂的响声。德福跺了几下脚骂天：“这冷死人的鬼天!”

天渐渐白了。德福在村长去他弟弟家一定经过的路上拉起一根白线。弟弟敲村长的门：“哥，哥，快起来一下，我女人得急病了，帮我送乡医院去……”村长起了床，急急地朝弟弟家走。

“汪汪”，村长前面有条狗。

躲在地沟里的德福听到狗叫声，头一下大了，但愿这狗别碰到白线。即使狗碰到白线，但只要这狗是村长家的就行。

狗真的碰到了白线，而且这狗是大炳的。

捡猪狗屎的大炳见到断了的白线哈哈大笑起来：“我这回真的有干儿子了。”

德福的眼一黑，腿一软，一屁股瘫坐在地上。

村长听说德福为他儿子找了老炳的狗为干爹，一脸愤怒地去了德福家。德福不在，赛花在，赛花抱着儿子，儿子哭个不停。村长拍着双手说：“儿子，儿子，乖儿子，爸爸抱抱。”儿子真的朝村长伸出双手，儿子到了村长手上，不哭了。赛花说：“到底是骨肉亲，儿子在我怀里，德福从来抱不走。”村长说：“德福那猪脑子咋给我儿子找条狗做干爹!”

葬 牛

现在的年轻人大都不想种田，种田苦不说，还挣不到钱。有时在土地里滚爬一年，不但没挣到钱，还赔钱。种子、化肥、农药、锄草剂的价格飞起来涨，谷的价格却涨得极慢。若碰上天旱或者洪灾，那就颗粒无收，一年的汗水也就白流了。年轻人便都去外打工。留在家的大都是老弱病残。老弱病残种不了田，因而许多田地都荒着。

村里只有茂贵一个人种田。

种田要牛，因而茂贵还养了头水牛。全村也只有茂贵这条水牛。

按理茂贵也不要种田，他的条件在村里算好的。茂贵有四个儿子，一个女儿，三个儿子同女儿都吃公家饭，有个儿子还在省城一个单位当一把手。只有一个儿子是种田的。但儿子的田地也都荒着，长了一人多高的荒草。儿子在县城里搞副业，挣的钱比种田的收入多，还轻松些。当茂贵牵着水牛，拉着犁去耕田时，许多人说："死老倌，有福不晓得享，还种啥田？"

茂贵笑："谁叫我是劳碌命？手脚闲不住，一闲下来浑身难受。"茂贵说的是实话，省城的儿子接他去省城住，他只住了两天便闹着回家，儿子让他别乱走，他也不敢乱走，一出门，便是车，一辆挨一辆，长得没有尽头。茂省想去马路对面走走，但他等了一个上午也不敢过马路。他觉得像坐牢一样。而且他觉得在儿子家像个傻瓜，啥也不会做，连冲厕所都不会。儿子只有送茂贵回家了。

茂贵犁田时，感到累，两条腿沉得像绑了块石头，挪不开步，呼吸也有点跟不上。牛也老了，走几步就停下来歇片刻。

"美英，我们都老了。你跟我快二十年了……还记得我牵你回家吗？那时你那么瘦小，村人谁都不要你。你孤零零地缩成一团。你知道那时我为啥要你吗？你可怜巴巴地望着我，你那眼神就像我的美英。我说的这个美英不是你，是我的女人。外省一帮女人来我村要饭，那时全国饿死了好多人。她们为了不饿死都想嫁给村里的男人。别的女人都被领走了，只有美英孤坐在那，她太瘦弱，头发枯黄黄的、稀稀的，像癞痢子。她可怜巴巴地望着我，我便要了她。当我牵着你回家时，美英一个劲骂我，说我傻，要了一头病牛，说今后耕不了田咋办？我说这牛别看现在这么瘦小，到时我给它吃点麦子，它会一个劲地长，就像你一样，你当时不也是一副病恹恹的样？在我家只待了一个月，不全变了？个儿高了，脸红润了，眼亮了，头发黑了多了，奶子大了，屁股翘了……”茂英又吸了口旱烟，烟吸急了，吭儿吭儿地咳起来。村里的老人都吸旱烟。他嫌纸烟太淡，没吸旱烟过瘾。

“你来我这真的只一个月，就变了样……许多村人都后悔，悔当初没要你，就像当初没要美英一样。其实美英是个好女人，可好人不长命，唉！准是我上辈子做了造孽的事，老天爷便这样惩罚我。要不怎不让美英陪我过完一辈子……人老了，喜欢唠唠叨叨，一句话反反复复不知说了多少遍，我也知道儿孙们嫌我唠叨。如果美英在，她准会同你一样，也不会嫌我唠叨，会静静地听我说话。其实我知道你比我更孤单，我们村里找不到一条牛，你连个说话的伴都没有。要不，我现在就牵你去别的村，给你找个说话的伴，要不你会闷出病的，我可不想你病，我想你多活几年，多听我几年唠叨……”

茂贵牵着牛上岸了，村人问：“老倌，去哪儿？”

“给我美英找个说话的伴。”

村人都知道茂贵说的美英是指老水牛。女人美英死后，茂贵就叫水牛为美英。

村人怪怪地笑：“你这死老倌。”

他们准以为我有病呢。我当然没病。那时村里人不种田了，牛一条条被杀了，村子上空天天弥漫着浓郁的香味。杀了牛的人家都会给茂贵端来炖好了的牛肉，茂贵不但不吃，还骂人，骂杀了牛的人没良心，牛操劳了一辈子，还吃牛。按照风俗，牛得自然老死，不能杀牛。牛老死后，得给牛举行隆重的葬礼，主人得给牛下跪，磕头，得向村人哭诉牛的艰辛、牛的勤劳、牛的忠诚。在生产力极低的以前，农民把牛看得极重。没有牛，种不了田。现在没有牛，一样的种田，耕田机、耙地机比牛耕的地要好，还快。因而牛渐渐地不被人看重了。村里一杀牛，美英就掉眼泪，就“哞——哞——”地哀叫。茂贵抚着美英的脸说：“美英，你放心，你走后，我准好好地安葬你，我发誓我决不让你被人吃掉。你为我们家吃了不少苦，流了不少汗。如不是你，他们四个能上大学？我养他们都养不起。”那时村人分田到户，茂贵一家七口人只分到了五亩田地。茂贵便牵着牛到处开荒，为了多开些荒，没日没夜地干。茂贵和牛都累病了。那个春天，茂贵竟开了六亩荒地。开发的荒地远，去趟地里，要走四个小时，打的麦子也靠牛拖。因为多出了六亩田地，打的麦子吃不完，便换成钱。而且水牛每年产一条小牛，那时每条小牛可卖两三百块钱。茂贵这才有钱让三个儿子、一个女儿念上大学了。茂贵把牛看成是他的恩人，也把牛看得极重，他从没拿鞭子打过牛，而且总弄精饲料给牛吃。冬天，牛怕冷，让牛盖自己的被子。

“哞——哞——”有牛叫了。

美英却不走了。茂贵拉它，它也不走。“你不会有事吧？千万别吓我……”茂贵的话没说完，美英“扑”的一声倒地了。茂贵一看，美英的眼也合上了。茂贵一个劲地说：“你怎么这么快就走了？今后谁听我唠叨……我真对不起你，你临走我还让你耕田，你跟我苦了一辈子……下辈子我变牛，你变人，我给你还债……”泪水挂了茂贵一脸。

茂贵说要葬牛，留在家里的三儿子却不同意：“这牛拿到镇上可买六七百块钱呢，顶我一个月的工钱呢。”茂贵拎起一只木凳朝儿子砸去，幸好儿子闪得快。儿子再不敢说了。

牛下葬了，葬在美英的坟旁边。茂贵说：“我马上能见到你们两个了。”

牛下葬的当天晚上，便被儿子挖走了。儿子请来一辆手扶拖拉机，把牛拖到镇上农贸市场，卖了六百块钱。儿子怕茂贵看出破绽，往坑里塞稻草、树枝、石头，什么东西都往坑里放，然后添上土。

茂贵却不知道，他天天来到坟前跟两个美英说话。

恨你一生

大学毕业十年后，在老班长陈寒的热心操办下，他们又聚在一起了。同学们都三个一群、五个一堆聊开了。聊的内容自然很多，相互问，在哪工作？生的是儿子还是女儿？家庭生活怎么样？等等，似有说不完的话。气氛相当融洽，欢笑声此起彼伏。

但夏明一个人孤坐在角落里吸烟，显得很落寞。夏明可能是同学里面混得最差的一个。夏明穿的极寒酸，一件黑色夹克衫，手肘那儿还破了一块，里面的白衬衣因穿的时间久，也由于许久没洗，因而成了白不白、灰不灰的颜色。衬衣的领子也黑糊糊的。夏明的身上也散发出一股很不好闻的气味。因而许多同学都躲夏明，且躲得远远的。

也有同学好心好意同夏明搭灿："你还好吧？在哪工作？"夏明笑着说："一点也不好，在菜市场卖猪肉。同学在哪高就？看你衣着光鲜，满脸油光，准在哪个部门当头。那你要注意点，中央又下了反腐倡廉的文件，你如进去了，我准端碗红烧肉去看你。"夏明这话让那同学气得脸红脖子粗，拳头也握得紧紧的，但终还是忍了，骂句："神经病！"

自然再没哪个同学同夏明搭灿了。

有人悄悄问陈寒："你咋叫这个变态的来？破坏了气氛。"班长说："我也不知道他变成这个样子。大家宽容些，他毕竟是我们的同学。"

陈寒看着夏明，心里很不是滋味。他和夏明可是睡了四年的上下铺，好得两人之间没有什么秘密。陈寒的父亲是企业家，开了一个公司，三个工厂，因而家境极好。夏明的家在乡下，一个月伙食费仅几十块钱。夏明总吃不好，也吃不饱。陈寒总打两份菜，为不伤夏明的自尊心，总说自已吃不完，倒掉又可惜，便往夏明的碗里倒："兄弟，你得帮我。"陈寒还故意要穿夏明的旧衣服，然后故意弄破，再赔夏明新衣服。夏明也对陈寒投桃报李。陈寒的作业总由夏明代做，笔记也由夏明抄好。陈寒一回同体育系的人打架，打输了。夏明知道后，揍了体育系的同学一顿，嘴里说：“你下回再敢打我兄弟，我就白刀子进红刀子出。”陈寒很感动，在他心里真的把夏明当兄弟看了。陈寒还想，大学毕业后，他一定让夏明进父亲的公司。

夏明现在已变得这么陌生。

陈寒主动同夏明打招呼时，也被夏明的话呛得一句话也说不出来了。

吃饭时，没有人愿同夏明坐一桌。夏明就一个人坐一桌，自斟自饮，已达忘我境界。夏明很快喝多了。夏明竟过来敬酒了，脚步摇摇晃晃的。夏明来到陈寒坐的这一桌。物以类聚，陈寒这一桌都是同学中混得最好的，有从政的、有经商的，还有成了家，这个家指作家。从政的已混到处级，经商的也自然不是做的小买卖，而是做数百万元的大生意。夏明举着酒杯说：“我来敬同学们的酒了，你们都是人中豪杰……”可除了夏明拿着杯子站起来，别的人都不站起来，仿佛聋子样没听见夏明的话，瞎子样没看见夏明这个人，都该干啥干啥。好在夏明不在乎，他同陈寒碰了杯，说：“毕竟是住了四年上下铺的好兄弟，还是你看得起我。但是，陈寒，我一点都不感激你，反而恨你，一生都恨你！我落魄成这样，都是你害的……”夏明的声音竟堵在喉下吐不出来了。

所有的同学都朝这儿看。

陈寒一脸纳闷：“你恨我一生？我把你害成这样？我越听越糊涂。”

“是的，是你害了我，但你是好心，可好心办坏事，是你的好心害了我。你还记得田茹吗？长得很漂亮的一个，同我是一个县的，家也在农村。那时许多人追他，可她喜欢上了我……”

陈寒记得田茹，一个个子高挑，走路总头扬得高高的，傲得像公主样。许多人追田茹，却一个个碰得头破血流。谁也没想到，田茹竟看上了夏明。夏明把这事说陈寒听时，陈寒以为夏明吹牛：“别做白日梦啦。”但当陈寒看到夏明同田茹手挽手在一起散步时才信了。

夏明继续说：“那天下雪，我同田茹在一起玩雪……”

在夏明断断续续的叙述中，陈寒才明白了怎么一回事。那天天气极冷，呵口气便成冰。陈寒看到夏明仅穿了件手织的毛衣，冷得嘴唇发紫，身子也抖。陈寒便脱下自己的羽绒服给夏明："这件衣服送给你啦，我寝室里还有件羽绒服。"夏明笑着说："谢谢好兄弟！"田茹的脸上刚才也阳光灿烂，却一下结了层厚厚的冰。田茹一声不哼就走，夏明拉住了："为啥突然不理我？"田茹说："你没骨气。穷不可怕，怕的是没骨气。我看不起你这种没骨气的人。我们分手，今后别联系了。"田茹说到做到，再也不理夏明了。此后夏明陷入深深的自卑之中。这种自卑决定了他的命运。夏明先是在一家工厂做技术员，同夏明一起进厂的当科长了，当主任了，夏明仍是技术员。后来厂里减员增效，被减下来了。他只有卖肉了。

"这，这跟我有啥关系？"

"怎么没关系，如若田茹没抛弃我，那我很自信，那么多优秀的男人她都没看上，却看上我。我其实很自卑，她的离去加深了我的自卑。可她为啥抛弃我？还不是怪你给了我一件羽绒服？"

陈寒说："我也给你讲个故事吧。一男的家里很穷，初中毕业进了一家工厂，还穿补丁叠着补丁的衣服，厂里有位家境好的同事总当众笑他，让他觉得极没面子。可他竟喜欢上厂里的厂花。他向厂花表达了爱意。他第一次上厂花家时穿的大衣是借了那位家境好的同事的。厂花也知道他穿的大衣是借的，他说他不会穷一辈子。后来他真的成了身价千万的富翁。他一直很感谢那位借大衣给他的同事。他富了后，帮了他很多忙。那男的是我父亲，女的是我母亲。"

夏明低下了头，许久才说："对不起，我不该恨你。我落魄成这样与你没关系，都是我自己造成的。"

"待会儿，我带你泡个澡，然后理个发，再带你买身衣服，怎么样？"

陈寒搂住夏明的肩，"要知道我们可是睡了四年上下铺的兄弟。"

"嗯。"夏明点点头。

同学们都鼓起掌来。

夏明也不好意思笑了。

第五辑

上学的路

一　样

村里许多女孩一念完初中，就去城里打工。有的女孩初中没念完就迫不及待去了城里，好像城里有钱捡一样。

那些有女儿在外打工的人家仅二三年就盖了楼房。

过年时，她们大包小包往家赶，她们一个个变漂亮了，脸白了，个儿高了，腰细了，胸脯大了，屁股翘了，嘴唇红了。因了她们的到来，原本死气沉沉的村里一下热闹了，一下朝气蓬勃了。

她们明里暗里比谁的衣服漂亮，比谁带回的钱多，话是笑着说的，但话里或夹棍带棒，或指桑骂槐，很是热闹。

但叶叶总离她们远远的，叶叶念完了高中，没出去打工，而是一天到晚坐在家里看小说写小说，但小说寄出去的多，发出来的少。

父母也要叶叶去打工。

叶叶不愿意，叶叶说，她们在外都干下流活。

母亲说，这谁都知道。

谁都知道还让我去？不嫌丢人？叶叶很气愤。

母亲叹口气，真没办法，现在是笑贫不笑娼。

那我也打工。

母亲又叹口气，想说啥，却啥也没说。

正月初八，叶叶背着包上了一辆去广州的长途汽车，叶叶到了广州，因没文凭，又没技术，叶叶又不想进酒店当服务员，更不想去发廊当小姐。因而一连十几天，叶叶都没找到合适的活。后来叶叶见一家作文培训学校招老师，叶叶带着了她发表的十几篇小说去了。校长对叶叶很满意，许诺一个月给叶叶三千元，如果叶叶的课讲得好，学校招收的学生多，还给叶叶发奖金。

后来叶叶讲课讲得好，学生都爱听，批改作文也认真。学生写作文的进步很大，家长也极高兴。一位家长为叶叶出谋划策，让叶叶单独开家作文培训班。在那位家长的帮助下，叶叶的培训班开起来了，第一期竟招到了一百三十位学生。

一年下来，叶叶竟挣到二十几万。

过年时，叶叶也衣锦还乡了。

闲聊时，有人问叶叶在酒店还是在发廊里。叶叶红了脸，说，我同你们不一样，我是开作文培训班挣钱……叶叶的话没说完，村里几个女的眼一蹬，嘴一撇，鼻孔里哼一声走了。叶叶追上去说，你们不信，可以去我那儿看，我把地址给你们。没有一个人回头，只飘来一二句，她说她同我们不一样？做了婊子还想立牌坊。叶叶气得眼泪都掉下来了。

叶叶就对母亲说，我同她们真的不一样，我挣的是干净钱……

母亲却没心听，嘴里含糊地应，嗯，不一样……其实也一样。我知道你怕丑，时间久了就不觉得了……

母亲竟也以为自己靠身子挣钱，叶叶的泪一下涌了出来，叶叶哭声吼起来，我同她们不一样，不一样……

后来叶叶一见村人就说，我同她们不一样，我挣的是干净钱……村人一见叶叶就躲。

也自然没有一个村人相信叶叶的话。

正月初二，邻村的树林托媒人来叶叶家提亲了。树林同叶叶是高中同学。树林在上海打工。叶叶答应了这门婚事。只是第二天，叶叶就反悔了。正月初三，树林约叶叶去城里看电影。县城不远，四五里路。两人是走着去的。两人都怕没话说尴尬，都寻找话题，后来话题就扯到了一些女人靠身子挣钱的事上。叶叶问树林对此有什么看法，树林说，这可以理解……听说你在广州一年挣了二十几万？这种钱挣的多容易。到时，我们结婚了，你还可做，我看得开……

叶叶再忍不下去了，狠狠地给了树林一巴掌。

树林被打蒙了，许久才对着叶叶的背影骂，我说错了？你在广州不做婊子，一年能挣二十几万？

正月初四，叶叶就出门了。正月初四出远门是不吉利的，母亲要叶叶再待两天。叶叶不肯，叶叶一秒钟也不想在家里待了。

过年时，叶叶没回家。

一连几年，叶叶都没回家。

叶叶同广州一当地人成了家。

这年的正月初九，叶叶的父亲八十岁大寿，叶叶带着丈夫回来了。酒桌上，村里人对叶叶的丈夫说叶叶做小姐的事。叶叶的丈夫不相信，说他第一次要叶叶时，叶叶还是处女，痛得大声叫，咬破了他的嘴唇。轮到村人蒙了，难道真错怪了叶叶？难道叶叶同村里的女人真不一样？片刻，一男人说，处女膜可以去医院做假的，其他的可以装出来。叶叶丈夫的脸当即黑下来了，一杯白酒一口干了，然后愤怒地离了席。

片刻，传来叶叶同她丈夫的打骂声。

叶叶在前面跑，边跑边喊，我同她们不一样，我没做过小姐……叶叶的丈夫在后面追，边追边骂，骗我，看我不碎了你的骨头……

叶叶前面再没路了，被鄱阳湖挡了，叶叶眼一闭，往湖里跳了。叶叶的丈夫便朝看热闹的村人跪下来，求你们救救我的叶叶。没有一个村人动。叶叶的丈夫跳下湖了，但显然不会游泳，在湖里乱扑腾，他大吼，求求你们！救……但湖水灌进他的嘴里了，声音吐不出来了。

上学的路

梅子的弟弟都上学了，可梅子仍在家放牛。梅子吵着要上学。母亲说：“女娃要上啥学？再说我们家也没钱。”村里女娃上学的少，穷是一个方面，主要还是重男轻女。梅子说：“家里没钱，哥哥和弟弟怎么有钱上学？今年你再不让我上学，我不放牛，也不洗饭碗，啥事都不做。”母亲被吵烦了，说：“你想上学行，那你自己去挣学费。”

那时一年级的报名费要三十块钱，还有四十天就开学了。母亲知道九岁的梅子四十天内绝对挣不到三十块钱。母亲要梅子知难而退。哪知倔强的梅子一口答应了。

梅子想到了卖冰棒卖冰糕挣钱，但梅子没有本钱。梅子的哥哥掏出一支钢笔说：“这钢笔是我写作文在全校获第一名的奖品。这钢笔值三块钱，你把这钢笔卖了。”其实这支钢笔是梅子的哥哥捡的，他担心梅子不要他捡的东西就撒谎。梅子拿着钢笔去了村长家。梅子掏出钢笔说：“村长，你能买我这支钢笔吗？”村长接过钢笔，这不是自己丢失的钢笔吗？“梅子，这钢笔哪来的？”梅子说了，还说了卖钢笔的缘由。“你想卖多少钱？”村长笑着问。“我哥说值三块钱。”村长掏出五块钱递给梅子：“这钢笔值五块钱。”

梅子花两块钱买了一个塑料冰棒箱，然后批了十根冰糕，二十根冰棒。梅子第一天挣了九角钱。

许多次，梅子想吃根冰棒，每次拿了冰棒又放下了，有几次冰棒纸都揭开了，但被梅子重新包好了。口渴的梅子只有趴在水塘边或者趴在水沟边喝水。

梅子卖冰糕的第五天，她刚批了冰棒冰糕，突然下起雨来。梅子原以为雨下一会儿就停，但雨没停的意思，一直下。梅子急得快哭起来，下雨天，天气凉爽，很少有人买冰棒冰糕。过一个晚上，冰棒冰糕就会融化。梅子带把伞在村里叫卖："冰棒，冰糕哟。"先是小石头买了一个冰糕，然后是小南瓜买了一个冰棒。连王婆婆都买了根冰糕。王婆婆一辈子没生育，吃五保。王婆婆平时从不舍得乱用一分钱，如今却花一角五分钱买梅子的冰糕。梅子心里知道王婆婆是在帮她，小石头、小南瓜也是在帮她。

后来梅子再不在村里卖冰棒冰糕，而是去别的村卖。

一回，梅子背了一箱冰棒冰糕，没看清脚下，被一块石头绊倒了，冰棒箱也滚进了山沟，里面的冰棒冰糕散了一地。梅子爬下山沟，冰棒冰糕全摔碎了。梅子蹲在地上伤心地哭起来。陈福根老人见了哭泣的梅子，问梅子哭啥。梅子说："冰棒冰糕全碎了。"陈福根说："这有啥哭的？你想挣回损失的钱？"梅子点点头。陈福根掏出张纸，把纸铺在梅子的冰棒箱上，然后掏出笔写：儿子，我们村里的梅子靠卖冰棒自己挣学费，她摔了一跤，冰棒冰糕全碎了，你见了这封信，给她三块钱，这是她送这封信的报酬。陈福根说："你把这封信交给我儿子，他就会给你三块钱。你真帮了我大忙，这么热的天，我去镇里同儿子说上几句话，那不热死我不累死我？"梅子很高兴地接过信。梅子知道陈福根的儿子在镇里的百货公司上班。

梅子从陈福根的儿子那接过三块钱，去了批发冰棒冰糕的地方。批发冰棒冰糕的小伙子见了梅子，说："今天怎么卖得这么快？上学的钱还差多少？"梅子说；"我摔了一跤，冰棒冰糕全摔碎了。"小伙子笑着说："摔碎了好。"梅子一脸愕然。小伙子说："批给你的冰棒冰糕坏了，变质了，一股苦味，不能卖，有人来退货，我才知道，所以这回给你的冰棒冰糕不收钱。"

梅子见了卖冰棒的木生，问："你的冰棒冰糕坏了没？"木生说："没呀！"梅子对木生说了小伙子不收她钱的事。木生说："他是在帮你呀！他想你能早些挣够学费。其实许多人在帮你！"梅子又想到她只要一到某个地方卖冰棒，那个地方卖冰棒的人就走了，他们都让着她，都不同她抢生意。

报名的第一天，梅子带着三十块钱来到学校。但梅子一打听，学费竟涨了，一年级的学费要三十五块钱。梅子很失望，陈寿桃老师抚着梅子的头说："怎不报名？"梅子说："还少五块钱。"陈寿桃老师笑了："你脚下不是有五块钱吗？"陈寿桃老师捡起钱递给梅子，梅子不接钱："这钱不是我的，不是我的不能要。"弟弟便拿了五块钱递给梅子："姐，我回家跟娘说不小心掉了五块钱，大不了挨一顿打。”梅子说：“不行，我要自己挣钱。后天不是还可以报名吗？我再卖二天冰棒就是。”

梅子垂头丧气地回了家，母亲说：“没报上名？”梅子说：“学费涨了，要三十五块钱。”母亲说：“你不是有三十五块钱吗？拿钱来我数数。”母亲接过梅子递过来的钱，数了一遍：“这不是三十五快钱吗？这么大的人数钱都不会数。”梅子数了一遍，真的是三十五块钱。梅子知道母亲添了一张五块钱。这三十块钱，梅子不知数了多少遍。再说梅子的钱梅子认得。

梅子如愿以偿背上书包了。梅子读书很勤奋，每回考试都是全年级第一。

后来梅子考上了清华大学，她是全县第一个考上清华大学的。后来梅子出钱在村里盖起了一所学校，村里人都感激梅子。梅子说：“该我感激你们，如果没有你们的帮助，那我的上学路遥远得看不到头，是你们，让我的上学之路变得这么近，近得只要走几十步路……”两行泪水从梅子的眼眶里涌出来，梅子也不拭，任泪水尽情地淌。

王老师下岗

按照县文教局下达的文件，星火村小学要有一名老师下岗。下岗的老师拿基本工资。刘校长不知道让谁下岗好。

后来刘校长学习别的学校的做法，无记名投票。刘校长觉得这个方法很好，透明度强而又比较公正，更主要的是他这个校长不会得罪人。

学校小，又简陋，没会议室。往日开会都在刘校长的办公室开。以往开会前，老师们都有说有笑的，天南地北乱扯，这回开会，都闷坐，吸闷烟喝闷茶。屋里烟雾缭绕的，气氛很是沉闷。刘校长很想让气氛活跃些，就讲了个带荤的笑话。可老师们今个像聋子样的似乎没听见。老师们见刘校长讲完笑话笑了后，便也跟着笑，可笑得干巴生硬，仿佛那笑是画上去的，比哭还难看。刘校长也很觉无聊，也喝起闷茶。刘校长的目光不停地往窗外看，可是仍没王老师的影。往日，王老师开什么会都准时，今天被什么事耽搁了？在所有的老师中，刘校长最喜欢王老师。王老师的业务能力极强，他带的毕业班升学率在全乡是最高的。王老师还特别爱学生，哪个学生家里有困难，交不起学费，他就从口袋掏钱垫。哪个学生有个三病四痛的，他就带着学生去乡医院治疗，医药费也由他出。因而王老师深得学生们的爱戴。王老师多次被县文教局评为优秀教师。

一位老师说："刘校长，这会就开吧。"

刘校长说："不行，王老师没到，得等。"

老师们又只有吸闷烟。老师们争着散烟，散的都是平时不抽的好烟。往日老师散烟，只给旁边的人散，今天每个人都散。连平时不吸烟的张老师也买了包"红塔山"烟。又都争着倒茶，每位老师的茶杯都是满的。喝上一两口就有人倒满。

这时，王老师终于来了。王老师满脸的汗水，王老师气喘吁吁地说："我有点私事耽搁了，让大家等这么久，真不好意思。"

刘校长说："开始开会了。这回会议的主要内容是，根据县文教局下达的文件，我们校要有一名老师下岗……到底谁下岗？我也不好定。别的学校都是无记名投票。如果大家没意见，我们学校也采取无记名投票。"

老师们都表示同意。

刘校长就发选票。选票上印着所有老师的名字，认为谁该下岗，就在谁的姓名后面打上勾。

选票很快收上来了。

想不到王老师得的票数最多。

王老师说："我知道你们是为了我好，才让我下岗，可是……唉！"王老师叹着气出了门。老师们都松了口气，静了会儿，老师们都说："让王老师下岗，是我们在帮他。"老师们说的是实话。王老师的老婆在城里开了家酒店，生意极好，一天挣的钱顶王老师两个月的工资。王老师的老婆忙不过来，几次想要王老师留职停薪帮她经营酒店，可王老师不听，仍教他的书。这个学期，王老师的老婆找到刘校长，要求刘校长给王老师办留职停薪手续。刘校长说："王老师同意，我们就办。"王老师在刘校长办公室里同他老婆吵起来。王老师的老婆说："你如执意在这破山沟里教书，那我们就离婚。"老师们想到让王老师下岗是帮了他的忙时，心里的愧疚没了，一个个很轻松。今后王老师在城里享福，再不要在这穷山沟受苦了。

王老师是晚上一个人偷偷地走的。第二天，学生们知道王老师走了，都泪水涟涟的。后来一个女学生忍不住哭出声，所有的学生都跟着号啕大哭起来，一时，整个学校泪雨纷飞。老师们的脸上也挂着泪。

这时，学校里又来了一名中年妇女。中年妇女是找王老师的。当妇女听说王老师下岗时，便冲动地抓住刘校长的衣领说："你这个校长怎么当的，王老师那么好的人怎么会下岗。如昨天不是王老师，我的儿子早没命了……"原来妇女的儿子发急病，晕倒在地上，是王老师抱着妇女的儿子上了医院。难怪王老师昨天开会迟到，可王老师只是说他有点私事耽搁了。刘校长的眼睛便发涩。

一个月后，刘校长去城里给学生买辅导教材。刘校长提不动，看见了一辆“蹬士”，忙挥手喊：“踩蹬士的，踩蹬士的。”“蹬士”到了刘校长眼前，刘校长“呀”的一声惊叫：“王老师，怎么是你？你怎么踩起‘蹬士’？”

王老师笑着说：“我怎么不能踩‘蹬士’？”

刘校长说：“你怎么不帮你老婆经营酒店？”

“她早已不是我老婆了。我下岗以前就离了婚。”

“为什么要离婚？”

“她一直坚决反对我教书，可我最喜欢做的事就是教书。”

刘校长觉得喉头像有什么东西堵住了，一句话也说不出来了。

奇特的谋杀

村后的树林里又发现一具老人的尸体。

半个月前在树林里已发现一具老人的尸体。

都是头部遭重物所击而死。显然凶手是同一个人。那么凶手为什么选择老人为作案的对象呢？谋财害命？可两位老人口袋里的钱仍在。仇杀？两位老人脾气都极好，同村人相处极融洽，与村人脸都没红过，更别说有什么能招来杀身之祸的仇人。那么是情杀？两位老人都七十岁以上，走路都得拄着拐杖。村人都说两位老人都是作风正派的人，从没与别的女人有过瓜葛。

但细心的警察了解到半个月前被杀害的老人是村里年龄最大的，现在被杀的男人年龄在村里第二。如果照这样推理，那么下一个就是年龄在村里排第三的老人。

这个老人就是八根。八根已七十五岁了，是个没儿没女的孤寡老人，吃五保。

警察便暗中保护八根。

八根在村里的辈分最高。村里有什么红白喜事，他都坐上座。另外他对办丧事的那套烦琐的程序极其了解，因而办丧事时，八根总是“主事的”。

“主事的”权力极大，可以支唤村里任何人，让谁干啥就干啥。如谁做“八仙”，谁放铳，谁接待客人等，都由“主事的”说了算。

在办丧事的那三四天，八根觉得极充实，也极其风光，他受到了村里所有人的尊敬。全村人的目光都注视着他。

只是丧事完了，八根又回到他那幢冰冷的泥坯屋。办丧事时，八根吃住都在别人家。八根又过起那种时间不知怎么打发的日子。

老年人睡眠少，八根总睁着眼睛望着窗外，盼天亮。但天亮了，八根仍然没事做，便又盼天黑。八根想，要是以前换了老婆，那就有了子女。那自己也早已抱上曾孙了，做太爷了。八根的女人不会生，女人让八根休了她，但八根舍不得。若他休了女人，那女人一辈子会被人瞧不起，也没男人再要她，那她将一个人过一辈子。女人很感激八根没休她，因而把八根服侍得极好。

唉，若女人没死，那自己也不觉得时间这么难打发。八根又叹气。八根很喜欢叹气，女人死后，他就养成爱叹气的习惯。他动不动就叹气，他觉得叹完气极舒服。

八根很喜欢小孩。他口袋里总放些糖果，谁陪他玩就给谁糖果吃。这些糖果他一颗也舍不得吃。村里一个月只给他一百块钱，他一个月吃喝拉撒全靠这一百块钱。

一回八根同几个小孩玩“过家家”。八根当男人，一个小女孩当他的女人。“吃”完晚饭，他抱着女孩躺在稻草上“睡觉”时，女孩的母亲碰见了，便打自己的女孩，又骂八根老不正经。

再没哪个小孩陪八根玩了。谁陪八根玩，谁就遭到父母的打骂。

后来八根为打发时间捡过垃圾。村人却不准八根捡垃圾。有邻村的人问：“你们村那么穷？连个五保户都养不起？若养得起，八根怎么会捡垃圾？”村人对八根说：“你若想捡垃圾，就别要村里的一百块钱。”八根不再捡垃圾了。

八根进了富根的家。

八根要富根去鄱阳湖滩上走走。富根不想去，八根求了许久，富根才答应了。两人来到湖滩上，八根喊：“快来看，一只这么大的甲鱼。”富根走过来，伸长脖子看：“哪里有甲鱼？……”八根一推富根，富根“扑通”一声掉进鄱阳湖了。

一位警察跳进了鄱阳湖。另一位警察给八根戴上了手铐。

怎样让局长骂我

周局长在部队里当了连指导员就转业了。部队干部转业到地方，都要降一级使用。连指导员分配到地方，最多当个股级干部。可周局长因他老连长当市委副书记，因而周局长一转业，就当上副局长了。一下成了副处级，不但没降，反而升了一级。

三年后，局长退下来了，周副局长也成为周局长了。

周局长仍保留着部队办事的作风，果断、说一不二。性子直、喜讲感情。周局长要求局里所有的人都听他的。许多人在下面嘀咕，说周局长是个一手遮天的人。但周局长的老连长已当市委书记了，局里的人也只能暗自嘀咕而已。

周局长还喜欢骂人。

当然周局长并不是什么人都骂，而是对他信得过的人才骂，办的事让他满意，他就高兴的骂。办的事办得让他失望，他就黑着脸骂。骂你骂得越凶，骂得越多，越证明周局长对你越亲近。

因而周局长一骂谁，谁就极高兴，这说明周局长把他当成自己人了。骂得越凶，说明他对你越信任。

局里的人都把能挨局长的骂当成一种荣耀，当成一种待遇。

局里被周局长骂得最多的最凶的是办公室杨主任。杨主任也是部队转业，是周局长要过来的。因而局里的人敢不听几位副局长的话，却不敢不听杨主任的话。

许多人私下猜，杨主任肯定会升为副局长的。

果然，局里一位副局长调走了，杨主任就成为杨副局长了。

那时局里没挨过周局长骂的人都想方设法想挨周局长的骂，挨过周局长骂的人，一样想方设法想多挨周局长的骂，想让周局长骂得更厉害。

我来局办公室当秘书两年了，可周局长从没骂过我一句，总对我客客气气的。我想这可能与我的姑父是市长有关。更糟糕的是，市领导班子不是很团结。这不团结主要是市委书记和市长不团结。

因而我在局里受到排挤。工作起来，处处碰壁，这主要的原因还是周局长从没骂过我。周局长没骂过我，就证明我不是周局长的人。那些时时挨周局长骂的人就同周局长步调一致，在工作上百般刁难我。有一回，我让打字员打印一份材料，可打字员一拖再拖，说手头要打的东西极多。当周局长向我要材料时，我说打字员还没打出来，我一星期前就把材料给她了。周局长叫来打字员，开口就骂："陈秘书让你打的材料，你怎么没打？你再这样不听陈秘书的话，我让你守大门去。"打字员说："我现在就打。"打字员一转身，脸上洋溢着幸福的笑。步子也变得轻盈而有弹性。周局长换了一副笑脸和善地对我说："陈秘书，别同她一般见识。"那时我真想说，周局长，别对我这么客气，你也骂我几句吧。

瞧瞧，因周局长不骂我，连打字员都敢与我对着干。不行，我一定要让周局长骂我，要不，我别想在局里待了。可怎样让周局长骂我呢？

我想了一个晚上，想得脑壳痛了，才想出一个让周局长骂我的办法。周局长一上班，我就帮周局长倒茶，我故意让周局长的瓷茶杯掉在地上，茶杯碎了，周局长没骂我。我忙从办公室拿来一只花二百多块钱买的磁化茶杯，说："周局长，这磁化茶杯是不锈钢的，摔不破。"

周局长不收我的茶杯。我说："损坏了东西要赔。"周局长客气地说："一只瓷茶杯值几块钱？这茶杯，我们单位多的是。你再去仓库拿一只就是。"

唉，我这磁化茶杯白买了。

不，我一定要让周局长骂我。

这天晚上，周局长在沿江路散步，灌木丛里突然蹿出一个拿着匕首的蒙面男人，那个男人把周局长拉到灌木丛里，恶狠狠地说："你要钱还是要命？要命快把钱拿出来。"这时，我"碰巧"路过，手无寸铁的我同拿着匕首的歹徒搏斗起来。搏斗的结果是我的手臂挨了一刀，鲜血直流。歹徒跑了。

周局长亲自把我送到医院。

路上，周局长对我破口大骂："你这混蛋为了我连命都不要了。如你真有个好歹，我怎么向你父母交代？那我会愧疚一辈子，那我不被你害苦啦？你这样的傻蛋，我还是第一次遇见……”

周局长终于骂我了，幸福的泪水从眼眶里哗的一下淌下来了。

这时，进来两个警察。一个警察拿出手铐铐在我手腕上。周局长问：“你们这是干什么？”“是他主使人抢劫你。抢劫你的人已被几个见义勇为的人抓住了。歹徒全招了。”周局长的脸愤怒得变了形，眼珠子都快掉出眼眶了：“你为什么叫人抢劫我？”“我，我想让你骂我……”我的头埋到裤子里了。

“我操你妈！”周局长骂了一句，拂袖而去。

泪水再一次从我眼眶里淌出来了。

我想像你姐

那天，晓晓到婺源县的小雨村参观明朝的建筑。进村口时，晓晓见一位十一二岁的男孩紧紧跟在她身后，晓晓走到哪里，他也跟到哪里。晓晓停下来，男孩也停下来，男孩的眼珠一动也不动粘在晓晓脸上。

晓晓问男孩，你为啥跟着我？

男孩说，你像我姐姐一样好看。如果我姐姐不死，也准同你一样大。

晓晓说，我毕竟不是你姐姐，你别跟着我。

男孩说，我们能一起照张相吗？我姐姐从没照过相。

晓晓说，同你一起照相行，但你得把你脖子上的竹项链给我。晓晓早注意到男孩脖子上的竹项链了，竹项链做工很精美，一粒粒竹珠子磨得圆溜溜光滑滑的，做这条竹项链得花不少时间。

男孩摇摇头说，这竹项链是姐姐特意做给我的，我不会给任何人的。

男孩很失望地走了。

晓晓一连游了几个景点，晓晓走了不少路，感到累。走到小雨村村口时，晓晓就在村口的河边坐下来。晓晓的脚伸进河里，河水柔柔地淌过晓晓的脚板，晓晓酥痒得直想笑。后来晓晓又把手伸进河里，可挎在肩上的手提包掉进河里了。晓晓忙去追手提包，却追不着，手提包随着河水越流越远。

晓晓见河堤上有十几个小孩，晓晓急着求他们，小兄弟，你们谁会游泳，帮我下河追手提包吧。晓晓自然急，那包里有她的身份证、火车票，还有一千多块钱。

一个男孩说，帮你拿到手提包，你拿啥给我？

晓晓说，你想要啥？

那男孩说，想要你脖子上的项链。

晓晓自然舍不得给项链，项链花了她一千多块钱。晓晓说，你的心太狠了，下河拿个包就要项链。

男孩说，你的心不狠。起初，木子想同你照张相，你竟要他姐姐送给他的项链。

晓晓这才知道那个想同她合影的男孩叫木子。晓晓说，要不，我给你100块钱吧。

谁要你100块钱？

晓晓看着越漂越远的手提包，急得直跺脚。晓晓这时看见木子了，晓晓惊喜地喊，木子兄弟，你会游泳吗？你快帮帮我，我的手提包掉进河里了。

那些男孩都喊，木子，别给她拿手提包。

晓晓的眼泪都掉出来了，木子，帮帮我，你拿到了手提包，你想同我照多少张相都行。

木子很快拿到了手提包。

晓晓接过手提包，激动地说，木子，谢谢你！晓晓又从包里掏出200块钱递给木子，木子不接。

晓晓说，你不要钱？——哦，我知道你是想同我合影，来，我们合影。晓晓说着拉木子，木子挣脱了晓晓的手，摇摇头说，我现在不想同你合影。

晓晓问，为什么？

木子看了眼晓晓的脸说，你只是相貌长得像我姐，其他的地方一点也不像我姐。

晓晓又问，你既不要钱，又不想同我合影，那你为什么下河帮我拿手提包。

木子说，我想像我姐那样，我姐总是乐意帮人，她帮人从不要回报。我姐就是为救掉下河的小孩而淹死的。

晓晓羞愧得脖子都红了。木子看都不看晓晓，就往村里走。

晓晓喊，木子。

木子站在那儿。

晓晓说，木子，你信不信，我今后会越来越像你姐。

木子说，我信。

哭　嫁

再过一个星期，月英又要出嫁了。这是月英第三次出嫁。月英第一次出嫁才十七岁，嫁的是舅舅的儿子。鄱阳湖一带很盛行“姑表婚”，姑母之女必须嫁给舅舅之子，名曰“接骨种”，“生女还之母家，曰一女来一女去”“姑妈女，顺手娶”。那时月英不想嫁表弟，表弟比她小四岁不说，还有痨病，整天“咳儿咳儿”地咳不停。身子也瘦小单薄，走路时活像一只鸭子，仿佛一阵风就可以把他吹走。那时有许多各个方面都不错的小伙子看中了月英，月英也偷偷喜欢一个叫黑牛的。黑牛壮得像头牛，身上的肉硬得像石头一样，胸脯厚实得如一堵墙。月英晚上总是做被黑牛搂在怀里的梦。但这事由不得月英。月英也反抗过，一切却是徒劳。

出嫁前一天的那个晚上，月英哭了一夜，也骂了一夜父母：

我的牙齿还没长齐呀，
做饭洗衣都不会。
背柴挑水做不起，
你们就狠心把我推出门。
你们刚生我时，
应把我往鄱阳湖里扔……

这儿有哭嫁的风俗，新娘在出嫁前半个月就哭起，当地人都把能否会哭嫁作为衡量女人才智和贤德的标志。因而女人一定好亲，便为哭嫁忙，哭嫁有哭父母，哭哥嫂，哭伯叔，哭姐妹，哭媒人，哭梳头等等。这些歌词尽管有现成的，但女人为显示自己才智，都一个个编自己的词，唱自己的调。月英都没准备，她是随口唱的。别的女人哭嫁有做戏的成分，月英没，唱的恨，唱的怨，唱的愁，是心底的恨，心底的怨，心底的愁，因而唱得哀婉悲凄。

许多人听了，心里都凄凄的。有心软的女人，陪着月英落泪。

一脸泪水的黑牛再也忍不住了，他去了月英房里，把月英往肩上一扛，便往外冲。但很快被月英的父亲、叔伯追上了。他们手里都拿着扁担。如不是月英伏在黑牛身上，黑牛准会被打死。

仅二年，月英的表弟便做了短命鬼。月英回到娘家的当天，花子便在月英的父母家门口放了一挂鞭炮。当地有这种风俗，无论哪个女人，只要未成亲，只要满十八岁，哪个男人看中这个女人，便在这女人门前放挂鞭炮，便算定亲，女方任何人不得反对。黑牛知道后，悔得肠子都青了。他一得知月英回家了，便去买鞭炮，哪知还是来晚了一步。黑牛气得不停地拿拳头打自己的头，嘴里说，要是我早买了鞭炮就好了，早买了鞭炮就好了。反反复复就这句话。月英在出嫁前几天哭得死去活来：

十五岁定亲十七迎，
十九岁守寡到如今，
高哭几声心上人听，
低哭三声我跳苦井……

月英血红色的哭声铁锤样一下一下地敲打着黑牛的心，黑牛痛得在地上打滚。一只乌鸦飞来，歇在树枝上，对着黑牛呱呱地叫。

哭我一十一，走到坡上去，
一来打猪草，二来种田地。
哭我一十七，嫁到婆家去，
配个小郎不知事，全靠我自己……

村子被月英黑汪汪的哭声裹得严严实实的。一群乌鸦飞过来，在村上空飞来飞去。狗不知出什么事，对着头上黑压压的乌鸦惶惶不安地乱叫。

只是三年后，月英又成了寡妇。因花子的弟弟还没有女人，按照风俗，月英应做花子弟弟的女人，称为坐床，意思是弟坐兄床。

月英又哭：

背柴挑水，牛马样做，
肩膀压肿了，还不顺人家的意。
洗衣搓麻，从日出做到月起，
十指磨烂了，还不顺人家的心……

黑牛在山坡上，吹起笛子。笛声很悲凄，和着月英的哭声在村子上飘来飘去。黑牛的泪水流了又干，干了又流。

月英哭了一夜，黑牛吹了一夜笛。

第二天晚上，月英又哭，黑牛又吹笛。

又是一夜。

第三夜，月英还哭，黑牛感到肠都断了，心也裂成了几瓣。黑牛再也熬不下去了。黑牛来到月英的窗子前，说，月英，我们逃吧，逃得远远的，逃到天涯海角……

月英哭着说，不，我不能害你。我是个扫把星，算命的也说我是克夫相，谁娶了我谁就会死……

我情愿被你克死……

月英的声音变冷了，你走吧。月英看见自己的心在滴血，别人说她克夫，她没有心被刀割的感觉，可黑牛竟然也这样说她，她的心痛得揪成一团，痛得全身冒冷汗，痛得四肢不停地抽搐。黑牛却仍说，真的，我说的是真心话，我真的情愿被你克死……

月英不理黑牛，仍哭：

风也吹来雨也打，爹娘把我拉扯大，

爹背晒成糊锅巴，我娘晒成风筝架。

只送父母团圆坐，谁知今日永分离，

哭声爹来刀割肠，哭声娘来箭穿心……

月英突然不唱了。

第二天一早，月英的母亲喊月英起床，喊了几句没人应。月英的母亲凑进门缝往里一看，月英把自己直直地挂在屋梁上。

布谷声声

“庆林，做什么噩梦了？醒醒，快醒醒……”敏霞轻轻摇着庆林的肩。

庆林的额头出汗了，脸痛苦地痉挛成一团，嘴里发出“呜呜”的声音，声音极其吓人，像狼对人发出的警告声，满含威胁，又极力压抑着。

“醒醒，醒醒。”敏霞的手上加大了力度。

庆林醒过来了。敏霞贴上去，把庆林搂进自己怀里：“梦见啥了？”

“听见了布谷声。布谷鸟在空中一个劲地叫，老公老婆，割麦栽禾。”

敏霞在乡下也喜欢听布谷鸟的叫声。阳春三月，每天一清早，布谷便在村子上空来回飞，嘴里叫个不停，老公老婆，割麦栽禾。村人不好意思睡懒觉，纷纷起床了，不是去割麦，就是去栽禾。但敏霞猜庆林只说了梦的一部分，庆林听见了布谷鸟叫，不会发出那种吓人的声音。敏霞说：“布谷鸟的叫声有什么可怕的。”庆林的头埋在敏霞的胸怀里，感到气都喘不过来，把头伸出被子外，狠狠呼了几口气说：“麦香死了。”“麦香？麦香是谁？”庆林从没对敏霞说过麦香。

麦香是庆林的第一个女人。

两人是一个村里的。两人一块上学，一块玩。到了谈婚论嫁的年龄，两人自然而然地好了。好了两年，便结婚了。

婚后的第一年，庆林很勤快，布谷鸟一叫，庆林就起了床，拿着把镰刀去割麦，或者挑担秧苗去栽。

麦香自然也起了床，拿把镰刀或挑担秧苗跟在庆林后面。

两人在水田里栽禾时，布谷鸟就在头顶上叫，老公老婆，割麦栽禾。麦香说：“布谷鸟在夸我们勤快呢。”

只是庆林和麦香在田地里辛苦地耕作一年，一算账，不但没赚到钱，反而赔了钱。

婚后第二年，任凭布谷鸟在庆林的屋顶上怎么叫，庆林也不愿起床。庆林还不让麦香起床，要麦香陪他睡。

田地都荒了。

过了端午节，庆林同麦香去南方打工了。

庆林遇到以前一个叫志朋的初中同学。志朋做大生意，在城里有车有房。志朋见到了麦香，眼睛便粘在麦香的身上。志朋把他的意思对庆林说了，如麦香能给他一回，他便介绍一宗能挣十万块钱的大生意给庆林做，庆林同意了。庆林同志朋拼命灌麦香的酒。

当麦香醒来时，放声痛哭。麦香回家了。麦香拿根绳子把自己挂在一棵枫树上。那棵枫树有庆林刻的字："庆林爱麦香一辈子。"那天傍晚庆林把麦香带到枫树跟，麦香见了那行字。麦香在枫树下献出了自己的初吻。几个月后又把自己的身子给了庆林。那时麦香对庆林说："若你今后做了对不起我的事，我就吊死在这棵枫树上。"

敏霞开了灯，给庆林倒了杯茶。灯光下，敏霞的头发鸡窝一样蓬乱着，脸上的皱纹挤挤密密的。胸脯尽管大，却松垮垮的，如只装了棉花的布袋垂在胸前。庆林突然对这个比自己大二十多岁的女人感到极其厌恶，厌恶得只想吐。庆林说："我想回老家。"敏霞说："十万块钱你不要了？"讲好庆林陪敏霞一年，敏霞给庆林十万。庆林点点头："不要了。"

但庆林没回老家。庆林不敢回，他担心麦香家的人不会放过他。

没多久，庆林便成了美玉的老公。

这天晚上，庆林又做梦了，庆林又听到布谷鸟的叫声，老公老婆，割麦栽禾。庆林还看见割麦栽禾的麦香。待庆林看见了把自己挂在枫树上的麦香时，哭喊着，醒了。庆林发现美玉不在床上，美玉在客厅里打电话。庆林蹑手蹑脚走出房，听到美玉说："我们的儿子很顽皮，总在我肚子里翻来翻去的。你什么时候能离婚？我同他一分钟也不愿待了……"其实庆林早知道美玉在外有男人，也知道美玉肚子里的孩子不是他的。美玉同他结婚，只是为了对亲朋好友有个交代，为了给他肚子里的孩子找个父亲。

庆林走到客厅，夺过美玉的手机，往地上狠狠一摔，顺手给了美玉一巴掌。美玉被打傻了："不是讲好你是我名义上的丈夫吗？不是讲好你不能干涉我同别的男人交往吗?”庆林把美玉抱起来，往床上一扔，便解美玉的衣服。美玉不停地挣扎，这让庆林更亢奋了。庆林的动作极猛烈，美玉双手护着腹部。庆林把美玉的双手拿开，整个身子压在美玉的腹部上，恶狠狠地说：“压死这个杂种！压死这个杂种!”

事后，庆林对美玉说：“我们离婚吧。”“离婚？你不想要五十万?”庆林说：“我想听布谷鸟的叫声，我已好久没听见布谷鸟的叫声了。”美玉自然听不懂庆林的话，只愕然地望着庆林。

几天后，庆林便来到枫树下。

枫树下有座坟。

庆林知道麦香睡在里面。庆林跪下了，泪水“哗哗”地往外淌。布谷鸟在庆林头顶上盘旋，一个劲地喊，老公老婆，割麦栽禾。老公老婆，割麦栽禾。

远远地望着你

秋生没想到春生对他说出这样一句话："你挣钱多有啥用？有啥了不起？我是没钱，但我的儿子不见得挣不多钱……"

秋生听了这话，脸倏地一下白了，白得像纸一样。整个身子也颤抖着。春生这话戳到他的痛处了。秋生只生了一个女儿，没生儿子。不是不想生，而是女人水芹生不出。水芹生女儿后又怀了五次孕，可照了B超，都是女儿，都去医院做掉了。但秋生也不是省油灯："你生个儿子又有啥了不起？还要看能不能开花结果。许多人不是被车压死了不是被水淹死了不是病死了？再说你就能肯定我没有儿子？我今年就生个你看。水芹生不出，我去外生一个。"

吵架的原因是为供养爹妈的事。秋生在县城里开了家饭馆，赚了不少钱。春生只有种田，赚不到钱。秋生说供养父母的钱一人一半，春生不同意。说着说着，秋生就说出上面的话了。

回到家的秋生把水芹递过来的茶杯狠狠地摔在地上。水芹因没给秋生生儿子，心里一直觉得对不起秋生。水芹柔声细语地说："又有啥不顺心的事？""春生骂我绝后。"以前秋生一直叫春生为哥，现在改口叫名字了。秋生决定以后也不叫哥。秋生又说："你再生不出儿子，我们就离婚，我不能没有儿子。"水芹说："我一定能帮你生个儿子。我才35岁，村里的水香四十二岁还生了个儿子呢。"水芹说这话时泪水便淌下来了。其实她对自己能不能生出个儿子，心里也没点底，但她只能这样安慰秋生。水芹是个聪明的女人，她不这样说，又能怎样呢？

晚上水芹先拿手、嘴服侍秋生。水芹为了生儿子，找了许多生了儿子的女人讨要经验。那些女人说想要生儿子，男人在那事上要快，男人要女人的次数隔的时间要长，不能天天要，天天要的准生女儿。女人不能要，要压制。

女人要多吃豆腐、面条之类的东西。那些女人的话，水芹都一字不漏地记下了。水芹已半个月没让秋生要她了，秋生以前好这一口，天天要。水芹也总跟着要。秋生几次想要，水芹总毫不犹豫地拒绝：“你不是想生儿子吗？”秋生就叹气：“别的女人一生就一个儿子，你生个儿子咋这么难？”

秋生一上水芹的身，就没了。

水芹说：“这回若怀上了生的准是儿子。”

水芹还真怀上了。十个月后，水芹还真生了个儿子。秋生抱着儿子激动得泪水都掉下来了。老天有眼，我终于有儿子啦。秋生把全村人都请到自己的酒店大吃了一顿。饭桌上摆满了好酒好烟。秋生给儿子取了个叫得很响的名，叫欢畅。

但是欢畅一岁时，被人偷走了。欢畅在摇萝里睡觉，水芹去菜园里摘菜。水芹回家，儿子就没了。秋生气得狠狠一脚就把水芹踢倒在地上：“欢畅没找回来，就离婚。”

警察很快查出是春生抱走了欢畅。春生把欢畅以五千块钱卖给了一个自称叫月英的女人。警察抓住了月英，月英说以一万钱卖给省城一个人。省城的人叫什么名字，月英说不出来。警察去省城几天，无功而返。

秋生再不回家了，同手下一个年轻的服务员睡在酒店里。

水芹天天过着以泪洗面的日子，如不是怀着儿子还能回来的希望，水芹早一头跳进鄱阳湖了。水芹想不能把所有的希望全放在警察身上，自己也要去找。她儿子脖颈上有块铜钱大的胎记，屁股上有块紫色的胎记。水芹便去了省城。水芹天天在大街小巷转，一见一岁左右的男婴，眼里就放光，就凑上前看男婴。但每回水芹都失望，却不绝望，她相信她终有一天会找到自己儿子的。

后来水芹身上带的钱用光了，水芹便捡垃圾。在垃圾桶里捡矿泉水瓶、废纸卖，晚上就睡在车站里。

水芹在省城一待就是六年。水芹给自己父亲打过电话，父亲说：“秋生以你失踪为由，向法院提离婚。法院同意了。秋生已结婚了，有了一个儿子一个女儿，但酒店经营不善，关门了。秋生的日子过得很艰难，同他女人为钱的事老是吵。你回家吧，别再找儿子，找不到的。”水芹大叫：“我能找到儿子，一定能找到。”水芹放下电话时，已泪流满脸。

儿子已七岁，应该上小学一年级了。水芹便一天跑一个小学，蹲在学校门口，一个男孩也不放过，开初还有意地喊："欢畅。"当想到儿子再不叫欢畅，叫欢畅也没人应，便不喊了。放学时，水芹又蹲在学校门口，盯着每个出校门的男孩的脖颈看。水芹想到儿子又可能在这些男孩里面，就激动得气都喘不过来了。

终于有一天，水芹见到了一个脖颈上有块胎记的男孩。水芹忘命地跑上前一把抱住男孩："欢畅，娘终于找到你了。"那男孩拼了全力推脏兮兮的、浑身散发出一股臭味的水芹："疯婆，快放开我。"水芹不松手："欢畅，你是我儿子，真的是我儿子。"好像一松手，男孩就会飞了。那她就永远见不到了。男孩却一口咬住水芹的肩，水芹痛得松了手，男孩跑了。水芹又追了上去喊："你真是我儿子，你一岁时被你大伯卖了，你如还不信，可看你的屁股，你的屁股上有块紫色的胎记。"男孩听不懂水芹的话，他才不要这个捡垃圾的女人当他妈呢。男孩上了辆黑色的轿车，水芹追到车跟前，车一溜烟跑了。

男孩对开车的女人说："妈，开初那个疯婆说我是她儿子，说我屁股上有块紫色的胎记。"女人的手一抖，车子蹿上了另一车道，与迎面的车撞上了。好在车速慢，女人同男孩的头撞破了皮，出了点血。

晚上水芹花五块钱去澡堂洗了澡，洗得很细，每一处都洗得干干净净的。又花五十块钱买一身新衣服，她不想自己给儿子丢脸。

天还没亮透，水芹就站在校门等。但上课铃响了，欢畅还没来。等待的是一个穿着时髦的女人。女人对水芹说："你想你儿子长大后有出息吗？想你儿子一生过得好吗？"水芹连连点头。女人说："那你就离他远点，不要同他说话，不要说他是你儿子，要不我就给他转学。让你永远也见不到他。"水芹慌了："别，别……""再说我同他生活了六年，在他心里我是他亲妈。如果突然蹦出来你这样一个妈来，他会接受吗？他已过惯了城里人的生活。如跟着你，他习惯吗？你能给他什么？同你回乡下过苦日子？你不能毁了他一生！当然，你要做出好大的牺牲，我会补偿，这个你拿着。"女人从口袋里掏出一个存折。"这里有二十万，密码是他的生日。"水芹不接存折，她觉得她接了存折就是把儿子卖给这个女人。但水芹还是答应了女人："好，我不认我这个儿子，我只要能天天看着他，远远地看着他，看着他一天天长大。"女人把存折塞进水芹的口袋。水芹把存折掏出来还给女人："我不能卖儿子。"

水芹就天天藏在一棵树后，远远地看着儿子从车上下来，一蹦一跳地进校门，远远地看着儿子走出校门，上了小车。儿子高兴时一蹦一跳的，脸上洋溢着阳光样的笑，水芹也跟着笑。儿子不高兴时，撅着嘴，走得也很慢，头也低着，水芹也跟着不高兴。有时水芹也想上前问问儿子为啥不高兴，但想起坐在车里的女人，就不敢了，如果女人让儿子转学了，她就永远见不到儿子了。水芹的口袋里每回放着一瓶酸奶，几块巧克力。水芹见儿子下车时每回吃酸奶，手里还拿块巧克力。水芹就知道儿子喜欢吃酸奶和巧克力，水芹却不敢给儿子。酸奶巧克力过期了，水芹只有自己吃。然后又去超市买。水芹还捡了几十只儿子丢的酸奶瓶，那些酸奶瓶，水芹没舍得卖，一直放在出租屋里。水芹找到了儿子后，就租了间几平方米的房。

放暑假时，水芹仍天天来学校。

终于盼到开学了，但儿子却没来。儿子转学了。

水芹又一个学校一个学校找。两个月后，水芹又找到儿子了。女人说："你还真会找。你再这样，我们搬家，搬到别的城市里去。"水芹竟扑通一声朝女人跪下了："别，求求你千万别搬家，我只想远远看着他一天天长大。我看不到我儿子，我活着还有什么意思？你不能说话不算话，我答应你，不认他，你也答应我不再搬家。"女人不出声。

这天下雨，男孩来到校门口，没找到车。男孩心里想，准是堵车啦。站在远处的水芹见了孤独无助的男孩，心疼了，啥也没想就走上前，想拉男孩的手。男孩甩开了。水芹说："儿子，妈送你回家。"男孩骂："疯婆，死远些。"水芹说："儿子，你真的是我亲生的儿子……"这时女人来了，女人牵着男孩的手走了。

男孩再没来上课。

水芹又每个学校每个学校找，找遍了所有的学校也没见到儿子。女人准搬家了，把儿子带走了。她永远见不到儿子啦。但水芹仍怀着希望，一个学校一个学校找，嘴里仍念叨着："儿子，儿子，妈只想远远地看着你……"

学生见了水芹，都远远地绕开。

貂皮大衣

都是那次同学聚会惹的祸。

原来的班长不知从哪儿探听到周颖家里的电话，周颖接电话时觉得声音很陌生，班长让她猜他是谁，周颖猜了许久也猜不出。后来班长说："我是高三（二）的班长陈峰。"周颖激动得"啊"一声，心里似有很多话说，却一句也说不出。

周颖同陈峰同过桌，两人互相暗恋对方，但谁也不敢说出口。怕说出口，如对方没这意思，那就尴尬。后来陈峰去外省上大学了，周颖进了罐头厂当了一名工人，两人便失去了联系。陈峰的语气里有点失望："竟然连我的声音也猜不出。"周颖说："不好意思，你的声音变了好多。""你过得好吗？这些年我到处打听你的消息。对了，我们九八届准备后天在帝王酒店聚会，到时你一定要来。我真想看看你现在的样子。"周颖叹气说："成黄脸婆了，你看了我第一眼再不想看第二眼……"在客厅里看电视的黄振昌进了房间："谁来的电话？"周颖按着话筒说："我同学。"又对着陈峰说："不好意思，我要洗锅碗了。"陈峰的声音小了许多："他在你旁边吧。行，后天见。后天你一定要来。"

黄振昌问："是不是初恋情人来的电话？"周颖摇摇头："不是，是高三的班长，说后天参加同学聚会，让我参加。""还想骗我？瞧你脸都红了。"黄振昌的语气酸溜溜的。周颖很少撒慌。一撒谎脸就红。

晚上周颖失眠了，可又不敢翻身，怕弄醒黄振昌。黄振昌却知道周颖没睡："激动得睡不着了？"周颖不出声，一直为后天穿什么衣服发愁。周颖同黄振昌都是罐头厂里的工人，两个人一月才两千块钱。两千块钱只够一家三口的吃喝拉撒，自然买不起房，两人仍租房住。周颖也自然没钱买上档次的衣服，平时穿的都是从地摊上花几十块钱买的衣服。周颖不想穿得寒酸，那在同学们面前极没面子。

第二天上班时，周颖见同厂的杨梅穿了一件貂皮大衣，貂皮大衣雪白雪白的，衬得杨梅的脸也雪白雪白的，还让杨梅典雅高贵。周颖便吞吞吐吐地说："明晚高中同学聚会，可我连件像样的衣服都没有，你，你能否……"杨梅笑着很爽快地答应了："不就是穿一晚吗？没事，有啥不好意思的？"周颖激动地说："你真好！"

周颖去帝王酒店前，在发廊做了头发，还做了面膜，修了眉，搽了口红，脸上搽了点胭脂。周颖一照镜子，竟认不出自己，太漂亮了。真应了那句三分容貌七分打扮的话。再说周颖原来长得就好看。

穿着貂皮大衣的周颖一进帝王酒店，许多同学都大叫："哇，周颖真漂亮。"陈峰走过来，亮亮的眼睛含笑地望着她："你比我想象中的更漂亮了。"陈峰伸出手，周颖却不想握陈峰的手，她的手太粗糙，手掌还有层厚厚的茧。周颖不想陈峰知道她过得落魄。

酒店里有空调，太热。周颖却不想脱貂皮大衣，里面的毛衣是自己织的，毛衣太旧，且起了无数个小球。毛衣的颜色也是灰色的，原本是黄振昌穿的，后来手肘破了，周颖把毛衣拆了，用那毛线给自己织了。能穿得起貂皮大衣的人，决不会穿这样的毛衣。同学们都很兴奋，有说不完的话，做什么工作，生了男孩还是女孩等。一女同学问周颖在哪工作时，周颖说在罐头厂。女同学自然不信："在罐头厂上班舍得花一万多块钱买貂皮大衣？那就是你嫁了一个好老公。"周颖只笑笑，算是默认了。"唉，我如长得你一样好看，我也会嫁个好老公。"女同学又转移了话题。"念高中时，我们都知道你同陈峰好，怎么没嫁给他？陈峰现在身价过千万。这回同学聚会所有的花销都由他出。瞧你热得汗都出来了，怎么不把大衣脱了？"周颖突然讨厌身旁这位同学，她只冷冷地说句："不热。"再不愿多说一个字。

吃完晚餐，陈峰又请同学们去王子舞厅跳舞。

舞厅的灯光很暗，周颖才敢把貂皮大衣脱了。周颖把大衣挂在衣柜里。陈峰邀请周颖跳舞，周颖以头晕为借口拒绝了，她不想让陈峰握着她粗糙而起了厚茧的手。陈峰就陪周颖聊天。"知道你过得好，我心里好高兴，我以前听说你……一直很担心，总想为你做些什么，可怕伤害你，你是个自尊心很强的人。”周颖听了陈峰的话，眼圈都红了。

舞会散时，陈峰说开车送周颖回家，周颖说男人会开车接她。陈峰说：“那我先走了，今后多联系。”当周颖从衣柜间拿貂皮大衣出了舞厅门，确信同学们都走了后，周颖才上了一辆公交车。

只是周颖一回到家，就傻眼了，身上这件貂皮大衣竟是一件很旧的貂皮大衣，毛灰白灰白的，手臂上还烧了几处。周颖的腿一软，瘫坐在地上，哭了起来。黄振昌吼：“哭丧呀，我还没死!”周颖说：“这件貂皮大衣不是我的，被人拿错了。”黄振昌踢了周颖一脚：“你这猪脑子，坐在这哭有什么用?还不去酒店找?”“找不到，衣柜里只有我一件衣服。”“那找酒店赔呀!”“酒店肯定不承认，还准会说我讹诈他们。”周颖不想去酒店，如她去酒店闹，准会惊动媒体，甚至警察。警察一调查他们的收入，准不相信她会买貂皮大衣。她如说出真相，那她借貂皮大衣参加同学聚会的事就会曝光，那陈峰和所有的同学们都会知道这事，真那样还不如一刀杀了她。

黄振昌却对周颖拳打脚踢的，还大骂：“你这个破家的，一件貂皮大衣一万多块钱，是我一年的工资，我一年白辛苦了。”周颖心里也很内疚，她不躲闪，任黄振昌打。黄振昌打累了，周颖说：“我不想在那个破厂干，如在那破厂干，那要待到猴年马月才有一万多钱买貂皮大衣赔人家。”

周颖想找赚钱的工作，却处处碰壁。周颖想做生意，却没本钱。半个月过去了，周颖不但没挣到一分钱，还用了二三百块钱。再不挣钱，得饿肚子。没有一点办法的周颖只好进了一家按摩店。周颖对黄振昌说在舞厅当服务员。

周颖只做了半个月，就被警察抓了个正着。周颖正在服侍男人时，门砰的一声被踢开了。赤身裸体的周颖忙穿衣服，但衣服被警察抢走了：“你还知道害羞?做这种事时怎么不知道害羞?”周颖见一个人扛着摄像机，镜头正对着她，忙低下头。一个警察却抓住她的头发，让她扬起头，让记者拍：“就要让你的家人，你的亲朋好友看到你。看你今后还做不做这种事。”周颖扑通一声跪下了：“警察同志，记者同志，求求你们别让我上电视，我在这给你磕头了。”

但周颖还是上电视了，尽管眼睛、胸部、下身被马赛克遮住了，但认识周颖的人还是一眼能认出周颖。周颖开初还怀着侥幸的心理，记者动恻隐之心，不会播出来。希望破灭了。碰巧黄振昌也从电视里看见了周颖。愤怒的黄振昌把周颖推出门，然后关上了门：“我永远不想再见到你。”

周颖坐在楼梯上哭，然后又笑，笑了又哭，哭了又笑，笑笑哭哭，哭哭笑笑，疯了。

这天晚上黄振昌又看本市电视新闻，竟见一个三十岁左右的女人拿着一件雪白的貂皮大衣，女人说：“因为那晚喝多了点酒，我在舞厅的衣柜里拿错了件貂皮大衣。我那件貂皮大衣尽管又脏又旧，但对我来说，却是弥足珍贵。因为那件貂皮大衣是我男人订婚时送给我的礼物，可他却永远地走了，那件貂皮大衣有他留下的许多回忆，有他烟头烧的痕迹，有他留下的吻痕，有他身上的味道。希望那位拿错了我貂皮大衣的人把它还给我，我可给她十万元重谢，我的电话是……”

黄振昌傻了，就怔怔地坐在那。许久才去衣柜里找那件貂皮大衣，衣柜里却没有。黄振昌这才记起周颖被自己驱出家门的那晚身上就穿着那件貂皮大衣。黄振昌出了门，他想一定要找到周颖。